名家散文典藏

彩插版

丰子恺散文精选

丰子恺　著

长江出版传媒｜长江文艺出版社

图书在版编目（CIP）数据

丰子恺散文精选 / 丰子恺著. -- 武汉 : 长江文艺出版社, 2017.12(2023.10 重印)
(名家散文典藏：彩插版)
ISBN 978-7-5354-9893-9

Ⅰ. ①丰… Ⅱ. ①丰… Ⅲ. ①散文集－中国－现代 Ⅳ. ①I266

中国版本图书馆 CIP 数据核字(2017)第 191580 号

丰子恺散文精选
FENGZIKAI SANWEN JINGXUAN

责任编辑：秦文苑　马　蓓　　责任校对：毛季慧
封面设计：龙　梅　　责任印制：邱　莉　胡丽平

出版：长江出版传媒　长江文艺出版社
地址：武汉市雄楚大街 268 号　　邮编：430070
发行：长江文艺出版社
电话：027—87679360
http://www.cjlap.com
印刷：武汉珞珈山学苑印刷有限公司

开本：640 毫米×970 毫米　1/16　印张：16.75　插页：10 页
版次：2017 年 12 月第 1 版　　2023 年 10 月第 7 次印刷
字数：208 千字

定价：32.00 元

目录

散文精选

丰子恺

名家散文典藏

给我的孩子们 / 001

送阿宝出黄金时代 / 004

忆儿时 / 008

华瞻的日记 / 013

作父亲 / 017

儿女 / 020

我的母亲 / 024

忆弟 / 027

爱子之心 / 030

送考 / 032

从孩子得到的启示 / 036

两个“？” / 039

渐 / 043

秋 / 046

姓 / 049

家 / 051

两场闹 / 056

佛无灵 / 060

梦 痕 / 064
阿 难 / 068
生 机 / 071
谈自己的画 / 074
随笔漫画 / 082
画 鬼 / 085
学画回忆 / 091
我的漫画 / 097
图画与人生 / 101
自 然 / 107
艺术三昧 / 111
美术与人生 / 113
艺术的园地 / 115
静观人生 / 120
南颖访问记 / 123
旧上海 / 127
半篇莫干山游记 / 132
山中避雨 / 139

陋　巷　/　141
旧地重游　/　145
湖畔夜饮　/　148
胜利还乡记　/　152
钱江看潮记　/　155
西湖春游　/　158
春　/　163
剪　网　/　166
东京某晚的事　/　168
还我缘缘堂　/　170
告缘缘堂在天之灵　/　173
辞缘缘堂　/　179
扬州梦　/　197
大帐簿　/　202
车厢社会　/　206
元帅菩萨　/　211
暂时脱离尘世　/　213
伯豪之死　/　215

实行的悲哀 / 222
杨 柳 / 225
白 鹅 / 228
吃瓜子 / 232
清 明 / 237
美与同情 / 240
作客者言 / 243
怀李叔同先生 / 251
悼夏丏尊先生 / 257

给我的孩子们

我的孩子们！我憧憬于你们的生活，每天不止一次！我想委曲地说出来，使你们自己晓得。可惜到你们懂得我话的意思的时候，你们将不复是可以使我憧憬的人了。这是何等可悲哀的事啊！

瞻瞻！你尤其可佩服。你是身心全部公开的真人。你什么事体都像拼命地用全副精力去对付。小小的失意，像花生米翻落地了，自己嚼了舌头了，小猫不肯吃糕了，你都要哭得嘴唇翻白，昏去一两分钟。外婆普陀去烧香买回来给你的泥人，你何等鞠躬尽瘁地抱他、喂他；有一天你自己失手把他打破了，你的号哭的悲哀，比大人们的破产、失恋、broken heart（心碎）、丧考妣、全军覆没的悲哀都要真切。两把芭蕉扇做的脚踏车，麻雀牌堆成的火车、汽车，你何等认真地看待，挺直了嗓子叫“汪——”“咕咕咕……”，来代替汽笛。宝姐姐讲故事给你听，说到“月亮姐姐挂下一只篮来，宝姐姐坐在篮里吊了上去，瞻瞻在下面看”的时候，你何等激昂地同她争，说“瞻瞻要上去，宝姐姐在下面看！”甚至哭到漫姑面前去求审判。我每次剃了头，你真心地疑我变了和尚，好几时不要我抱。最是今年夏天，你坐在我膝上发现了我腋下的长毛，当作黄鼠狼的时候，你何等伤心，你立刻从我身上爬下去，起初眼瞪瞪地对我端相，继而大失所望地号哭，看看、哭哭，如同对被判定了死罪的亲友一样。你要我抱你到车站里去，多多益善地要买香蕉，满满地擒了两手回来，回到门口时你已经熟睡在我的肩上，手里的香蕉不知落在哪里去了。这是何等可佩服的真率、自然与热情！大人间的所谓“沉默”“含蓄”“深刻”的美德，比起你来，全是不自然的、病的、伪的！

你们每天做火车、做汽车、办酒、请菩萨、堆六面画、唱歌，全是自动的，创造创作的生活。大人们的呼号“归自然！”“生活的艺术化”“劳动的艺术化！”在你们面前真是出丑得很了！依样画几笔画，写几篇文的人称为艺术家、创作家，对你们更要愧死！

你们的创作力，比大人真是强盛得多哩：瞻瞻！你的身体不及椅子的一半，却常常要搬动它，与它一同翻倒在地上；你又要把一杯茶横转来藏在抽斗里，要皮球停在壁上，要拉住火车的尾巴，要月亮出来，要天停止下雨。在这等小小的事件中，明明表示着你们的弱小的体力与智力不足以应付强盛的创作欲、表现欲的驱使，因而遭逢失败。然而你们是不受大自然的支配，不受人类社会的束缚的创造者，所以你的遭逢失败，例如火车尾巴拉不住，月亮呼不出来的时候，你们决不承认是事实的不可能，总以为是爹爹妈妈不肯帮你们办到，同不许你们弄自鸣钟同例，所以愤愤地哭了，你们的世界何等广大！

你们一定想：终天无聊地伏在案上弄笔的爸爸，终天闷闷地坐在窗下弄引线的妈妈，是何等无气性的奇怪的动物！你们所视为奇怪动物的我与你们的母亲，有时确实难为了你们，摧残了你们，回想起来，真是不安心得很！

阿宝！有一晚你拿软软的新鞋子，和自己脚上脱下来的鞋子，给凳子的脚穿了，划袜立在地上，得意地叫“阿宝两只脚，凳子四只脚”的时候，你母亲喊着“龌龊了袜子！”立刻擒你到藤榻上，动手毁坏你的创作。当你蹲在榻上注视你母亲动手毁坏的时候，你的小心里一定感到“母亲这种人，何等煞风景而野蛮”吧！

瞻瞻！有一天开明书店送了几册新出版的毛边的《音乐入门》来。我用小刀把书页一张一张地裁开来，你侧着头，站在桌边默默地看。后来我从学校回来，你已经在我的书架上拿了一本连史纸印的中国装的《楚辞》，把它裁破了十几页，得意地对我说：“爸爸！瞻瞻也会裁了！”瞻瞻！这在你原是何等成功的欢喜，何等得意的作品！却被我一个惊骇的“哼!”字喊得你哭了。那时候你也一定抱怨“爸爸何等不明”吧!

软软!你常常要弄我的长锋羊毫，我看见了总是无情地夺脱你。现在你一定轻视我，想道:“你终于要我画你的画集的封面!”

最不安心的，是有时我还要拉一个你们所最怕的陆露沙医生来，教他用他的大手来摸你们的肚子，甚至用刀来在你们臂上割几下，还要教妈妈和漫姑擒住了你们的手脚，捏住了你们的鼻子，把很苦的水灌到你们的嘴里去。这在你们一定认为是太无人道的野蛮举动吧!

孩子们!你们果真抱怨我，我倒欢喜;到你们的抱怨变为感谢的时候，我的悲哀来了!

我在世间，永没有逢到像你们样出肺肝相示的人。世间的人群结合，永没有像你们样的彻底地真实而纯洁。最是我到上海去干了无聊的所谓“事”回来，或者去同不相干的人们做了叫做“上课”的一种把戏回来，你们在门口或车站旁等我的时候，我心中何等惭愧又欢喜!惭愧我为什么去做这等无聊的事，欢喜我又得暂时放怀一切地加入你们的真生活的团体。

但是，你们的黄金时代有限，现实终于要暴露的。这是我经验过来的情形，也是大人们谁也经验过的情形。我眼看见儿时的伴侣中的英雄、好汉，一个个退缩、顺从、妥协、屈服起来，到像绵羊的地步。我自己也是如此。“后之视今，亦犹今之视昔”，你们不久也要走这条路呢!

我的孩子们!憧憬于你们的生活的我，痴心要为你们永远挽留这黄金时代在这册子里。然这真不过像“蜘蛛网落花”略微保留一点春的痕迹而已。且到你们懂得我这片心情的时候，你们早已不是这样的人，我的画在世间已无可印证了!这是何等可悲哀的事啊!

《子恺画集》代序，一九二六年耶诞节作

送阿宝出黄金时代

阿宝，我和你在世间相聚，至今已十四年了，在这五千多天内，我们差不多天天在一处，难得有分别的日子。我看着你呱呱坠地，嘤嘤学语，看你由吃奶改为吃饭，由匍匐学成跨步。你的变态微微地逐渐地展进，没有痕迹，使我全然不知不觉，以为你始终是我家的一个孩子，始终是我们这家庭里的一种点缀，始终可做我和你母亲的生活的慰安者。然而近年来，你态度行为的变化，渐渐证明其不然。你已在我们的不知不觉之间长成了一个少女，快将变为成人了。古人谓“父母之年不可不知也，一则以喜，一则以惧”。我现在反行了古人的话，在送你出黄金时代的时候，也觉得悲喜交集。

所喜者，近年来你的态度行为的变化，都是你将由孩子变成成人的表示。我的辛苦和你母亲的劬劳似乎有了成绩，私心庆慰。所悲者，你的黄金时代快要度尽，现实渐渐暴露，你将停止你的美丽的梦，而开始生活的奋斗了，我们仿佛丧失了一个从小依傍在身边的孩子，而另得了一个新交的知友。“乐莫乐于新相知”，然而旧日天真烂漫的阿宝，从此永远不得再见了！

记得去春有一天，我拉了你的手在路上走。落花的风把一阵柳絮吹在你的头发上、脸孔上和嘴唇上，使你好像冒了雪，生了白胡须。我笑着搂住了你的肩，用手帕为你拂拭。你也笑着，仰起了头依在我的身旁。这在我们原是极寻常的事：以前每天你吃过饭，是我同你洗脸的。然而路上的人向我们注视，对我们窃笑，其意思仿佛在说：“这样大的姑娘儿，还在路上教父亲搂住了拭脸孔！”我忽然看见你的身体似乎高大了，完全发育了，已由中性似的孩子变成十足的女性了。我忽然觉得，我与你之间似乎筑起一堵很高、很坚、很厚的无影的墙。你在我的怀抱中长起来，在我的提携中大起来；但从今以后，我和你将永远分居于两个世界了。一刹那间我心中感到深痛的悲哀。我怪怨你何不永远做一个孩子而定要长大起来，我怪怨人类中何必有男女之分。然而怪怨之后立刻破悲为笑。恍悟这不是当然的事，可喜的事吗？

记得有一天，我从上海回来。你们兄弟姊妹照例拥在我身旁，等候我从提箱中取出“好东西”来分。我欣然地取出一束巧格力来，分给你们每人一包。你的弟妹们到手了这五色金银的巧格力，照例欢喜得大闹一场，雀跃地拿去尝新了。你受持了这赠品也表示欢喜，跟着弟妹们去了。然而过了几天，我偶然在楼窗中望下来，看见花台旁边，你拿着一包新开的巧格力，正在分给弟妹三人。他们各自争多嫌少，你忙着为他们均分。在一块缺角的巧格力上添了一张五色金银的包纸派给小妹妹了，方才三面公平。他们欢喜地吃糖了，你也欢喜地看他们吃。这使我觉得惊奇。吃巧格力，向来是我家儿童们的一大乐事。因为乡村里只有箬叶包的糖塌饼，草纸包的状元糕，没有这种五色金银的糖果；只有甜煞的粽子糖，咸煞的盐青果，没有这种异香异味的糖果。所以我每次到上海，一定要买些回来分给儿童，借添家庭的乐趣。儿童们切望我回家的目的，大半就在这“好东西”上。你向来也是这“好东西”的切望者之一人。你曾经和弟妹们赌赛谁是最后吃完；你曾经把五色金银的锡纸积受起来制成华丽的手工品，使弟妹们艳羡。这回你怎么一想，肯把自己的一包藏起来，如数分给弟妹们吃呢？我看你为他们分均匀了之后表示非常的欢喜，同从前赌得了最后吃完时一样，不觉倚在楼上独笑起来。因为我忆起了你小时候的事：十来年之前，你是我家里的一个捣乱分子，每天为了要求的不满足而哭几场，挨母亲打几顿。你吃蛋只要吃蛋黄，不要吃蛋白，母亲偶然夹一筷蛋白在你的饭碗里，你便把饭粒和蛋白乱拨在桌子上，同时大喊“要黄！要黄！”你以为凡物较好者就叫做“黄”。所以有一次你要小椅子玩要，母亲搬一个小凳子给你，你也大喊“要黄！要黄！”你要长竹竿玩，母亲拿一根“史的克”给你，你也大喊“要黄！要黄！”你看不起那时候还只一二岁而不会活动的软软。吃东西时，把不好吃的东西留着给软软吃；讲故事时，把不幸的角色派给软软当。向母亲有所要求而不得允许的时候，你就高声地问：“当错软软吗？当错软软吗？”你的意思以为：软软这个人要不得，其要求可以不允许；而阿宝是一个重要不过的人，其要求岂有不允许之理？今所以不允许者，大概是当错了软软的原故。所以每次高声地提醒你母亲，务要她证明阿宝正身，允许一切要求而后已。这个一味“要黄”而专门欺侮弱小的捣乱分子，今天在那里牺牲自己的幸福来增值弟妹们的幸福，使我看了觉得可笑，又觉得可悲。你往日的一切雄心和梦想已经宣告失败，开始在遏制自己的要求，忍耐自己的欲望，而谋他人的幸福了；你已将走出惟我独尊的黄金时代，开始在尝人类之爱的辛味了。

记得去年有一天，我为了必要的事，将离家远行。在以前，每逢我出门了，你们一定不高兴，要阻住我，或者约我早归。在更早的以前，我出门须得瞒过你们。你弟弟后来寻我不着，须得哭几场。我回来了，倘预知时期，你们常到门口或半路上来迎候。我所描的那幅题曰《爸爸还不来》的画，便是以你和你的弟弟等我归家为题材的。因为我在过去的十来年中，以你们为我的生活慰安者，天天晚上和你们谈故事、作游戏、吃东西，使你们都觉得家庭生活的温暖，少不来一个爸爸，所以不肯放我离家。去年这一天我要出门了，你的弟妹们照旧为我惜别，约我早归。我以为你也如此，正在约你何时回家和买些什么东西来，不意你却劝我早去，又劝我迟归，说你有种种玩意可以骗住弟妹们的阻止和盼待。原来你已在我和你母亲谈话中闻知了我此行有早去迟归的必要，决意为我分担生活的辛苦了。我此行感觉轻快，但又感觉悲哀。因为我家将少却了一个黄金时代的幸福儿。

以上原都是过去的事，但是常常切在我的心头，使我不能忘却。现在，你已做中学生，不久就要完全脱离黄金时代而走向成人的世间去了。我觉得你此行比出嫁更重大。古人送女儿出嫁诗云：“幼为长所育，两别泣不休。对此结中肠，义往难复留。”你出黄金时代的

"义往"，实比出嫁更"难复留"，我对此安得不"结中肠"？所以现在追述我的所感，写这篇文章来送你。你此后的去处，就是我这册画集里所描写的世间。我对于你此行很不放心。因为这好比把你从慈爱的父母身旁遣嫁到恶姑的家里去，正如前诗中说："自小阃内训，事姑贻我忧。"事姑取甚样的态度，我难于代你决定。但希望你努力自爱，勿贻我忧而已。

约十年前，我曾作一册描写你们的黄金时代的画集（《子恺画集》）。其序文（《给我的孩子们》）中曾经有这样的话："我的孩子们！我憧憬于你们的生活，每天不止一次！我想委曲地说出来，使你们自己晓得。可惜到你们懂得我话的意思的时候，你们将不复是可以使我憧憬的人了。这是何等可悲哀的事啊！""但是，你们的黄金时代有限，现实终于要暴露的。这是我经验过来的情形，也是大人们谁也经验过的情形。我眼看见儿时伴侣中的英雄、好汉，一个个退缩、顺从、妥协、屈服起来，到像绵羊的地步。我自己也是如此，'后之视今，亦犹今之视昔'，你们不久也要走这条路呢！"写这些话时的情景还历历在目，而现在你果然已经"懂得我的话"了！果然也要"走这条路"了！无常迅速，念此又安得不结中肠啊！

廿三（1934）年岁暮，选辑近作漫画，定名为《人间相》，付开明出版。选辑既竟，取十年前所刊《子恺画集》比较之，自觉画趣大异。读序文，不觉心情大异。遂写此篇，以为《人间相》辑后感。

忆儿时

一

我回忆儿时，有三件不能忘却的事。

第一件是养蚕。那是我五六岁时，我祖母在日的事。我祖母是一个豪爽而善于享乐的人，良辰佳节不肯轻轻放过。养蚕也每年大规模地举行。其实，我长大后才晓得，祖母的养蚕并非专为图利，叶贵的年头常要蚀本，然而她喜欢这暮春的点缀，故每年大规模地举行。我所喜欢的，最初是蚕落地铺。那时我们的三开间的厅上、地上统是蚕，架着经纬的跳板，以便通行及饲叶。蒋五伯挑了担到地里去采叶，我与诸姐跟了去，去吃桑葚。蚕落地铺的时候，桑葚已很紫而甜了，比杨梅好吃得多。我们吃饱之后，又用一张大叶做一只碗，采了一碗桑葚，跟了蒋五伯回来。蒋五伯饲蚕，我就以走跳板为戏乐，常常失足翻落地铺里，压死许多蚕宝宝，祖母忙喊蒋五伯抱我起来，不许我再走。然而这满屋的跳板，像棋盘街一样，又很低，走起来一点也不怕，真是有趣。这真是一年一度的难得的乐事！所以虽然祖母禁止，我总是每天要去走。

蚕上山之后，全家静默守护，那时不许小孩子们吵了，我暂时感到沉闷。然而过了几天，采茧，做丝，热闹的空气又浓起来了。我们每年照例请牛桥头七娘娘来做丝。蒋五伯每天买枇杷和软糕来给采茧、做丝、烧火的人吃。大家认为现在是辛苦而有希望的时候，应该享受这点心，都不客气地取食。我也无功受禄地天天吃多量的枇杷与软糕，这又是乐事。

七娘娘做丝休息的时候，捧了水烟筒，伸出她左手上的短少半段的小指给我看，对我说：做丝的时候，丝车后面，是万万不可走近去的。她的小指，便是小时候不留心被丝车轴棒轧脱的。她又说："小囡囡不可走近丝车后面去，只管坐在我身旁，吃枇杷，吃软糕。还有做丝做出来的蚕蛹，叫妈妈油炒一炒，真好吃哩！"然而我始终不要吃蚕蛹，大概是我爸爸和诸姐都不要吃的原故。我所乐的，只是那时候家里的非常的空气。日常固定不动的堂窗、长台、八仙椅子，都收拾去，而变成不常见的丝车、匾、缸。又不断地公然地可以吃小食。

丝做好后，蒋五伯口中唱着"要吃枇杷，来年蚕罢"，收拾丝车，恢复一切陈设。我感到一种兴尽的寂寥。然而对于这种变换，倒也觉得新奇而有趣。

现在我回忆这儿时的事，常常使我神往！祖母、蒋五伯、七娘娘和诸姐都像童话里、戏剧里的人物了。且在我看来，他们当时这剧的主人公便是我。何等甜美的回忆！只是这剧的题材，现在我仔细想想觉得不好：养蚕做丝，在生计上原是幸福的，然其本身是数万的生灵的杀虐！《西青散记》里面有两句仙人的诗句："自织藕丝衫子嫩，可怜辛苦赦春蚕。"安得人间也发明织藕丝的丝车，而尽赦天下的春蚕的性命！

我七岁上祖母死了，我家不复养蚕。不久父亲与诸姐弟相继死亡，家道衰落了，我的幸福的儿时也过去了。因此这回忆一面使我永远神往，一面又使我永远忏悔。

二

第二件不能忘却的事，是父亲的中秋赏月，而赏月之乐的中心，在于吃蟹。

我的父亲中了举人之后，科举就废，他无事在家，每天吃酒、看书。他不要吃羊、牛、猪肉，而喜欢吃鱼、虾之类。而对于蟹，尤其喜欢。自七八月起直到冬天，父亲平日的晚酌规定吃一只蟹，一碗隔壁豆腐店里买来的开锅热豆腐干。他的晚酌，时间总在黄昏。八仙桌上一盏洋油灯，一把紫砂酒壶，一只盛热豆腐干的碎磁盖碗，一把水烟筒，一本书，桌子角上一只端坐的老猫，我脑中这印象非常深刻，到现在还可以清楚地浮现出来。我在旁边看，有时他给我一只蟹脚或半块豆腐干。然我喜欢蟹脚。蟹的味道真好，我们五个姊妹兄弟，都喜欢吃，也是为了父亲喜欢吃的原故。只有母亲与我们相反，喜欢吃肉，而不喜欢又不会吃蟹，吃的时候常常被蟹螯上的刺刺开手指，出血；而且抉剔得很不干净，父亲常常说她是外行。父亲说：吃蟹是风雅的事，吃法也要内行才懂得。先折蟹脚，后开蟹斗……脚上的拳头（即关节）里的肉怎样可以吃干净，脐里的肉怎样可以剔出……脚爪可以当作剔肉的针……蟹螯上的骨头可以拼成一只很好看的蝴蝶……父亲吃蟹真是内行，吃得非常干净。所以陈妈妈说：“老爷吃下来的蟹壳，真是蟹壳。”

蟹的储藏所，就在天井角落里的缸里，经常总养着十来只。到了七夕、七月半、中秋、重阳等节候上，缸里的蟹就满了，那时我们都有得吃，而且每人得吃一大只，或一只半。尤其是中秋一天，兴致更浓。在深黄昏，移桌子到隔壁的白场上的月光下面去吃。更深人静，明月底下只有我们一家的人，恰好围成一桌，此外只有一个供差使的红英坐在旁边。大家谈笑，看月亮，他们——父亲和诸姐——直到月落时光，我则半途睡去，与父亲和诸姐不分而散。

这原是为了父亲嗜蟹，以吃蟹为中心而举行的。故这种夜宴，不仅限于中秋，有蟹的季节里的月夜，无端也要举行数次。不过不是良辰佳节，我们少吃一点，有时两人分吃一只。我们都学父亲，剥得很精细，剥出来的肉不是立刻吃的，都积受在蟹斗里，剥完之后，放一点姜醋，拌一拌，就作为下饭的菜，此外没有别的菜了。因为父亲吃菜是很省的，而且他说蟹是至味，吃蟹时混吃别的菜肴，是乏味的。

我们也学他，半蟹斗的蟹肉，过两碗饭还有余，就可得父亲的称赞，又可以白口吃下余多的蟹肉，所以大家都勉力节省。现在回想那时候，半条蟹腿肉要过两大口饭，这滋味真好！自父亲死了以后，我不曾再尝这种好滋味。现在，我已经自己做父亲，况且已经茹素，当然永远不会再尝这滋味了。唉！儿时欢乐，何等使我神往！

然而这一剧的题材，仍是生灵的杀虐！因此这回忆一面使我永远神往，一面又使我永远忏悔。

三

第三件不能忘却的事，是与隔壁豆腐店里的王囡囡的交游，而这交游的中心，在于钓鱼。

那是我十二三岁时的事，隔壁豆腐店里的王囡囡是当时我的小侣伴中的大阿哥。他是独子，他的母亲、祖母和大伯，都很疼爱他，给他很多的钱和玩具，而且每天放任他在外游玩。他家与我家贴邻而居。我家的人们每天赴市，必须经过他家的豆腐店的门口，两家的人们朝夕相见，互相来往。小孩们也朝夕相见，互相来往。此外他家对于我家似乎还有一种邻人以上的深切的交谊，故他家的人对于我特别要好，他的祖母常常拿自产的豆腐干、豆腐衣等来送给我父亲下酒。同时在小侣伴中，王囡囡也特别和我要好。他的年纪比我大，气力比我好，生活比我丰富，我们一道游玩的时候，他时时引导我、照顾我，犹似长兄对于幼弟。我们有时就在我家的染坊店里的榻上玩耍，有时相偕出游。他的祖母每次看见我俩一同玩耍，必叮嘱囡囡好好看待我，勿要相骂。我听人说，他家似乎曾经患难，而我父亲曾经帮他们忙，所以他家大人们吩咐王囡囡照应我。

我起初不会钓鱼，是王囡囡教我的。他叫他大伯买两副钓竿，一副送我，一副他自己用。他到米桶里去捉许多米虫，浸在盛水的罐头里，领了我到木场桥头去钓鱼。他教给我看，先捉起一个米虫来，把钓钩由虫尾穿进，直穿到头部。然后放下水去。他又说："浮珠一动，你要立刻拉，那么钩子钩住鱼的颚，鱼就逃不脱。"我照他所教的试验，果然第一天钓了十几头白条，然而都是他帮我拉钓竿的。

第二天，他手里拿了半罐头扑杀的苍蝇，又来约我去钓鱼。途中他对我说："不一定是米虫，用苍蝇钓鱼更好。鱼喜欢吃苍蝇！"这一天我们钓了一小桶各种的鱼。回家的时候，他把鱼桶送到我家里，说他不要。我母亲就叫红英去煎一煎，给我下晚饭。

自此以后，我只管欢喜钓鱼。不一定要王囡囡陪去，自己一人也去钓，又学得了掘蚯蚓来钓鱼的方法。而且钓来的鱼，不仅够自己下晚饭，还可送给店里的人吃，或给猫吃。我记得这时候我的热心钓鱼，不仅出于游戏欲，又有几分功利的兴味在内。有三四个夏季，我热心于钓鱼，给母亲省了不少的菜蔬钱。

后来我长大了，赴他乡入学，不复有钓鱼的工夫。但在书中常常读到赞咏钓鱼的文句，例如什么"独钓寒江雪"，什么"渔樵度此身"，才知道钓鱼原来是很风雅的事。后来又晓得有所谓"游钓之地"的美名称，是形容人的故乡的。我大受其煽惑，为之大发牢骚：我想"钓鱼确是雅的，我的故乡，确是我的游钓之地，确是可怀的故乡。"但是现在想想，不幸而这题材也是生灵的杀虐！

我的黄金时代很短，可怀念的又只有这三件事。不幸而都是杀生取乐，都使我永远忏悔。

一九二七年梅雨时节

华瞻的日记

一

隔壁二十三号里的郑德菱，这人真好！今天妈妈抱我到门口，我看见她在水门汀上骑竹马。她对我一笑，我分明看出这一笑是叫我去一同骑竹马的意思。我立刻还她一笑，表示我极愿意，就从母亲怀里走下来，和她一同骑竹马了。两人同骑一枝竹马，我想转弯了，她也同意；我想走远一点，她也欢喜；她说让马儿吃点草，我也高兴；她说把马儿系在冬青上，我也觉得有理。我们真是同志和朋友！兴味正好的时候，妈妈出来拉住我的手，叫我去吃饭。我说："不高兴。"妈妈说："郑德菱也要去吃饭了！"果然郑德菱的哥哥叫着"德菱！"也走出来拉住郑德菱的手去了。我只得跟了妈妈进去。当我们将走进各自的门口的时候，她回头向我一看，我也回头向她一看，各自进去，不见了。

我实在无心吃饭。我晓得她一定也无心吃饭。不然，何以分别的时候她不对我笑，而且脸上很不高兴呢？我同她在一块，真是说不出的有趣。吃饭何必急急？即使要吃，尽可在空的时候吃。其实照我想来，像我们这样的同志，天天在一块吃饭，在一块睡觉，多好呢？何必分作两家？即使要分作两家，反正爸爸同郑德菱的爸爸很要好，妈妈也同郑德菱的妈妈常常谈笑，尽可你们大人作一块，我们小孩子作一块，不更好吗？

这“家”的分配法，不知是谁定的，真是无理之极了。想来总是大人们弄出来的。大人们的无理，近来我常常感到，不止这一端：那一天爸爸同我到先施公司去，我看见地上放着许多小汽车、小脚踏车，这分明是我们小孩子用的；但是爸爸一定不肯给我拿一部回家，让它许多空摆在那里。回来的时候，我看见许多汽车停在路旁；我要坐，爸爸一定不给我坐，让它们空停在路旁。又有一次，娘姨抱我到街里去，一个掮着许多小花篮的老太婆，口中吹着笛子，手里拿着一只小花篮，向我看，把手中的花篮递给我；然而娘姨一定不要，急忙抱我走开去。这种小花篮，原是小孩子玩的，况且那老太婆明明表示愿意给我，娘姨何以一定叫我不要接呢？娘姨也无理，这大概是爸爸教她的。

我最欢喜郑德菱。她同我站在地上一样高，走路也一样快，心情志趣都完全投合。宝姐姐或郑德菱的哥哥，有些不近情的态度，我看他们不懂。大概是他们身体长大，稍近于大人，所以心情也稍像大人的无理了。宝姐姐常常要说我“痴”。我对爸爸说，要天不下雨，好让郑德菱出来，宝姐姐就用指点着我，说：“瞻瞻痴！”怎么叫“痴”？你每天不来同我玩耍，夹了书包到学校里去，难道不是“痴”吗？爸爸整天坐在桌子前，在文章格子上一格一格地填字，难道不是“痴”吗？天下雨，不能出去玩，不是讨厌的吗？我要天不要下雨，正是近情合理的要求。我每天晚快听见你要爸爸开电灯，爸爸给你开了，满房间就明亮；现在我也要爸爸叫天不下雨，爸爸给我做了，晴天岂不也爽快呢？你何以说我“痴”？郑德菱的哥哥虽然没有说我什么，然而我总讨厌他。我们玩耍的时候，他常常板起脸，来拉郑德菱，说“赤了脚到人家家里，不怕难为情！”又说“吃人家的面包，不怕难为情！”立刻拉了她去。“难为情”是大人们惯说的话，大人们常常不怕厌气，端坐在椅子里，点头、弯腰，说什么“请，请”“对不起”“难为情”一类的无聊的话。他们都有点像大人了！

啊！我很少知己！我很寂寞！母亲常常说我“会哭”，我哪得不哭呢？

二

今天我看见一种奇怪的现状：

吃过糖粥，妈妈抱我走到吃饭间里的时候，我看见爸爸身上披一块大白布，垂头丧气地朝外坐在椅子上，一个穿黑长衫的麻脸的陌生人，拿一把闪亮的小刀，竟在爸爸后头颈里用劲地割。啊哟！这是何等奇怪的现状！大人们的所为，真是越看越稀奇了！爸爸何以甘心被这麻脸的陌生人割呢？痛不痛呢？

更可怪的，妈妈抱我走到吃饭间里的时候，她明明也看见这爸爸被割的骇人的现状。然而她竟毫不介意，同没有看见一样。宝姐姐夹了书包从天井里走进来，我想她见了一定要哭。谁知她只叫一声“爸爸”，向那可怕的麻子一看，就全不经意地到房间里去挂书包了。前天爸爸自己把手指割开了，他不是大叫“妈妈”，立刻去拿棉花和纱布来吗？今天这可怕的麻子咬紧了牙齿割爸爸的头，何以妈妈和宝姐姐都不管呢？我真不解了。可恶的，是那麻子。他耳朵上还夹着一支香烟，同爸爸夹铅笔一样。他一定是没有铅笔的人，一定是坏人。

后来爸爸挺起眼睛叫我：“华瞻，你也来剃头，好否？”

爸爸叫过之后，那麻子就抬起头来，向我一看，露出一颗闪亮的金牙齿来。我不懂爸爸的话是什么意思，我真怕极了。我忍不住抱住妈妈的项颈而哭了。这时候妈妈、爸爸和那个麻子说了许多话，我都听不清楚，又不懂。只听见“剃头”“剃头”，不知是什么意思。我哭了，妈妈就抱我由天井里走出门外。走到门边的时候，我偷眼向里边一望，从窗缝窥见那麻子又咬紧牙齿，在割爸爸的耳朵了。

门外有学生在抛球，有兵在体操，有火车开去。妈妈叫我不要哭，叫我看火车。我悬念着门内的怪事，没心情去看风景，只是凭在妈妈的肩上。

我恨那麻子，这一定不是好人。我想对妈妈说，拿棒去打他。然而我终于不说。因为据我的经验，大人们的意见往往与我相左。他们往往不讲道理，硬要我吃最不好吃的“药”，硬要我做最难当的“洗脸”，或坚不许我弄最有趣的水、最好看的火。今天的怪事，他们对之都漠然，意见一定又是与我相左的。我若提议去打，一定不被赞成。横竖拗不过他们，算了吧。我只有哭！最可怪的，平常同情于我的弄水弄火的宝姐姐，今天也跳出门来笑我，跟了妈妈说我“痴子”。我只有独自哭！有谁同情于我的哭呢？

到妈妈抱了我回来的时候，我才仰起头，预备再看一看，这怪事怎么样了？那可恶的麻子还在否？谁知一跨进墙门槛，就听见“拍，拍”的声音。走进吃饭间，我看见那麻子正用拳头打爸爸的背。“拍，拍”的声音，正是打的声音。可见他一定是用力打的，爸爸一定很痛。然而爸爸何以任他打呢？妈妈何以又不管呢？我又哭。妈妈急急地抱我到房间里，对娘姨讲些话，两人都笑起来，都对我讲了许多话。然而我还听见隔壁打人的“拍，拍”的声音，无心去听她们的话。

爸爸不是说过“打人是最不好的事”吗？那一天软软不肯给我香烟牌子，我打了她一掌，爸爸曾经骂我，说我不好；还有那一天我打碎了寒暑表，妈妈打了我一下屁股，爸爸立刻抱我，对妈妈说“打不行”。何以今天那麻子在打爸爸，大家不管呢？我继续哭，我在妈妈的怀里睡去了。

我醒来，看见爸爸坐在披雅娜［piano（钢琴）］旁边，似乎无伤，耳朵也没有割去，不过头很光白，像和尚了。我见了爸爸，立刻想起了睡前的怪事，然而他们——爸爸、妈妈等——仍是毫不介意，绝不谈起。我一回想，心中非常恐怖又疑惑。明明是爸爸被割项颈，割耳朵，又被用拳头打，大家却置之不问，任我一个人恐怖又疑惑。唉！有谁同情于我的恐怖？有谁为我解释这疑惑呢？

一九二七年初夏

作父亲

楼窗下的弄里远地传来一片声音："咿哟，咿哟……"渐近渐响起来。

一个孩子从算草簿中抬起头来，张大眼睛倾听一会，"小鸡！小鸡！"叫了起来。四个孩子同时放弃手中的笔，飞奔下楼，好像路上的一群麻雀听见了行人的脚步声而飞去一般。

我刚才扶起他们所带倒的凳子，拾起桌子上滚下去的铅笔，听见大门口一片呐喊："买小鸡！买小鸡！"其中又混着哭声。连忙下楼一看，原来元草因为落伍而狂奔，在庭中跌了一跤，跌痛了膝盖骨不能再跑，恐怕小鸡被哥哥、姐姐们买完了轮不着他，所以激烈地哭着。我扶了他走出大门口，看见一群孩子正向一个挑着一担"咿哟，咿哟"的人招呼，欢迎他走近来。元草立刻离开我，上前去加入团体，且跳且喊："买小鸡！买小鸡！"泪珠跟了他的一跳一跳而从脸上滴到地上。

孩子们见我出来，大家回转身来包围了我。"买小鸡！买小鸡！"的喊声由命令的语气变成了请愿的语气，喊得比前更响了。他们仿佛想把这些音蓄入我的身体中，希望它们由我的口上开出来。独有元草直接拉住了担子的绳而狂喊。

我全无养小鸡的兴趣；而且想起了以后的种种麻烦，觉得可怕。但乡居寂寥，绝对摒除外来的诱惑而强迫一群孩子在看惯的几间屋子里隐居这一个星期日，似也有些残忍。且让这个“咿哟、咿哟”来打破门庭的岑寂，当作长闲的春昼的一种点缀吧。我就招呼挑担的，叫他把小鸡给我们看看。

他停下担子，揭开前面的一笼。“咿哟，咿哟”的声音忽然放大。但见一个细网的下面，蠕动着无数可爱的小鸡，好像许多活的雪球。五六个孩子蹲集在笼子的四周，一齐倾情地叫着“好来！好来!”，一瞬间我的心也屏绝了思虑而没入在这些小动物的姿态的美中，体会了孩子们对于小鸡的热爱的心情。许多小手伸入笼中，竞指一只纯白的小鸡，有的几乎要隔网捉住它。挑担的忙把盖子无情地盖上，许多“咿哟，咿哟”的雪球和一群“好来，好来”的孩子就变成了咫尺天涯。孩子们怅望笼子的盖，依附在我的身边，有的伸手摸我的袋。我就向挑担的人说话：

“小鸡卖几钱一只?”

“一块洋钱四只。”

“这样小的，要卖二角半钱一只？可以便宜些否?”

“便宜勿得，二角半钱最少了。”

他说过，挑起担子就走。大的孩子脉脉含情地目送他，小的孩子拉住了我的衣襟而连叫“要买！要买!”。挑担的越走得快，他们喊得越响。我摇手止住孩子们的喊声，再向挑担的问：

“一角半钱一只卖不卖？给你六角钱买四只吧!”

“没有还价!”

他并不停步，但略微旋转头来说了这一句话，就赶紧向前面跑。“咿哟，咿哟”的声音渐渐地远起来了。

元草的喊声就变成哭声。大的孩子锁着眉头不绝地探望挑担者的背影，又注视我的脸色。我用手掩住了元草的口，再向挑担人远远地招呼：

“二角大洋一只，卖了吧!”

“没有还价!”

他说过便昂然地向前进行，悠长地叫出一声“卖——小——鸡——!”其背影便在弄口的转角上消失了。我这里只留着一个嚎啕大哭的孩子。

对门的大嫂子曾经从矮门上探头出来看过小鸡，这时候就拿着针线走出来，倚在门上，笑着劝慰哭的孩子，她说：

“不要哭！等一会儿还有担子挑来，我来叫你呢！”她又笑着向我说：“这个卖小鸡的想做好生意。他看见小孩子哭着要买，越是不肯让价了。昨天坍墙圈里买的一角洋钱一只，比刚才的还大一半呢！”

我同她略谈了几句，硬拉了哭着的孩子回进门来。别的孩子也懒洋洋地跟了进来。我原想为长闲的春昼找些点缀而走出门口来的，不料讨个没趣，扶了一个哭着的孩子而回进来。庭中柳树正在骀荡的春光中摇曳柔条，堂前的燕子正在安稳的新巢上低徊软语。我们这个刁巧的挑担者和痛哭的孩子，在这一片和平美丽的春景中很不调和啊！

关上大门，我一面为元草揩拭眼泪，一面对孩子们说：

“你们大家说‘好来，好来’‘要买，要买’，那人就不肯让价了！”

小的孩子听不懂我的话，继续抽噎着；大的孩子听了我的话若有所思。我继续抚慰他们：

“我们等一会再来买吧，隔壁大妈会喊我们的。但你们下次……”

我不说下去了。因为下面的话是“看见好的嘴上不可说好，想要的嘴上不可说要”。倘再进一步，就变成“看见好的嘴上应该说不好，想要的嘴上应该说不要”了。在这一片天真烂漫光明正大的春景中，向哪里容藏这样教导孩子的一个父亲呢？

廿二（一九三三）年五月二十日

儿女

回想四个月以前，我犹似押送囚犯，突然地把小燕子似的一群儿女从上海的租寓中拖出，载上火车，送回乡间，关进低小的平屋中。自己仍回到上海的租界中，独居了四个月。这举动究竟出于什么旨意，本于什么计划，现在回想起来，连自己也不相信。其实旨意与计划，都是虚空的，自骗自扰的，实际于人生有什么利益呢？只赢得世故尘劳，做弄几番欢愁的感情，增加心头的创痕罢了！

当时我独自回到上海，走进空寂的租寓，心中不绝地浮起这两句《楞严》经文："十方虚空在汝心中，犹如白云点太清里；况诸世界在虚空耶！"

晚上整理房室，把剩在灶间里的篮钵、器皿、余薪、余米，以及其他三年来寓居中所用的家常零星物件，尽行送给来帮我做短工的、邻近的小店里的儿子。只有四双破旧的小孩子的鞋子（不知为什么缘故），我不送掉，拿来整齐地摆在自己的床下，而且后来看到的时候常常感到一种无名的愉快。直到好几天之后，邻居的友人过来闲谈，说起这床下的小鞋子阴气迫人，我方始悟到自己的痴态，就把它们拿掉了。

朋友们说我关心儿女。我对于儿女的确关心，在独居中更常有悬念的时候。但我自以为这关心与悬念中，除了本能以外，似乎尚含有一种更强的加味。所以我往往不顾自己的画技与文笔的拙陋，动辄描摹。因为我的儿女都是孩子，最年长的不过九岁，所以我对于儿女的关心与悬念中，有一部分是对于孩子们——普天下的孩子们——的关心与悬念。他们成人以后我对他们怎样？现在自己也不能晓得，但可推知其一定与现在不同，因为不复含有那种加味了。

回想过去四个月的悠闲宁静的独居生活，在我也颇觉得可恋，又可感谢。然而一旦回到故乡的平屋里，被围在一群儿女的中间的时候，我又不禁自伤了。因为我那种生活，或枯坐、默想，或钻研、搜求，或敷衍、应酬，比较起他们的天真、健全、活跃的生活来，明明是变态的、病的、残废的。

有一个炎夏的下午，我回到家中了。第二天的傍晚，我领了四个孩子——九岁的阿宝、七岁的软软、五岁的瞻瞻、三岁的阿韦——到小院中的槐荫下，坐在地上吃西瓜。夕暮的紫色中，炎阳的红味渐渐消减，凉夜的青味渐渐加浓起来。微风吹动孩子们的细丝一般的头发，身体上汗气已经全消，百感畅快的时候，孩子们似乎已经充溢着生的欢喜，非发泄不可了。最初是三岁的孩子的音乐的表现，他满足之余，笑嘻嘻摇摆着身子，口中一面嚼西瓜，一面发出一种像花猫偷食时候的“ngam ngam”的声音来。这音乐的表现立刻唤起了五岁的瞻瞻的共鸣，他接着发表他的诗：“瞻瞻吃西瓜，宝姐姐吃西瓜，软软吃西瓜，阿韦吃西瓜。”这诗的表现又立刻引起了七岁与九岁的孩子的散文的、数学的兴味：他们立刻把瞻瞻的诗句的意义归纳起来，报告其结果：“四个人吃四块西瓜。”

于是我就做了评判者，在自己心中批判他们的作品。我觉得三岁的阿韦的音乐的表现最为深刻而完全，最能全般表出他的欢喜的感情。五岁的瞻瞻把这欢喜的感情翻译为（他的）诗，已打了一个折扣；然尚带着节奏与旋律的分子，犹有活跃的生命流露着。至于软软与阿宝的散文的、数学的、概念的表现，比较起来更肤浅一层。然而看他们的态度，全部精神没入在吃西瓜的一事中，其明慧的心眼，比大人们所见的完全得多。天地间最健全的心眼，只是孩子们的所有物，世间事物的真相，只有孩子们能最明确、最完全地见到。我比起他们来，真的心眼已经被世智尘劳所蒙蔽，所斲丧，是一个可怜的残废者了。

我实在不敢受他们“父亲”的称呼，倘然“父亲”是尊崇的。

我在平屋的南窗下暂设一张小桌子，上面按照一定的秩序而布置着稿纸、信箧、笔砚、墨水瓶、浆糊瓶、时表和茶盘等，不喜欢别人来任意移动，这是我独居时的惯癖。我——我们大人——平常的举止，总是谨慎、细心、端详、斯文。例如磨墨、放笔、倒茶等，都小心从事，故桌上的布置每日依然，不致破坏或扰乱。因为我的手足的筋觉已经由于屡受物理的教训而深深地养成一种谨惕的惯性了。然而孩子们一爬到我的案上，就捣乱我的秩序，破坏我的桌上的构图，毁损我的器物。他们拿起自来水笔来一挥，洒了一桌子又一衣襟的墨水点；又把笔尖蘸在浆糊瓶里。他们用劲拔开毛笔的铜笔套，手背撞翻茶壶，壶盖打碎在地板上……这在当时实在使我不耐烦，我不免哼喝他们，夺脱他们手里的东西，甚至批他们的小颊。然而我立刻后悔：哼喝之后立刻继之以笑，夺了之后立刻加倍奉还，批颊的手在中途软却，终于变批为抚。因为我立刻自悟其非：我要求孩子们的举止同我自己一样，何其乖谬！我——我们大人——的举止谨惕，是为了身体手足的筋觉已经受了种种现实的压迫而痉挛了的缘故。孩子们尚保有天赋的健全的身手与真朴活跃的元气，岂像我们的穷屈？揖让、进退、规行、矩步等大人们的礼貌，犹如刑具，都是戕贼这天赋的健全的身手的。于是活跃的人逐渐变成了手足麻痹、半身不遂的残废者。残废者要求健全者的举止同他自己一样，何其乖谬！

儿女对我的关系如何？我不曾预备到这世间来做父亲，故心中常是疑惑不明，又觉得非常奇怪。我与他们（现在）完全是异世界的人，他们比我聪明、健全得多；然而他们又是我所生的儿女。这是何等奇妙的关系！世人以膝下有儿女为幸福，希望以儿女永续其自我，我实在不解他们的心理。我以为世间人与人的关系，最自然最合理的莫如朋友。君臣、父子、昆弟、夫妇之情，在十分自然合理的时候都不外乎是一种广义的友谊。所以朋友之情，实在是一切人情的基础。“朋，同类也。”并育于大地上的人，都是同类的朋友，共为大自然的儿女。世间的人，忘却了他们的大父母，而只知有小父母，以为父母能生儿女，儿女为父母所生，故儿女可以永续父母的自我，而使之永存。于是无子者叹天道之无知，子不肖者自伤其天命，而狂进杯中之物，其实天道有何厚薄于其齐生并育的儿女！我真不解他们的心理。

近来我的心为四事所占据了：天上的神明与星辰，人间的艺术与儿童，这小燕子似的一群儿女，是在人世间与我因缘最深的儿童，他们在我心中占有与神明、星辰、艺术同等的地位。

戊辰（一九二八）年韦驮圣诞作于石湾

我的母亲

中国文化馆要我写一篇《我的母亲》，并寄我母亲的照片一张。照片我有一张四寸的肖像，一向挂在我的书桌的对面。已有放大的挂在堂上，这一张小的不妨送人。但是《我的母亲》一文从何处说起呢？看看母亲的肖像，想起了母亲的坐姿。母亲生前没有摄取坐像的照片，但这姿态清楚地摄入在我脑海中的底片上，不过没有晒出。现在就用笔墨代替显影液和定影液，把我母亲的坐像晒出来吧：

我的母亲坐在我家老屋的西北角里的八仙椅子上，眼睛里发出严肃的光辉，口角上表出慈爱的笑容。

老屋的西北角里的八仙椅子，是母亲的老位子。从我小时候直到她逝世前数月，母亲空下来总是坐在这把椅子上，这是很不舒服的一个座位：我家的老屋是一所三开间的楼厅，右边是我的堂兄家，左边一间是我的堂叔家，中央一间是我家。但是没有板壁隔开，只拿在左右的两排八仙椅子当作三份人家的界限。所以母亲坐的椅子，背后凌空。若是沙发椅子，三面有柔软的厚壁，凌空原无妨碍。但我家的八仙椅子是木造的，坐板和靠背成九十度角，靠背只是疏疏的几根木条，其高只及人的肩膀。母亲坐着没处搁头，很不安稳。母亲又防椅子的脚摆在泥土上要霉烂，用二三寸高的木座子衬在椅子脚下，因此这只八仙椅子特别高，母亲坐上去两脚须得挂空，很不便利。所谓西北角，就是左边最里面的一只椅子。这椅子的里面就是通过退堂的门。退堂里就是灶间。母亲坐在椅子上向里面顾，可以看见灶头。风从里面吹出的时候，烟灰和油气都吹在母亲身上，很不卫生。堂前隔着三四尺阔的一条天井便是墙门。墙外面便是我们的染坊店。母亲坐在椅子里向外面望，可以看见杂沓往来的顾客，听到沸反盈天的市井声，很不清静。但我的母亲一向坐在我家老屋西北角里的这样不安稳、不便利、不卫生、不清静的一只八仙椅子上，眼睛发出严肃的光辉，口角上表出慈爱的笑容。母亲为什么老是坐在这样不舒服的椅子里呢？因为这位子在我家中最为冲要。母亲坐在这位子里可以顾到灶上，又可以顾到店里。母亲为要兼顾内外，便顾不到座位的安稳不安稳，便利不便利，卫生不卫生和清静不清静了。

我四岁时，父亲中了举人，同年祖母逝世，父亲丁艰在家，郁郁不乐，以诗酒自娱，不管家事，丁艰终而科举废，父亲就从此隐遁。这期间家事店事，内外都归母亲一人兼理。我从书堂出来，照例走向坐在西北角里的椅子上的母亲的身边，向她讨点东西吃吃。母亲口角上表出亲爱的笑容，伸手除下挂在椅子头顶的“饿杀猫篮”，拿起饼饵给我吃；同时眼睛里发出严肃的光辉，给我几句勉励。

我九岁的时候，父亲遗下了母亲和我们姐弟六人，薄田数亩和染坊店一间而逝世。我家内外一切责任全部归母亲负担。此后她坐在那椅子上的时间愈加多了。工人们常来坐在里面的凳子上，同母亲谈家事；店伙们常来坐在外面的椅子上，同母亲谈店事；父亲的朋友和亲戚邻人常来坐在对面的椅子上，同母亲交涉或应酬。我从学堂里放假回家，又照例走向西北角里的椅子边，同母亲讨个铜板。有时这四班人同时来到，使得母亲招架不住，于是她用了眼睛的严肃的光辉来命令、警戒，或交涉；同时又用了口角上的慈爱的笑容来劝勉、抚爱，或应酬。当时的我看惯了这种光景，以为母亲是天生成坐在这只椅子上的，而且天生成有四班人向她缠绕不清的。

我十七岁离开母亲，到远方求学。临行的时候，母亲眼睛里发出严肃的光辉，诫告我待人接物求学立身的大道；口角上表出慈爱的笑容，关照我起居饮食一切的细事。她给我准备学费，她给我置备行李，她给我制一罐猪油炒米粉，放在我的网篮里；她给我做一个小线板，上面插两只引线放在我的箱子里，然后送我出门。放假归来的时候，我一进店门，就望见母亲坐在西北角里的八仙椅子上。她欢迎我归家，口角上表出慈爱的笑容，她探问我的学业，眼睛里发出严肃的光辉。晚上她亲自上灶，烧些我所爱吃的菜蔬给我吃，灯下她详询我的学校生活，加以勉励、教训，或责备。

我廿二岁毕业后，赴远方服务，不克依居母亲膝下，惟假期归省。每次归家，依然看见母亲坐在西北角里的椅子上，眼睛里发出严肃的光辉，口角上表现出慈爱的笑容。她像贤主一般招待我，又像良师一般教训我。

我三十岁时，弃职归家，读书著述奉母。母亲还是每天坐在西北角里的八仙椅子上，眼睛里发出严肃的光辉，口角上表出慈爱的笑容。只是她的头发已由灰白渐渐转成银白了。

我三十三岁时，母亲逝世。我家老屋西北角里的八仙椅子上，从此不再有我母亲坐着了。然而我每逢看见这只椅子的时候，脑际一定浮出母亲的坐像——眼睛里发出严肃的光辉，口角上表出慈爱的笑容。她是我的母亲，同时又是我的父亲。她以一身任严父兼慈母之职而训诲我抚养我，从我呱呱坠地的时候直到三十三岁，不，直到现在。陶渊明诗云："昔闻长者言，掩耳每不喜。"我也犯这个毛病；我曾经全部接受了母亲的慈爱，但不会全部接受她的训诲。所以现在我每次在想象中瞻望母亲的坐像，对于她口角上的慈爱的笑容觉得十分感谢，对于她眼睛里的严肃的光辉，觉得十分恐惧。这光辉每次给我以深刻的警惕和有力的勉励。

民国廿六（一九三七）年二月廿八日

妹妹新娘子
弟弟新官人
姊姊做媒人
子愷畫

妹妹新娘子　弟弟新官人　姊姊做媒人

忆弟

突然外面走进一个人来，立停在我面前咫尺之地，向我深深地作揖。我连忙拔出口中的卷烟而答礼，烟灰正擦在他的手背上，卷烟熄灭了，连我也觉得颇有些烫痛。

等他仰起头来，我看见一个衰老憔悴的面孔，下面穿一身褴褛的衣裤，伛偻地站着。我的回想在脑中曲曲折折地转了好几个弯，才寻出这人的来历。起先认识他是太，后来记得他姓朱，我便说道：

“啊！你是朱家大伯！长久不见了。近来……”

他不等我说完就装出笑脸接上去说：

“少爷，长久不见了，我现在住在土地庵里，全靠化点香钱过活。少爷现在上海发财？几位官官了？真是前世修的好福气！”

我没有逐一答复他在不在上海，发不发财，和生了几个儿子；只是惟惟否否。他也不要求一一答复，接连地说过便坐下在旁边的凳子上。

我摸出烟包，抽出一支烟来请他吸，同时忙碌地回想过去。

二十余年之前，我十三四岁的时候，和满姐、慧弟跟着母亲住在染坊店里面的老屋里。同住的是我们的族叔一家。这位朱家大伯便是叔母的娘家的亲戚而寄居在叔母家的。他年纪与叔母仿佛。也许比叔母小，但叔母叫他“外公”，叔母的儿子叫他“外公太太”（注：石门湾方言。称曾祖为太）。论理我们也该叫他“外公太太”；但我们不论。一则因为他不是叔母的嫡亲外公，听说是她娘家同村人的外公；且这叔母也不是我们的嫡亲叔母，而是远房的。我们倘对他攀亲，正如我乡俗语所说："攀了三日三夜，光绪皇帝是我表兄"了。二则因为他虽然识字，但是挑水果担的，而且年纪并不大，叫他"太太"有些可笑。所以我们都跟染坊店里的人叫他朱家大伯。而在背后谈他的笑话时，简称他为"太"。这是尊称的反用法。

太的笑话很多，发见他的笑话的是慧弟。理解而赏识这些笑话的只有我和满姐。譬如吃夜饭的时候，慧忽然用饭碗接住了他的尖而长的下巴，独自吃吃地笑个不住。我们便知道他是想起了今天所发见的太的笑话了，就用"太今天怎么样？"一句话来催他讲。他笑完了便讲：

"太今天躺在店里的榻上看《康熙字典》。竺官坐在他旁边，也拿起一册来翻。翻了好久，把书一掷叫道：'竺字在哪里？你这部字典翻不出的！'太一面看字典，一面随口回答：'蛮好翻的！'竺官另取一册来翻了好久，又把书一掷叫道：'翻不出的！你这部字典很难翻！'他又随口回答'蛮好翻的！再要好翻没有了！'"

讲到这里，我们三人都笑不可仰了。母亲催我们吃饭。我们吃了几口饭又笑了起来。母亲说出两句陈语来："食不言，寝不语。你们父亲前头……"但下文大都被我们的笑声淹没了。从此以后，我们要说事体的容易做，便套用太的语法，说"再要好做没有了"。后来更进一步。便说"同太的字典一样"了。现在慧弟的墓木早已拱了，我同满姐二人有时也还在谈话中应用这句古话以取笑乐。——虽然我们的笑声枯燥冷淡，远不及二十余年前夜饭桌上的热烈了。

有时他用手按住了嘴巴从店里笑进来，又是发见了太的笑话了。"太今天怎么样？"一问，他便又讲出一个来。

"竺官问太香瓜几钱一个，太说三钱一个，竺官说：'一钱三个？'太说：'勿要假来假去！'竺官向他担子里捧了三个香瓜就走，一面说着：'一个铜元欠一欠，大年夜里有月亮，还你。'太追上去夺回香瓜。一个一个地还到担子里去，口里唱一般地说：'别的事情可假来假去，做生意勿可假来假去！'"

讲到“别的事情都可假来假去”一句，我们又都笑不可仰了。

慧弟所发见的趣话，大都是这一类的。现在回想起来，他真是一个很别致的人。他能在寻常的谈话中随处发见笑的资料。例如嫌冷的人叫一声“天为什么这样冷！”装穷的人说了一声“我哪里有钱！”表明不赌的人说了一声“我几时弄牌！”又如怪人多事的人说了一句“谁要你讨好！”虽然他明知道这是借疑问词来加强语气的，并不真个要求对手的解答，但他故意捉住了话中的“为什么”“哪里”“几时”“谁”等疑问词而作可笑的解答。倘有人说“我马上去”，他便捉住他问“你的马在哪里？”倘有人说“轮船马上开”，他就笑得满座皆笑了。母亲常说他“吃了笑药”，但我们这孤儿寡妇的家庭幸有这吃笑药的人，天天不缺乏和乐而温暖的空气。我和满姐虽然不能自动发见笑的资料，但颇能欣赏他的发见，尤其是关于太的笑话，在我们脑中留下不朽的印象。所以我和他虽已阔别二十余年，今天一见立刻认识，而且立刻想起他那部“再要好翻没有了”的字典。

但他今天不讲字典，只说要买一只龛缸，向我化一点钱。他说：

“我今年七十五岁了，近来一年不如一年。今年三月里在桑树根上绊一绊跌了一跤，险险乎病死。靠菩萨，还能走出来。但是还有几时活在世上呢？庵里毫无出息。化化香钱呢，大字号店家也只给一两个小钱，初一月半两次，每次最多得到三角钱，连一口白饭也吃不饱。店里先生还嫌我来得太勤。饿死了也干净，只怕这几根骨头没有人收拾，所以想买一只缸。缸价要七八块钱，汪恒泰里已答应我出两块钱，请少爷也做个好事。钱呢，买好了缸来领。”

我和满姐立刻答应他每人出一块钱。又请他喝一杯茶，留他再坐。我们想从他那里找寻自己童年的心情，但终于找不出，即使找出了也笑不出。因为主要的赏识者已不在人世，而被赏识的人已在预备买缸收拾自己的骨头，残生的我们也没有心思再作这种闲情的游戏了。我默默地吸卷烟，直到他的辞去。

一九三三年六月廿四日在石门湾

爱子之心

吾乡风俗，给孩子取名常用“丫头”“小狗”“和尚”等。倘到村庄上去调查起来，可见每个村庄上名叫丫头的一定不止一个，有大丫头、小丫头等；名叫和尚的也一定不止一个，有三和尚、四和尚等。不但村庄上如此，镇上、城里，也有着不少的丫头、小狗和和尚。名叫丫头的有时是一个老头子。名叫小狗的有时是一条大汉，名叫和尚的有时是一个富商。我在闻名见面时，往往忍不住要笑出来。

这种名字当然不是本人自己要取的，原是由乳名沿用而来的，但他们的父母为什么给他们取这种乳名呢？窥察他们的用意，大概出于爱子之心。这种人的孩子时代大概是宠儿或独子。父母深恐他们不长养，因而给他们取这种名字。

为什么给孩子取名丫头、小狗，或和尚，孩子便会长养呢？窥察他们的理论是这样：世间可贵的东西往往容易丧失，而贱的东西偏生容易长养。故要宠儿或独子长养，只要在名义上把他们假装为贱的，死神便受他们的欺骗，不会来光顾了。故普通给孩子取名，大都取个福生、寿生、富生，或贵生；但给宠儿或独子取名，这等好字眼都用不着。并非不要他有福、有寿、大富、大贵，只因宠儿或独子，本身已经太贵而有容易丧失的危险。欲杜死神的觊觎而防危险，正宜取最贱的称呼。他们以为世间贱的东西，是女人、畜生和和尚。故宠儿或独子的名字取了“丫头”“小狗”，或“和尚”，死神听见了便以为他真是丫头，真是和尚，或者真是一只小狗，就放他壮健地活在世上了。

“丫头”这称呼，在吾乡有两种用法：镇上人称使女为丫头，乡下人称女儿为丫头。无论为使女或女儿，总之，丫头就是女孩子。女人是贱的，女孩子是女人中之小者，故丫头犹言“小贱人”。以此称呼宠儿或独子给死神听，最为稳当。故一村之中，名叫丫头的一定不止一个。

畜生的贱，不言可知，但其中最贱的是狗，因为它是吃屎的。故宠儿独子只要实际不吃屎，不妨取名小狗。

至于和尚，在吾乡也是贱的东西。把儿子卖给寺里作小和尚，丰年也只卖三块钱一岁，荒年白送也没有人要。这样看来，小和尚比猪羊等畜生更贱。故名叫和尚的孩子尤多。但又有人说，这名字除此以外还有一种法力：和尚是修行的，修行是积福积寿的。取名为和尚，可免修行之苦，而得福寿之利，也是一种不劳而获的方法。

一九三三年六月廿九日

送考

今年的早秋，我送一群小学毕业生到杭州来投考中学。

这一群小学毕业生中，有我的女儿和我的亲戚、朋友家的儿女，送考的也还有好几个人，父母、亲戚或先生。我名为送考，其实没有什么重要责任，因此我颇有闲散心情，可以旁观他们的投考。

坐船出门的一天，乡间旱象已成。运河两岸，水车同体操队伍一般排列着，咿哑之声不绝于耳。村中农夫全体出席踏水，已种田而未全枯的当然要出席，已种田而已全枯的也要出席，根本没有种田的也要出席；有的车上，连妇人、老太婆和十二三岁的孩子也都出席。这不是平常的灌溉，这是人与自然奋斗！我在船窗中听了这种声音，看了这种情景，不胜感动。但那班投考的孩子们对此如同不闻不见，只管埋头在《升学指导》《初中入学试题汇观》等书中。我喊他们：

“喂！抱佛脚没有用！看这许多人的工作！这是百年来未曾见过的状态，大家看！”但他们的眼向两岸看了一看，就回到书上，依旧埋头在书中。后来却提出种种问题来考我：

“穿山甲喜欢吃什么东西？”

“耶稣生时当中国什么朝代？”

“无烟火药是用什么东西制成的？”

“挪威的海岸线长多少哩？”

我全被他们难倒了，一个问题都答不出来。我装着内行的神气对他们说："这种题目不会考的！"他们都笑起来，伸出一根手指点着我，说："你考不出！你考不出！"我老羞并不成怒，笑着，倚在船窗上吸烟。后来听见他们里面有人在教我："穿山甲喜欢吃蚂蚁的！……"我管自看踏水，不去听他们的话；他们也管自埋头在书中不来睬我，直到舍船登陆。

乘进火车里，他们又拿出书来看；到了旅馆里，他们又拿出书来看。一直看到考的前晚。在旅馆里我们遇到了另外几个朋友的儿女，大家同去投考。赴考这一天，我五点钟就被他们吵醒，也就起个早来送他们。许多童男童女，各人携了文具，带了一肚皮"穿山甲喜欢吃蚂蚁"之类的知识，坐黄包车去赴考。有几个十二三岁的女孩，愁容满面地上车，好像被押赴刑场似的，看了真有些可怜。

到了晚快，许多孩子活泼地回来了。一进房间就凑作一堆讲话：哪个题目难，哪个题目易；你的答案不错，我的答案错，议论纷纷，沸反盈天。讲了半天，结果有的脸上表示满足，有的脸上表示失望。然而嘴上大家准备不取。男的孩子高声地叫："我横竖不取的！"女的孩子恨恨地说："我取了要死！"

他们每人投考的不止一个学校，有的考二校，有的考三校。大概省立的学校是大家共同投考的。其次，市立的、公立的、私立的、教会的，则各人各选。然而大多数的投考者和送考者观念中，都把杭州的学校这样地排列着高下等第。明知自己的知识不足，算术做不出；明知省立学校难考取，要十个里头取一个，但宁愿多出一块钱的报名费和一张照片，去碰碰运气看。万一考得取，可以爬得高些。省立学校的"省"字仿佛对他们发散着无限的香气。大家讲起了不胜欣羡的。

从考毕到发表的几天之内，投考者之间空气非常沉闷。有几个女生简直是寝食不安，茶饭无心。他们的胡思梦想在谈话中反反复复地吐露出来，考得得意的人，有时好像很有把握，在那里探听省立学校的制服的形式了；但有时听见人说："十个人里头取一个，成绩好的不一定统统取"，就忽然心灰意懒，去讨别的学校的招生简章了。考得不得意的人嘴上虽说"取了要死"，但从他们的屈指计算发表日期的态度上，可以窥知他们并不绝望。世间不乏侥幸的例，万一取了，他们便是“死而复生”，岂不更加欢喜？然而有时他们忽然觉得这太近于梦想，问过了“发表还有几天”之后，立刻接一句“不关我的事”。

我除了早晚听他们纷纷议论之外，白天统在外面跑，或者访友，或者觅画。省立学校录取案发表的一天，奇巧轮到我同去看榜。我觉得看榜这一刻工夫心情太紧张了，不教他们亲自去看。同时我也不愿意代他们去看，便想出一个调剂紧张的方法来：我和一班学生坐在学校附近一所茶店里了，教他们的先生一个人去看，看了回到茶店里来报告。然而这方法缓和得有限。在先生去了约一刻钟之后，大家眼巴巴地望他回来。有的人伸长了脖子向他的去处张望，有的人跨出门槛去等他。等了好久，那去处就变成了十目所视的地方，凡有来人，必牵惹许多小眼睛的注意，其中穿夏布长衫的人尤加触目惊心，几乎可使他们立起身来。久待不来，那位先生竟无辜地成了他们的冤家对头。有的女学生背地里骂他“死掉了”，有的男学生料他“被公共汽车碾死”。但他到底没有死，终于拖了一件夏布长衫，从那去处慢慢地踱回来了。“回来了，回来了，”一声叫后，全体肃静，许多眼睛集中在他的嘴唇上，听候发落。这数秒间的空气的紧张，是我这支自来水笔所不能描写的啊！

“谁取的”“谁不取”，一一从先生的嘴唇上判决下来。他的每一句话好像一个霹雳，我几乎想包耳朵。受到这种霹雳的人有的脸色惨白了，有的脸色通红了，有的茫然若失了，有的手足无措了，有的哭了，但没有笑的人。结果是不取的一半，取的一半。我抽了一口大气，开始想法子来安慰哭的人。我胡乱造出些话来把学校骂了一顿，说它办得怎样不好，所以不取并不可惜。不期说过之后，哭的人果然笑了，而满足的人似乎有些怀疑了。我在心中暗笑，孩子们的心，原来是这么脆弱的啊！教他们吃这种霹雳，真是残酷！

以后在各校录取案发表的时候，我有意回避，不愿再尝那种紧张的滋味。但听说后来的缓和得多，一则因为那些学校被他们认为不好，取不取不足计较；二则小胆儿吓过几回，有些儿麻木了。不久，所有的学生都捞得了一个学校。于是找保人，缴学费，又忙了几天。这时候在旅馆中所听到的谈话，都是“我们的学校长，我们的学校短”的一类话了。但这些“我们”之中，其亲切的程度有差别。大概考取省立学校的人所说的“我们”是亲切的，而且带些骄傲。考不取省立学校而只得进他们所认为不好的学校的人的“我们”，大概说得不亲切些。他们预备下年再去考省立学校。

旱灾比我们来时更进步了，归乡水路不通，下火车后须得步行三十里。考取了学校的人都鼓着勇气，跑回家去取行李，雇人挑了，星夜启程跑到火车站，乘车来杭入学。考取省立学校的人尤加起劲，跑路不嫌劳苦，置备入学的用品也不惜金钱。似乎能够考得进去，便有无穷的后望，可以一辈子荣华富贵，吃用不尽似的。

廿三（一九三四）年九月十日于西湖招贤寺

从孩子得到的启示

晚上喝了三杯老酒，不想看书，也不想睡觉，捉一个四岁的孩子华瞻来骑在膝上，同他寻开心。我随口问："你最喜欢甚么事？"

他仰起头一想，率然地回答："逃难。"

我倒有点奇怪："逃难"两字的意义，在他不会懂得，为甚么偏偏选择它？倘然懂得，更不应该喜欢了。我就设法探问他：

"你晓得逃难就是甚么？"

"就是爸爸、妈妈、宝姊姊、软软……娘姨，大家坐汽车，去看大轮船。"

啊！原来他的"逃难"的观念是这样的！他所见的"逃难"，是"逃难"的这一面！这真是最可喜欢的事！

一个月以前，上海还属孙传芳的时代，国民革命军将到上海的消息日紧一日，素不看报的我，这时候也定一份《时事新报》，每天早晨看一遍。有一天，我正在看昨天的旧报，等候今天的新报的时候，忽然上海方面枪炮声响了，大家惊惶失色，立刻约了邻人，扶老携幼地逃到附近江湾车站对面的妇孺救济会里去躲避。其实倘然此地果真进了战线，或到了败兵，妇孺救济会也是不能救济的。不过当时张皇失措，有人提议这办法，大家就假定它为安全地带，逃了进去。那里面地方大，有花园、假山、小川、亭台、曲栏、长廊、花树、白鸽，孩子一进去，登临盘桓，快乐得如入新天地了。忽然兵车在墙外过，上海方面的机关枪声、炮声，愈响愈近，又愈密了。大家坐定之后，听听、想想，方才觉得这里也不是安全地带，当初不过是自骗罢了。有决断的人先出来雇汽车逃往租界。每走出一批人，留在里面的人增一次恐慌。我们集合邻人来商议，也决定出来雇汽车，逃到杨树浦的沪江大学。于是立刻把小孩们从假山中、栏杆内捉出来，装进汽车里，飞奔杨树浦了。

所以决定逃到沪江大学者，因为一则有邻人与该校熟识，二则该校是外国人办的学校，较为安全可靠。枪炮声渐远弱，到听不见了的时候，我们的汽车已到沪江大学。他们安排一个房间给我们住，又为我们代办膳食。傍晚，我坐在校旁黄浦江边的青草堤上，怅望云水遥忆故居的时候，许多小孩子采花、卧草，争看无数的帆船、轮船的驶行，又是快乐得如入新天地了。

次日，我同一邻人步行到故居来探听情形的时候，青天白日的旗子已经招展在晨风中，人人面有喜色，似乎从此可庆承平了。我们就雇汽车去迎回避难的眷属，重开我们的窗户，恢复我们的生活。从此"逃难"两字就变成家人的谈话的资料。

这是"逃难"。这是多么惊慌、紧张而忧患的一种经历！然而人物一无损丧，只是一次虚惊；过后回想，这回好似全家的人突发地出门游览两天。我想假如我是预言者，晓得这是虚惊，我在逃难的时候将何等有趣！素来难得全家出游的机会，素来少有坐汽车、游览、参观的机会。那一天不论时，不论钱，浪漫地、豪爽地、痛快地举行这游历，实在是人生难得的快事！只有小孩子真果感得这快味！他们逃难回来以后，常常拿香烟篚子来叠作栏杆、小桥、汽车、轮船、帆船；常常问我关于轮船、帆船的事；墙壁上及门上又常常有有色粉笔画的轮船、帆船、亭子、石桥的壁画出现。可见这"逃难"，在他们脑中有难忘的欢乐的印象。所以今晚我无端地问华瞻最欢喜甚么事，他立刻选定这"逃难"。原来他所见的，是"逃难"的这一面。

不止这一端：我们所打算、计较、争夺的洋钱，在他们看来个个是白银的浮雕的胸章；仆仆奔走的行人，扰扰攘攘的社会，在他们看来都是无目的地在游戏，在演剧；一切建设，一切现象，在他们看来都是大自然的点缀、装饰。

唉！我今晚受了这孩子的启示：他能撤去世间事物的因果关系的网，看见事物的本身的真相。我在世智尘劳的实生活中，也应该懂得这撤网的方法，暂时看看事物本身的真相。唉，我要向他学习！

一九二六年

两个「?」

我从幼小时候就隐约地看见两个“?”。但我到了三十岁上方才明确地看见它们。现在我把看见的情况写些出来。

第一个“?”叫做“空间”。我孩提时跟着我的父母住在故乡石门湾的一间老屋里，以为老屋是一个独立的天地。老屋的壁的外面是什么东西，我全不想起。有一天，邻家的孩子从壁缝间塞进一根鸡毛来，我吓了一跳；同时，悟到了屋的构造，知道屋的外面还有屋，空间的观念渐渐明白了。我稍长，店里的伙计抱了我步行到离家二十里的石门城里的姑母家去，我在路上看见屋宇毗连，想象这些屋与屋之间都有壁，壁间都可塞过鸡毛。经过了很长的桑地和田野之后，进城来又是毗连的屋宇，地方似乎是没有穷尽的。从前我把老屋的壁当作天地的尽头，现在知道不然。我指着城外问大人们：“再过去还有地方吗?”大人们回答我说：“有嘉兴、苏州、上海；有高山，有大海，还有外国。你大起来都可去玩。”一个粗大的“?”隐约地出现在我的眼前。回家以后，早晨醒来，躺在床上驰想：床的里面是帐，除去了帐是壁，除去了壁是邻家的屋，除去了邻家的屋又是屋，除完了屋是空地，空地完了又是城市的屋，或者是山是海，除去了山，渡过了海，一定还有地方……空间到什么地方为止呢?我把这疑问质问大姐。大姐回答我说：“到天边上为止。”她说天像一只极大的碗覆在地面上。天边上是地的尽头，这话我当时还听得懂；但天边的外面又是什么地方呢？大姐说："不可知了。"很大的"？"又出现在我的眼前，但须臾就隐去。我且吃我的糖果，玩我的游戏吧。

我进了小学校，先生教给我地球的知识。从前的疑问到这时候豁地解决了。原来地是一个球。那么，我躺在床上一直向里床方面驰想过去，结果是绕了地球一匝而仍旧回到我的床前。这是何等新奇而痛快的解决！我回家来欣然地把这新闻告诉大姐。大姐说："球的外面是什么呢？"我说："是空。""空到什么地方为止呢？"我茫然了。我再到学校去问先生，先生说："不可知了。"很大的"？"又出现在我的眼前，但也不久就隐去。我且读我的英文，做我的算术吧。

我进师范学校，先生教我天文。我怀着热烈的兴味而听讲，希望对于小学时代的疑问，再得一个新奇而痛快的解决。但终于失望。先生说："天文书上所说的只是人力所能发见的星球。"又说："宇宙是无穷大的。"无穷大的状态，我不能想象。我仍是常常驰想，这回我不再躺在床上向横方驰想，而是仰首向天上驰想；向这苍苍者中一直上去，有没有止境？有的么，其处的状态如何？没有的么，使我不能想象。我眼前的"？"比前愈加粗大，愈加迫近，夜深人静的时候，我屡屡为了它而失眠。我心中愤慨地想：我身所处的空间的状态都不明白，我不能安心做人！世人对于这个切身而重大的问题，为什么都不说起？以后我遇见人，就向他们提出这疑问。他们或者说不可知，或一笑置之，而谈别的世事了。我愤慨地反抗："朋友，这个问题比你所谈的世事重大得多，切身得多！你为什么不理？"听到这话的人都笑了。他们的笑声中似乎在说："你有神经病了。"我不好再问，只得让那粗大的"？"照旧挂在我的眼前。

第二个"？"叫做"时间"。我孩提时关于时间只有昼夜的观念。月、季、年、世等观念是没有的。我只知道天一明一暗，人一起一睡，叫做一天。我的生活全部沉浸在"时间"的急流中，跟了它流下去，没有抬起头来望望这急流的前后的光景的能力。有一次新年里，大人们问我几岁，我说六岁。母亲教我："你还说六岁？今年你是七岁了，已经过了年了。"我记得这样的事以前似曾有过一次。母亲教我说六岁时也是这样教的。但相隔久远，记忆模糊不清了。我方才知道这样时间的间隔叫做一年，人活过一年增加一岁。那时我正在父亲的私塾里读完《千字文》，有一晚，我到我们的染坊店里去玩，看见帐桌上放着一册帐簿，簿面上写着“菜字元集”这四字。我问管帐先生，这是什么意思？他回答我说：“这是用你所读的《千字文》上的字来记年代的。这店是你们祖父手里开张的。开张的那一年所用的第一册帐簿，叫做‘天字元集’，第二年的叫做‘地字元集’，天地玄黄，宇宙洪荒……每年用一个字。用到今年正是‘菜重芥姜’的‘菜’字。”因为这事与我所读的书有关连，我听了很有兴味。他笑着摸摸他的白胡须，继续说道：“明年‘重’字，后年‘芥’字，我们一直开下去，开到‘焉哉乎也’的‘也’字，大家发财！”我口快地接着说：“那时你已经死了！我也死了！”他用手掩住我的口道：“话勿得！话勿得！大家长生不老！大家发财！”我被他弄得莫名其妙，不敢再说下去了。但从这时候起，我不复全身沉浸在“时间”的急流中跟它漂流。我开始在这急流中抬起头来，回顾后面，眺望前面，想看看“时间”这东西的状态。我想，我们这店即使依照《千字文》开了一千年，但“天”字以前和“也”字以后，一定还有年代。那么，时间从何时开始，何时了结呢？又是一个粗大的“？”隐约地出现在我的眼前。我问父亲：“祖父的父亲是谁？”父亲道：“曾祖。”“曾祖的父亲是谁？”“高祖。”“高祖的父亲是谁？”父亲看见我有些像孟尝君，笑着抚我的头，说：“你要知道他做什么？人都有父亲，不过年代太远的祖宗，我们不能一一知道他的人了。”我不敢再问，但在心中思维“人都有父亲”这句话，觉得与空间的“无穷大”同样不可想象。很大的“？”又出现在我的眼前。

我入小学校，历史先生教我盘古氏开天辟地的事。我心中想：天地没有开辟的时候状态如何？盘古氏的父亲是谁？他的父亲的父亲的父亲……又是谁？同学中没有一个提出这样的疑问，我也不敢质问先生。我入师范学校，才知道盘古氏开天辟地是一种靠不住的神话。又知道西洋有达尔文的“进化论”，人类的远祖就是做戏法的人所畜的猴子。而且猴子还有它的远祖。从我们向过去逐步追溯上去，可一直追溯到生物的起源、地球的诞生、太阳的诞生、宇宙的诞生。再从我们向未来推想下去，可一直推想到人类的末日、生物的绝种、地球的毁坏、太阳的冷却、宇宙的寂灭。但宇宙诞生以前，和寂灭以后，“时间”这东西难道没有了吗？“没有时间”的状态，比“无穷大”的状态愈加使我不能想象。而时间的性状实比空间的性状愈加难于认识。我在自己的呼吸中窥探时间的流动痕迹，一个个的呼吸鱼贯的翻进“过去”的深渊中，无论如何不可挽留。我害怕起来，屏住了呼吸，但自鸣钟仍在“的格，的格”地告诉我时间的经过。一个个的“的格”鱼贯地翻进过去的深渊中，仍是无论如何不可挽留的。时间究竟怎样开始？将怎样告终？我眼前的“？”比前愈加粗大，愈加迫近了。夜深人静的时候，我屡屡为它失眠。我心中愤慨地想：我的生命是跟了时间走的。“时间”的状态都不明白，我不能安心做人！世人对于这个切身而重大的问题，为什么都不说起？以后我遇见人，就向他们提出这个问题。他们或者说不可知，或者一笑置之，而谈别的世事了。我愤慨地反抗：“朋友！我这个问题比你所谈的世事重大得多，切身得多！你为什么不理？”听到这话的人都笑了。他们的笑声中似乎在说：“你有神经病了！”我不再问，只能让那粗大的“？”照旧挂在我的眼前，直到它引导我入佛教的时候。

廿二（一九三三）年二月廿四日

渐

使人生圆滑进行的微妙的要素，莫如“渐”；造物主骗人的手段，也莫如“渐”。在不知不觉之中，天真烂漫的孩子“渐渐”变成野心勃勃的青年；慷慨豪侠的青年“渐渐”变成冷酷的成人；血气旺盛的成人“渐渐”变成顽固的老头子。因为其变更是渐进的，一年一年地、一月一月地、一日一日地、一时一时地、一分一分地、一秒一秒地渐进，犹如从斜度极缓的长远的山坡上走下来，使人不察其递降的痕迹，不见其各阶段的境界，而似乎觉得常在同样的地位，恒久不变，又无时不有生的意趣与价值，于是人生就被确实肯定，而圆滑进行了。假使人生的进行不像山坡而像风琴的键板，由 do 忽然移到 re，即如昨夜的孩子今朝忽然变成青年；或者像旋律的“接离进行”地由 do 忽然跳到 mi，即如朝为青年而夕暮忽成老人，人一定要惊讶、感慨、悲伤、或痛感人生的无常，而不乐为人了。故可知人生是由“渐”维持的。这在女人恐怕尤为必要：歌剧中，舞台上的如花的少女，就是将来火炉旁边的老婆子，这句话，骤听使人不能相信，少女也不肯承认，实则现在的老婆子都是由如花的少女“渐渐”变成的。

人之能堪受境遇的变衰，也全靠这“渐”的助力。巨富的纨绔子弟因屡次破产而“渐渐”荡尽其家产，变为贫者；贫者只得做佣工，佣工往往变为奴隶，奴隶容易变为无赖，无赖与乞丐相去甚近，乞丐不妨做偷儿……这样的例，在小说中，在实际上，均多得很。因为其变衰是延长为十年二十年而一步一步地“渐渐”地达到的，在本人不感到什么强烈的刺激。故虽到了饥寒病苦刑笞交迫的地步，仍是熙熙然贪恋着目前的生的欢喜。假如一位千金之子忽然变了乞丐或偷儿，这人一定愤不欲生了。

这真是大自然的神秘的原则，造物主的微妙的功夫！阴阳潜移，春秋代序，以及物类的衰荣生杀，无不暗合于这法则。由萌芽的春“渐渐”变成绿阴的夏；由凋零的秋“渐渐”变成枯寂的冬。我们虽已经历数十寒暑，但在围炉拥衾的冬夜仍是难于想象饮冰挥扇的夏日的心情；反之亦然。然而由冬一天一天地、一时一时地、一分一分地、一秒一秒地移向夏，由夏一天一天地、一时一时地、一分一分地、一秒一秒地移向冬，其间实在没有显著的痕迹可寻。昼夜也是如此：傍晚坐在窗下看书，书页上“渐渐”地黑起来，倘不断地看下去（目力能因了光的渐弱而渐渐加强），几乎永远可以认识书页上的字迹，即不觉昼之已变为夜。黎明凭窗，不瞬目地注视东天，也不辨自夜向昼的推移的痕迹。儿女渐渐长大起来，在朝夕相见的父母全不觉得，难得见面的远亲就相见不相识了。往年除夕，我们曾在红蜡烛底下守候水仙花的开放，真是痴态！倘水仙花果真当面开放给我们看，便是大自然的原则的破坏，宇宙的根本的摇动，世界人类的末日临到了！

“渐”的作用，就是用每步相差极微极缓的方法来隐蔽时间的过去与事物的变迁的痕迹，使人误认其为恒久不变。这真是造物主骗人的一大诡计！这有一件比喻的故事：某农夫每天朝晨抱了犊而跳过一沟，到田里去工作，夕暮又抱了它跳过沟回家。每日如此，未尝间断。过了一年，犊已渐大，渐重，差不多变成大牛，但农夫全不觉得，仍是抱了它跳沟。有一天他因事停止工作，次日再就不能抱了这牛而跳沟了。造物的骗人，使人留连于其每日每时的生的欢喜而不觉其变迁与辛苦，就是用这个方法的。人们每日在抱了日重一日的牛而跳沟，不准停止。自己误以为是不变的，其实每日在增加其苦劳！

我觉得时辰钟是人生的最好的象征了。时辰钟的针，平常一看总觉得是“不动”的；其实人造物中最常动的无过于时辰钟的针了。日常生活中的人生也如此，刻刻觉得我是我，似乎这“我”永远不变，实则与时辰钟的针一样的无常！一息尚存，总觉得我仍是我，我没有变，还是留连着我的生，可怜受尽“渐”的欺骗！

“渐”的本质是“时间”。时间我觉得比空间更为不可思议，犹之时间艺术的音乐比空间艺术的绘画更为神秘。因为空间姑且不追究它如何广大或无限，我们总可以把握其一端，认定其一点。时间则全然无从把握，不可挽留，只有过去与未来在渺茫之中不绝地相追逐而已。性质上既已渺茫不可思议，分量上在人生也似乎太多。因为一般人对于时间的悟性，似乎只够支配搭船乘车的短时间；对于百年的长期间的寿命，他们不能胜任，往往迷于局部而不能顾及全体。试看乘火车的旅客中，常有明达的人，有的宁牺牲暂时的安乐而让其座位于老弱者，以求心的太平（或博暂时的美誉）；有的见众人争先下车，而退在后面，或高呼“勿要轧，总有得下去的！”“大家都要下去的！”然而在乘“社会”或“世界”的大火车的“人生”的长期的旅客中，就少有这样的明达之人。所以我觉得百年的寿命，定得太长。像现在的世界上的人，倘定他们搭船乘车的期间的寿命，也许在人类社会上可减少许多凶险残惨的争斗，而与火车中一样地谦让、和平，也未可知。

然人类中也有几个能胜任百年的或千古的寿命的人。那是“大人格”“大人生”。他们能不为“渐”所迷，不为造物所欺，而收缩无限的时间并空间于方寸的心中。故佛家能纳须弥于芥子。中国古诗人（白居易）说：“蜗牛角上争何事？石火光中寄此身。”英国诗人（Blake）也说：“一粒沙里见世界，一朵花里见天国；手掌里盛住无限，一刹那便是永劫。”

一九二八年芒种

秋

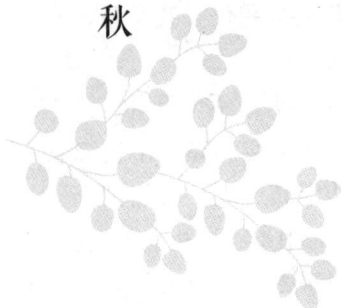

我的年岁上冠用了“三十”二字，至今已两年了。不解达观的我，从这两个字上受到了不少的暗示与影响。虽然明明觉得自己的体格与精力比二十九岁时全然没有什么差异，但“三十”这一个观念笼在头上，犹之张了一顶阳伞，使我的全身蒙了一个暗淡色的阴影，又仿佛在日历上撕过了立秋的一页以后，虽然太阳的炎威依然没有减却，寒暑表上的热度依然没有降低，然而只当得余威与残暑，或霜降木落的先驱，大地的节候已从今移交于秋了。

实际，我两年来的心情与秋最容易调和而融合。这情形与从前不同。在往年，我只慕春天。我最欢喜杨柳与燕子。尤其欢喜初染鹅黄的嫩柳。我曾经名自己的寓居为“小杨柳屋”，曾经画了许多杨柳燕子的画，又曾经摘取秀长的柳叶，在厚纸上裱成各种风调的眉，想象这等眉的所有者的颜貌，而在其下面添描出眼鼻与口。那时候我每逢早春时节，正月二月之交，看见杨柳枝的线条上挂了细珠，带了隐隐的青色而“遥看近却无”的时候，我心中便充满了一种狂喜，这狂喜又立刻变成焦虑，似乎常常在说：“春来了！不要放过！赶快设法招待它，享乐它，永远留住它。”我读了“良辰美景奈何天”等句，曾经真心地感动。以为古人都太息一春的虚度。前车可鉴！到我手里决不放它空过了。最是逢到了古人惋惜最深的寒食清明，我心中的焦灼便更甚。那一天我总想有一种足以充分酬偿这佳节的举行。我准拟作诗、作画，或痛饮、漫游。虽然大多不被实行；或实行而全无效果，反而中了酒，闹了事，换得了不快的回忆；但我总不灰心，总觉得春的可恋。我心中似乎只有知道春，别的三季在我都当作春的预备，或待春的休息时间，全然不曾注意到它们的存在与意义。而对于秋，尤无感觉：因为夏连续在春的后面，在我可当作春的过剩；冬先行在春的前面，在我可当作春的准备；独有与春全无关联的秋，在我心中一向没有它的位置。

自从我的年龄告了立秋以后，两年来的心境完全转了一个方向，也变成秋天了。然而情形与前不同：并不是在秋日感到像昔日的狂喜与焦灼。我只觉得一到秋天，自己的心境便十分调和。非但没有那种狂喜与焦灼，且常常被秋风秋雨秋色秋光所吸引而融化在秋中，暂时失却了自己的所在。而对于春，又并非像昔日对于秋的无感觉。我现在对于春非常厌恶。每当万象回春的时候，看到群花的斗艳，蜂蝶的扰攘，以及草木昆虫等到处争先恐后地滋生蕃殖的状态，我觉得天地间的凡庸、贪婪、无耻与愚痴，无过于此了！尤其是在青春的时候，看到柳条上挂了隐隐的绿珠，桃枝上着了点点的红斑，最使我觉得可笑又可怜。我想唤醒一个花蕊来对它说："啊！你也来反复这老调了！我眼看见你的无数的祖先，个个同你一样地出世，个个努力发展，争荣竞秀；不久没有一个不憔悴而化泥尘。你何苦也来反复这老调呢？如今你已长了这孽根，将来看你弄娇弄艳，装笑装颦，招致了蹂躏、摧残、攀折之苦，而步你的祖先们的后尘！"

实际，迎送了三十几次的春来春去的人，对于花事早已看得厌倦，感觉已经麻木，热情已经冷却，决不会再像初见世面的青年少女为花的幻姿所诱惑而赞之、叹之、怜之、惜之了。况且天地万物，没有一件逃得出荣枯、盛衰、生灭、有无之理。过去的历史昭然地证明着这一点，无须我们再说。古来无数的诗人千篇一律地为伤春惜花费词，这种效颦也觉得可厌。假如要我对于世间的生荣死灭费一点词，我觉得生荣不足道，而宁愿欢喜赞叹一切的死灭。对于前者的贪婪、愚昧与怯弱，后者的态度何等谦逊、悟达，而伟大！我对于春与秋的舍取，也是为了这一点。

夏目漱石三十岁的时候，曾经这样说：“人生二十而知有生的利益；二十五而知有明之处必有暗；至于三十的今日，更知明多之处暗亦多，欢浓之时愁亦重。”我现在对于这话也深抱同感；有时又觉得三十的特征不止这一端，其更特殊的是对于死的体感。青年们恋爱不遂的时候惯说生生死死，然而这不过是知有“死”的一回事而已，不是体感。犹之在饮冰挥扇的夏日，不能体感到围炉拥衾的冬夜的滋味。就是我们阅历了三十几度寒暑的人，在前几天的炎阳之下也无论如何感不到浴日的滋味。围炉、拥衾、浴日等事，在夏天的人的心中只是一种空虚的知识，不过晓得将来须有这些事而已，但是不能体感它们的滋味。须得入了秋天，炎阳逞尽了威势而渐渐退却，汗水浸胖了的肌肤渐渐收缩，身穿单衣似乎要打寒噤，而手触法郎绒觉得快适的时候，于是围炉、拥衾、浴日等知识方能渐渐融入体验界中而化为体感。我的年龄告了立秋以后，心境中所起的最特殊的状态便是这对于“死”的体感。以前我的思虑真疏浅！以为春可以常在人间，人可以永在青年，竟完全没有想到死。又以为人生的意义只在于生，而我的一生最有意义，似乎我是不会死的。直到现在，仗了秋的慈光的鉴照，死的灵气钟育，才知道生的甘苦悲欢，是天地间反复过亿万次的老调，又何足珍惜？我但求此生的平安的度送与脱出而已。犹之罹了疯狂的人，病中的颠倒迷离何足计较？但求其去病而已。

我正要搁笔，忽然西窗外黑云弥漫，天际闪出一道电光，发出隐隐的雷声，骤然洒下一阵夹着冰雹的秋雨。啊！原来立秋过得不多天，秋心稚嫩而未曾老练，不免还有这种不调和的现象，可怕哉！

一九二九年秋日

姓

我姓丰。丰这个姓，据我们所晓得，少得很。在我故乡的石门湾里，也“只此一家”，跑到外边来，更少听见有姓丰的人。所以人家问了我尊姓之后，总说“难得，难得！”

因这原故，我小时候受了这姓的暗示，大有自命不凡的心理。然而并非单为姓丰难得，又因为在石门湾里，姓丰的只有我们一家，而中举人的也只有我父亲一人。在石门湾里，大家似乎以为姓丰必是举人，而举人必是姓丰的。记得我幼时，父亲的用人褚老五抱我去看戏回来，途中对我说：“石门湾里没有第二个老爷，只有丰家里是老爷，你大起来也做老爷，丰老爷！”

科举废了，父亲死了。我十岁的时候，做短工的黄半仙有一天晚上对我的大姐说：“新桥头米店里有一个丰官，不晓得是什么地方人。”大姐同母亲都很奇怪，命黄半仙当夜去打听，是否的确姓丰？哪里人？意思似乎说，姓丰会有第二家的？不要是冒牌？

黄半仙回来，说：“的确姓丰，‘养鞠须丰’的‘丰’，说是斜桥人。”大姐含着长烟管说：“难道真的？不要是‘酆鲍史唐’的‘酆’吧？”但也不再追究。

后来我游杭州、上海、东京，朋友中也没有同姓者。姓丰的果然只有我一人。然而不拘我一向何等自命不凡地做人，总做不出一点姓丰的特色来，到现在还是与非姓丰的一样混日子，举人也尽管不中，倒反而为了这姓的怪僻，屡屡打麻烦：人家问起“尊姓?”我说“敝姓丰”，人家总要讨添，或者误听为“冯”。旅馆里，城门口查夜的警察，甚至疑我假造，说“没有这姓!”

最近在宁绍轮船里，一个钱庄商人教了我一个很简明的说法：我上轮船，钻进房舱里，先有这个肥胖的钱庄商人在内。他照例问我“尊姓?”我说：“丰，咸丰皇帝的丰。”大概时代相隔太远，一时教他想不起咸丰皇帝，他茫然不懂。我用指在掌中空划，又说：“五谷丰登的丰。”大概“五谷丰登”一句成语，钱庄上用不到，他也一向不曾听见过。他又茫然不懂，于是我摸出铅笔来，在香烟簿上写了一个“丰”字给他看，他恍然大悟似的说：“啊！不错不错，汇丰银行的丰!”

啊，不错不错！汇丰银行的确比咸丰皇帝时髦，比五谷丰登通用！以后别人问我的时候我就这样回答了。

一九二七年

家

廿六（1937）年冬，我仓皇弃家，徒手出奔。所有图书器物，与缘缘堂同归于尽。卅五（1946）年秋胜利还乡，凭吊故居，但见一片草原，上有野生树木高数丈矣。忽有乡亲持一箱来，曰：此缘缘堂被毁前夕代为冒险抢出者，今以归还物主。启视之，书籍、函牍、书稿、文稿，乱杂残缺，半属废物；惟中有原稿一篇题名为“家”者依然完好。读之，十年前事，憬然在目。稿末无年月；但料是“八一三”左右所作，未及发表，委弃于堂中者。此虎口余生，亦足珍惜。遂为加序，付杂志发表。卅六（1947）年六月十日记。

从南京的朋友家里回到南京的旅馆里，又从南京的旅馆里回到杭州的别寓里，又从杭州的别寓里回到石门湾的缘缘堂本宅里，每次起一种感想，逐记如下。

当在南京的朋友家里的时候，我很高兴。因为主人是我的老朋友。我们在少年时代曾经共数晨夕。后来为生活而劳燕分飞，虽然大家形骸老了些，心情冷了些，态度板了些，说话空了些，然而心的底里的一点灵火大家还保存着，常在谈话之中互相露示。这使得我们的会晤异常亲热。加之主人的物质生活程度的高低同我的相仿佛，家庭设备也同我的相类似。我平日所需要的：一毛大洋（当时角币有大洋小洋之分：一毛大洋合 30 个铜板，一毛小洋合 25 个铜板），一两的茶叶，听头的大美丽香烟，有人供给开水的热水壶，随手可取的牙签，适体的藤椅，光度恰好的小窗，他家里都有，使我坐在他的书房里感觉同坐在自己的书房里相似。加之他的夫人善于招待，对于客人表示真诚的殷勤，而绝无优待的虐待。优待的虐待，是我在作客中常常受到而顶顶可怕的。例如拿了不到半寸长的火柴来为我点香烟，弄得大家仓皇失措，我的胡须几被烧去；把我所不欢喜吃的菜蔬堆在我的饭碗上，使我无法下箸；强夺我的饭碗去添饭，使我吃得停食；藏过我的行囊，使我不得告辞。这种招待，即使出于诚意，在我认为是逐客令，统称之为优待的虐待。这回我所住的人家的夫人，全无此种恶习，但把不缺乏的香烟自来火放在你能自由取得的地方而并不用自来火烧你的胡须；但把精致的菜蔬摆在你能自由夹取的地方，饭桶摆在你能自由添取的地方，而并不勉强你吃；但在你告辞的时光表示诚意的挽留，而并不监禁。这在我认为是最诚意的优待。这使得我非常高兴。英语称勿客气曰 at home（原义：像在家里一样）。我在这主人家里作客，真同 at home 一样，所以非常高兴。

然而这究竟不是我的 home，饭后谈了一会，我惦记起我的旅馆来。我在旅馆，可以自由行住坐卧，可以自由差使我的茶房，可以凭法币之力而自由满足我的要求。比较起受主人家款待的作客生活来，究竟更为自由。我在旅馆要住四五天，比较起一饭就告别的作客生活来，究竟更为永久。因此，主人的书房的屋里虽然布置妥帖，主人的招待虽然殷勤周至，但在我总觉得不安心。所谓“凉亭虽好，不是久居之所”。饭后谈了一会，我就告别回家。这所谓“家”，就是我的旅馆。

当我从朋友家回到了旅馆里的时候，觉得很适意。因为这旅馆在各点上是称我心的。第一，它的价钱还便宜，没有大规模的笨相，像形式丑恶而不适坐卧的红木椅，花样难看而火气十足的铜床，工本浩大而不合实用、不堪入目的工艺品，我统称之为大规模的笨相。造出这种笨相来的人，头脑和眼光很短小，而法币很多。像暴发的富翁，无知的巨商，升官发财的军阀，即是其例。要看这种笨相，可以访问他们的家。我的旅馆价既便宜，其设备当然不丰。即使也有笨相——

像家具形式的丑恶，房间布置的不妥，壁上装饰的唐突，茶壶茶杯的不可爱——都是小规模的笨相，比较起大规模的笨相来，犹似五十步比百步，终究差好些，至少不使人感觉暴殄天物，冤哉枉也。第二，我的茶房很老实，我回旅馆时不给我脱外衣，我洗面时不给我绞手巾，我吸香烟时不给我擦自来火，我叫他做事时不喊“是——是——”，这使我觉得很自由，起居生活同在家里相差不多。因为我家里也有这么老实的一位男工，我就不妨把茶房当作自己的工人。第三，住在旅馆里没有人招待，一切行动都随我意。出门不必对人鞠躬说“再会”，归来也没有人同我寒暄。早晨起来不必向人道“早安”，晚上就寝的迟早也不受别人的牵累。在朋友家作客，虽然也很安乐，总不及住旅馆的自由：看见他家里的人，总得想出几句话来说说，不好不去睬他。脸孔上即使不必硬作笑容，也总要装得和悦一点，不好对他们板脸孔。板脸孔，好像是一种凶相。但我觉得是最自在最舒服的一种表情。我自己觉得，平日独自闭居在家里的房间里读书、写作的时候，脸孔的表情总是严肃的，极难得有独笑或独乐的时光。若拿这种独居时的表情移用在交际应酬的座上，别人一定当我有所不快，在板脸孔。据我推想，这一定不止我一人如此。最漂亮的交际家，巧言令色之徒，回到自己家里，或房间里，甚或眠床里，也许要用双手揉一揉脸孔，恢复颜面上的表情筋肉的疲劳，然后板着脸孔皱着眉头回想日间的事，考虑明日的战略。可知无论何人，交际应酬中的脸孔多少总有些不自然，其表情筋肉多少总有些儿吃力。最自然，最舒服的，只有板着脸孔独居的时候。所以，我在孤癖发作的时候，觉得住旅馆比在朋友家作客更自在而舒服。

然而，旅馆究竟不是我的家，住了几天，我惦记起我杭州的别寓来。

在那里有我自己的什用器物，有我自己的书籍文具，还有我自己雇请着的工人。比较起借用旅馆的器物，对付旅馆的茶房来，究竟更为自由；比较起小住四五天就离去的旅馆生活来，究竟更为永久。因此，我睡在旅馆的眠床上似觉有些浮动；坐在旅馆的椅子上似觉有些不稳；用旅馆的毛巾似觉有些隔膜。虽然这房间的主权完全属我，我的心底里总有些儿不安。住了四五天，我就算账回家。这所谓家，就是我的别寓。

当我从南京的旅馆回到了杭州的别寓里的时候，觉得很自在。我年来在故乡的家里蛰居太久，环境看得厌了，趣味枯乏，心情郁结。就到离家乡还近而花样较多的杭州来暂作一下寓公，借此改换环境，调节趣味。趣味，在我是生活上一种重要的养料，其重要几近于面包。别人都在为了获得面包而牺牲趣味，或者为了堆积法币而抑制趣味。我现在幸而没有走上这两种行径，还可省下半只面包来换得一点趣味。

因此，这寓所犹似我的第二的家。在这里没有作客时的拘束，也没有住旅馆时的不安心。我可以吩咐我的工人做点我所喜欢的家常素菜，夜饭时同放学归来的一子一女共吃。我可以叫我的工人相帮我，把房间的布置改过一下，新一新气象。饭后睡前，我可以开一开蓄音机（唱机），听听新买来的几张蓄音片（唱片）。窗前灯下，我可以在自己的书桌上读我所爱读的书，写我所愿写的稿。月底虽然也要付房钱，但价目远不似旅馆这么贵，买卖式远不及旅馆这么明显。虽然也可以合算每天房钱几角几分。但因每月一付，相隔时间太长，住房子同付房钱就好像不相联关的两件事，或者房钱仿佛白付，而房子仿佛白住。因有此种种情形，我从旅馆回到寓中觉得非常自然。

然而，寓所究竟不是我的本宅。每逢起了倦游的心情的时候，我便惦记起故乡的缘缘堂来。在那里有我故乡的环境，有我关切的亲友，有我自己的房子，有我自己的书斋，有我手种的芭蕉、樱桃和葡萄。比较起租别人的房子，使用简单的器具来，究竟更为自由；比较起暂作借住，随时可以解租的寓公生活来，究竟更为永久。我在寓中每逢要在房屋上略加装修，就觉得要考虑；每逢要在庭中种些植物，也觉得不安心，因而思念起故乡的家来。牺牲这些装修和植物，倒还在其次；能否长久享用这些设备，却是我所顾虑的。我睡在寓中的床上虽然没有感觉像旅馆里那样浮动，坐在寓中的椅上虽然没有感觉像旅馆里那样不稳，但觉得这些家具在寓中只是摆在地板上的，没有像家里的东西那样固定得同生根一般。这种倦游的心情强盛起来，我就离寓返家。这所谓家，才是我的本宅。

当我从别寓回到了本宅的时候，觉得很安心。主人回来了，芭蕉鞠躬，樱桃点头，葡萄棚上特地飘下几张叶子来表示欢迎。两个小儿女跑来牵我的衣，老仆忙着打扫房间。老妻忙着烧素菜，故乡的臭豆腐干，故乡的冬菜，故乡的红米饭。窗外有故乡的天空，门外有打着石门湾土白的行人，这些行人差不多个个是认识的。还有各种小贩的叫卖声，这些叫卖声在我统统是稔熟的。我仿佛从飘摇的舟中登上了陆，如今脚踏实地了。这里是我的最自由，最永久的本宅，我的归宿之处，我的家。我从寓中回到家中，觉得非常安心。

但到了夜深人静，我躺在床上回味上述的种种感想的时候，又不安心起来。我觉得这里仍不是我的真的本宅，仍不是我的真的归宿之处，仍不是我的真的家。四大的暂时结合而形成我这身体，无始以来种种因缘相凑合而使我诞生在这地方。偶然的呢？还是非偶然的？若是偶然的，我又何恋恋于这虚幻的身和地？若是非偶然的，谁是造物主呢？我须得寻着了他，向他那里去找求我的真的本宅，真的归宿之处，真的家。这样一想，我现在是负着四大暂时结合的躯壳，而在无始以来种种因缘凑合而成的地方暂住，我是无“家”可归的。既然无“家”可归，就不妨到处为“家”。上述的屡次的不安心，都是我的妄念所生。想到那里，我很安心地睡着了。

廿五（一九三六）年十月廿八日

两场闹

一日我因某事独自至某地。当日赶不上归家的火车，傍晚走进其地的某旅馆投宿了。事体已经赶毕；当地并无亲友可访，无须出门；夜饭已备有六只大香蕉在提篋内，不必外求。但天色未暗，吃香蕉嫌早，我觉旅况孤寂，这一刻工夫有些难消遣了。室中陈列着崭新的铁床，华丽的镜台，清静的桌椅。但它们都板着脸孔不理睬我，好像待车室里们旅客似的各管各坐着，只有我携来的那只小提篋亲近我，似乎在对我说："我是属于你的！"

打开提篋，一册袖珍本的《绝妙好词》躺在那里等我。我把它取出，再把被头叠置枕上，当作沙发椅子靠了。且从这古式的收音器中倾听古人的播音。

忽闻窗外的街道上起了一片吵闹之声。我不由得抛却我的书，离开我的沙发，倒屣往窗前探看。对门是一个菜馆，我凭在窗上望下去，正看见菜馆的门口，四辆人力车作带模样停在门口的路旁，四个人力车夫的汗湿的背脊，花形地环列在门口的阶沿石下，和站在阶沿石上的四个人的四顶草帽相对峙。中央的一个背脊伸出着一只手，努力要把手中的一支钱交还一顶草帽，反复地在那里叫：

"这一点钱怎么行？拉了这许多路！"

草帽子也伸出一只手来，跟了说话的语气而指挥：

"讲到廿板一部，四部车子，给你二角三十板，还有啥话头？"

他的话没有说完，对方四个背脊激动起来，参参差差地嚷着：

“兜大圈子到这里，我们多两里路啦！这一点钱哪里行！”

另一顶草帽下面伸出一只手来，点着人力车夫的头，谆谆地开导：

“不是我们要你多跑路！修街路你应该知道，你吃什么饭的？”

“这不来，这不来！”

人力车夫口中讲不出理，心中着急，嚷着把盛钱的手向四顶草帽底下乱送，想在他们身上找一处突出的地方交卸了这一支不足的车钱。但四顶草帽反背着手，渐渐向门内退却，使他无法措置。我在上面代替人力车夫着急，心想草帽的边上不是颇可置物的地方吗，可惜人力车夫的手腕没有这样高。

正难下场的时候，另一个汗湿的背脊上伸出一个长头颈来，换了一种语调，帮他的同伴说话：

“先生！一角钱一部总要给我们的：这铜板换了两角钱吧！先生，几个铜板不在乎的！”

同时他从同伴的手中取出铜板来擎起在一顶草帽前面，恳求他交换。这时三顶草帽已经不见，被包围的一顶草帽伸手在袋中摸索，冷笑着说：

“讨厌得来！喏，喏，每人加两板！”

他摸出铜板，四个背脊同时退开，大家不肯接受，又同声地嚷起来。那草帽乘机跨进门槛，把八个铜板放在柜角上，指着了厉声说：

“喏，要末来拿去，勿要末歇，勿识相的！”

一件雪白的长衫飞上楼梯，不见了。门外四个背脊咕噜咕噜了一回，其中一个没精打采地去取了柜角上的铜板，大家懒洋洋地离开店门。咕噜咕噜的声音还是继续着。

我看完了这一场闹，离开窗栏，始觉窗内的电灯已放光了。我把我的沙发移在近电灯的一头，取出提篋里的香蕉，用《绝妙好词》佐膳而享用我的晚餐。窗子没有关，对面菜馆的楼上也有人在那里用晚餐，常有笑声和杯盘声送入我的耳中。我们隔着一条街路而各用各的晚餐。

约一小时之后，窗外又起一片吵闹之声。我心想又来什么花头了，又立刻抛却我的书，离开我的沙发，倒屣往窗前探看。这回在楼上闹。离开我一二丈之处，菜馆楼上一个精小的餐室内，闪亮的电灯底下摆着一桌杯盘狼藉的残菜。桌旁有四个男子，背向着我，正在一个青衣人面前纠纷。我从声音中认知他们就是一小时前在下面和人力车夫闹过一场的四个角色。但见一个瘦长子正在摆开步位，用一手擒住一个矮胖子的肩，一手拦阻一个穿背心的人的胸，用下颚指点门口，向青衣人连叫着："你去，你去！"被擒的矮胖子一手摸在袋里，竭力挣扎而扑向青衣人的方面去，口中发出一片杀猪似的声音，只听见"不行，不行。"穿背心的人竭力地伸长了的手臂，想把手中的两张钞票递给青衣人，口中连叫着"这里，这里。"好像火车到时车站栅门外拿着招待券接客的旅馆招待员。

在这三人的后方，最近我处，还有一个生仁丹须的人，把右手摸在衣袋中，冷静地在那里叫喊"我给他，我给他！"青衣人面向着我，他手中托着几块银洋，用笑脸看看这个，看看那个，立着不动。

穿背心的终于摆脱了瘦长子的手，上前去把钞票塞在青衣人的手中，而取回银洋交还瘦长子。瘦长子一退避，放走了矮胖子。这时候青衣人已将走出门去，矮胖子厉声喝止："喂喂，堂官，他是客人！"便用自己袋里摸出来的钞票向他交换。穿背心的顾东失西，急忙将瘦长子按倒在椅子里，回身转来阻止矮胖子的行动。三个人扭做一堆，作出嘈杂的声音。忽然听见青衣人带笑的喊声："票子撕破了！"大家方才住手。瘦长子从椅子里立起身。楼板上丁丁当当地响起来。原来穿背心的暗把银洋塞在他的椅子角上，他起身时用衣角把它们如数撒翻在楼板上了。于是有的捡拾银洋，有的察看破钞票。场中忽然换了一个调子。一会儿严肃的静默，一会儿造作的笑声。不久大家围着一桌残菜就座，青衣人早已悄悄地出门去了。我最初不知道他拿去是谁的钱，但不久就在他们的声音笑貌中看出，这晚餐是矮胖子的东道。

背后有人叫唤。我旋转身来，看见茶房在问我："先生，夜饭怎样？"我仓皇地答道："我，我吃过了。"他看看床前椅子上的一堆香蕉皮，出去了。我不待对面的剧的团圆，便关窗，就寝了。

卧后清宵，回想今晚所见的两场闹，第一场是争进八个铜板，第

盛年不重來一日難再晨
及時當勉勵歲月不待人
一吟十二歲畫象
卅年七月於遵義

盛年不重来　一日难再晨

及时当勉励　岁月不待人

二场是争出几块银洋。人力车夫的咕噜咕噜的声音，和菜馆楼上的杀猪似的声音，在我的回想中对比地响着，直到我睡去。

廿三（一九三四）年五月十二日

佛无灵

我家的房子——缘缘堂——于去冬吾乡失守时被敌寇的烧夷弹焚毁了。我率全眷避地萍乡，一两个月后才知道这消息。当时避居上海的同乡某君作诗以吊，内有句云：“见语缘缘堂亦毁，众生浩劫佛无灵。”第二句下面注明这是我的老姑母的话。我的老姑母今年七十余岁，我出亡时苦劝她同行，未蒙允许，至今尚在失地中。五年前缘缘堂创造的时候，她老人家镇日拿了史的克在基地上代为擘划，在工场中代为巡视，三寸长的小脚常常遍染了泥污而回到老房子里来吃饭。如今看它被焚，怪不得要伤心，而叹“佛无灵”。最近她有信来（托人带到上海友人处，转寄到桂林来的），末了说：缘缘堂虽已全毁，但烟囱尚完好，矗立于瓦砾场中。此是火食不断之象，将来还可做人家。

缘缘堂烧了是“佛无灵”之故。这句话出于老姑母之口，入于某君之诗，原也平常。但我却有些反感。不是指摘某君思想不对，也不是批评老姑母话语说错，实在是慨叹一般人对于“佛”的误解，因为某君和老姑母并不信佛，他们是一般按照所谓信佛的人的心理而说这话的。

我十年前曾从宽一法师学佛，并且吃素。于是一般所谓“信佛”的人就称我为居士，引我为同志。因此我得交接不少所谓“信佛”的人。但是，十年以来，这些人我早已看厌了。有时我真懊悔自己吃素，我不屑与他们为伍。（我受先父遗传，平生不吃肉类。故我的吃素半是生理关系。我的儿女中有二人也是生理的吃素，吃下荤腥去要呕吐。但那些人以为我们同他们一样，为求利而吃素。同他们辩，他们还以为客气，真是冤枉。所以我有时懊悔自己吃素，被他们引为同志。）因为这班人多数自私自利，丑态可掬。非但完全不解佛的广大慈悲的精神，其我利自私之欲且比所谓不信佛的人深得多！他们的念佛吃素，全力求私人的幸福。好比商人拿本钱去求利。又好比敌国的俘虏背弃了他们的伙伴，向我军官跪喊“老爷饶命”，以求我军的优待一样。

信佛为求人生幸福，我绝不反对。但是，只求自己一人一家的幸福而不顾他人，我瞧他不起。得了些小便宜就津津乐道，引为佛佑；（抗战期中靠念佛而得平安逃难者，时有所闻。）受了些小损失就怨天尤人，叹“佛无灵”，真是“阿弥陀佛，罪过罪过”！他们平日都吃素、放生、念佛、诵经。但他们的吃一天素，希望比吃十天鱼肉更大的报酬。他们放一条蛇，希望活一百岁。他们念佛诵经，希望个个字变成金钱。这些人从佛堂里散出来，说的统是果报；某人长年吃素，邻家都烧光了，他家毫无损失。某人念《金刚经》，强盗洗劫时独不抢他的。某人无子，信佛后一索得男。某人痔疮发，念了“大慈大悲观世音菩萨”，痔疮立刻断根。……此外没有一句真正关于佛法的话。这完全是同佛做买卖，靠佛图利，吃佛饭。这真是所谓“群居终日，言不及义，好行小惠，难矣哉！”

我也曾吃素。但我认为吃素吃荤真是小事，无关大体。我曾作《护生画集》，劝人戒杀。但我的护生之旨是护心（其义见该书马序），不杀蚂蚁非为爱惜蚂蚁之命，乃为爱护自己的心，使勿养成残忍。顽童无端一脚踏死群蚁，此心放大起来，就可以坐了飞机拿炸弹来轰炸市区。故残忍心不可不戒。因为所惜非动物本身，故用“仁术”来掩耳盗铃，是无伤的。我所谓吃荤吃素无关大体，意思就在于此。浅见的人，执著小体，斤斤计较：洋蜡烛用兽脂做，故不宜点；猫要吃老鼠，故不宜养；没有雄鸡交合而生的蛋可以吃得。……这样地钻进牛角尖里去，真是可笑。若不顾小失大，能以爱物之心爱人，原也无妨，让他们钻进牛角尖里去碰钉子吧。但这些人往往自私自利，有我无人；

又往往以此做买卖，以此图利，靠此吃饭，亵渎佛法，非常可恶。这些人简直是一种疯子，一种惹人讨嫌的人。所以我瞧他们不起，我懊悔自己吃素，我不屑与他们为伍。

真是信佛，应该理解佛陀四大皆空之义，而屏除私利；应该体会佛陀的物我一体，广大慈悲之心，而护爱群生。至少，也应知道亲亲而仁民，仁民而爱物之道。爱物并非爱惜物的本身，乃是爱人的一种基本练习。不然，就是“今恩足以及禽兽而功不至于百姓”的齐宣王。上述这些人，对物则憬憬爱惜，对人间痛痒无关，已经是循流忘源，见小失大，本末颠倒的了。再加之于自己惟利是图，这真是世间一等愚痴的人，不应该称为佛徒，应该称之为“反佛徒”。

因为这种人世间很多，所以我的老姑母看见我的房子被烧了，要说“佛无灵”的话，所以某君要把这话收入诗中。这种人大概是想我曾经吃素，曾经作《护生画集》，这是一笔大本钱！拿这笔大本钱同佛做买卖所获的利，至少应该是别人的房子都烧了而我的房子毫无损失。便宜一点，应该是我不必逃避，而敌人的炸弹会避开我；或竟是我做汉奸发财，再添造几间新房子和妻子享用，正规军都不得罪我。今我没有得到这些利益，只落得家破人亡（流亡也），全家十口飘零在五千里外，在他们看来，这笔生意大蚀其本！这个佛太不讲公平交易，安得不骂“无灵”？

我也来同佛做买卖吧。但我的生意经和他们不同：我以为我这次买卖并不蚀本，且大得其利，佛毕竟是有灵的。人生求利益，谋幸福，无非为了要活，为了“生”。但我们还要求比“生”更贵重的一种东西，就是古人所谓“所欲有甚于生者”。这东西是什么？平日难于说定，现在很容易说出，就是“不做亡国奴”，就是“抗敌救国”。与其不得这东西而生，宁愿得这东西而死。因为这东西比“生”更为贵重。现在佛已把这宗最贵重的货物交付我了。我这买卖岂非大得其利？房子不过是“生”的一种附饰而已。我得了比“生”更贵的货物，失了“生”的一件小小的附饰，有什么可惜呢？我便宜了！佛毕竟是有灵的。

叶圣陶先生的《抗战周年随笔》中说：“……我在苏州的家屋至

今没有毁。我并不因为它没有毁而感到欢喜。我希望它被我们游击队的枪弹打得七穿八洞，我希望它被我们正规军队的大炮轰得尸骨无存，我甚而至于希望它被逃命无从的寇军烧个干干净净。”他的房子，听说建成才两年，而且比我的好。他如此不惜，一定也获得那样比房子更贵重的东西在那里。但他并不吃素，并不作《护生画集》。即他没有下过那种本钱。佛对于没有本钱的人，也把贵重货物交付他。这样看来，对佛买卖这种本钱是没有用的。毕竟，对佛是不可做买卖的。

廿七（一九三八）年七月二十四日于桂林

梦痕

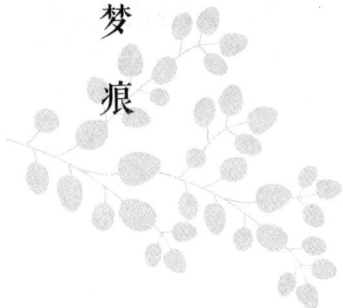

我的左额上有一条同眉毛一般长短的疤。这是我儿时游戏中在门槛上跌破了头颅而结成的。相面先生说这是破相，这是缺陷。但我自己美其名曰“梦痕”。因为这是我的梦一般的儿童时代所遗留下来的惟一的痕迹。由这痕迹可以探寻我的儿童时代的美丽的梦。

我四五岁时，有一天，我家为了“打送”（吾乡风俗，亲戚家的孩子第一次上门来作客，辞去时，主人家必做几盘包子送他，名曰“打送”）某家的小客人，母亲、姑母、婶母和诸姐们都在做米粉包子。厅屋的中间放一只大匾，匾的中央放一只大盘，盘内盛着一大堆粘土一般的米粉，和一大碗做馅用的甜甜的豆沙。母亲们大家围坐在大匾的四周。各人卷起衣袖，向盘内摘取一块米粉来，捏做一只碗的形状；挟取一筷豆沙来藏在这碗内；然后把碗口收拢来，做成一个圆子。再用手法把圆子捏成三角形，扭出三条绞丝花纹的脊梁来；最后在脊梁凑合的中心点上打一个红色的“寿”字印子，包子便做成。一圈一圈地陈列在大匾内，样子很是好看。大家一边做，一边兴高采烈地说笑。有时说谁的做得太小，谁的做得太大；有时盛称姑母的做得太玲珑，有时笑指母亲的做得像个塌饼。笑语之声，充满一堂。这是一年中难得的全家欢笑的日子。而在我，做孩子们的，在这种日子更有无上的欢乐；在准备做包子时，我得先吃一碗甜甜的豆沙。做的时候，我只要吵闹一下子，母亲们会另做一只小包子来给我当场就吃。

新鲜的米粉和新鲜的豆沙，热热地做出来就吃，味道是好不过的。我往往吃一只不够，再吵闹一下子就有得吃第二只。倘然吃第二只还不够，我可嚷着要替她们打寿字印子。这印子是不容易打的：蘸的水太多了，打出来一塌糊涂，看不出寿字；蘸的水太少了，打出来又不清楚；况且位置要摆得正，歪了就难看；打坏了又不能揩抹涂改。所以我嚷着要打印子，是母亲们所最怕的事。她们便会和我情商，把做圆子收口时摘下来的一小粒米粉给我，叫我“自己做来自己吃”。这正是我所盼望的主目的！开了这个例之后，各人做圆子收口时摘下来的米粉，就都得照例归我所有。再不够时还得要求向大盘中扭一把米粉来，自由捏造各种粘土手工：捏一个人，团拢了，改捏一个狗；再团拢了，再改捏一只水烟管……捏到手上的龌龊都混入其中，而雪白的米粉变成了灰色的时候，我再向她们要一朵豆沙来，裹成各种三不像的东西，吃下肚子里去。这一天因为我吵得特别厉害些，姑母做了两只小巧玲珑的包子给我吃，母亲又外加摘一团米粉给我玩。为求自由，我不在那场上吃弄，拿了到店堂里，和五哥哥一同玩弄。五哥哥者，后来我知道是我们店里的学徒，但在当时我只知道他是我儿时的最亲爱的伴侣。他的年纪比我长，智力比我高，胆量比我大，他常做出种种我所意想不到的玩意儿来，使得我惊奇。这一天我把包子和米粉拿出去同他共玩，他就寻出几个印泥菩萨的小形的红泥印子来，教我印米粉菩萨。

后来我们争执起来，他拿了他的米粉菩萨逃。我就拿了我的米粉菩萨追。追到排门旁边，我跌了一跤，额骨磕在排门槛上，磕了眼睛大小的一个洞，便昏迷不省。等到知觉的时候，我已被抱在母亲手里，外科郎中蔡德本先生，正在用布条向我的头上重重叠叠地包裹。

自从我跌伤以后，五哥哥每天乘店里空闲的时候到楼上来省问我。来时必然偷偷地从衣袖里摸出些我所爱玩的东西来——例如关在自来火匣子里的几只叩头虫、洋皮纸人头、老菱壳做成的小脚、顺治铜钿磨成的小刀等——送给我玩，直到我额上结成这个疤。

讲起我额上的疤的来由，我的回想中印象最清楚的人物，莫如五哥哥。而五哥哥的种种可惊可喜的行状，与我的儿童时代的欢乐，也便跟了这回想而历历地浮出到眼前来。

他的行为的顽皮，我现在想起了还觉吃惊。但这种行为对于当时的我，有莫大的吸引力。使我时时刻刻追随他，自愿地做他的从者。他用手捉住一条大蜈蚣，摘去了它的有毒的钩爪，而藏在衣袖里，走到各处，随时拿出来吓人。我跟了他走，欣赏他的把戏。他有时偷偷地把这条蜈蚣放在别人的瓜皮帽子上，让它沿着那人的额骨爬下去，吓得那人直跳起来。有时怀着这条蜈蚣去登坑，等候邻席的登坑者正在拉粪的时候，把蜈蚣弄在他的裤子上，使得那人扭着裤子乱跳，累了满身的粪。又有时当众人面前他偷把这条蜈蚣放在自己的额上，假装被咬的样子而号啕大哭起来，使得满座的人惊惶失措，七手八脚地为他营救。正在危急存亡的时候，他伸起手来收拾了这条蜈蚣，忽然破涕为笑，一缕烟逃走了。后来这套戏法渐渐做穿，有的人警告他说，若是再拿出蜈蚣来，要打头颈拳了。于是他换出别种花头来：他躲在门口，等候警告打头颈拳的人将走出门，突然大叫一声，倒身在门槛边的地上，乱滚乱撞，哭着嚷着，说是践踏了一条臂膀粗的大蛇，但蛇是已经钻进榻底下去了。走出门来的人被他这一吓，实在魂飞魄散；但见他的受难比他更深，也无可奈何他，只怪自己的运气不好。他看见一群人蹲在岸边钓鱼，便参加进去，和蹲着的人闲谈。同时偷偷地把其中相接近的两人的辫子梢头结住了，自己就走开，躲到远处去作壁上观。被结住的两人中若有一人起身欲去，滑稽剧就演出来给他看了。诸如此类的恶戏，不胜枚举。

现在回想他这种玩耍，实在近于为虐的戏谑。但当时他热心地创作，而热心地欣赏的孩子，也不止我一个。世间的严正的教育者，请稍稍原谅他的顽皮！我们的儿时，在私塾里偷偷地玩了一个折纸手工，是要遭先生用铜笔套管在额骨上猛钉几下，外加在至圣先师孔子之神位面前跪一支香的！

况且我们的五哥哥也曾用他的智力和技术来发明种种富有趣味的玩意，我现在想起了还可以神往。暮春的时候，他领我到田野去偷新蚕豆。把嫩的生吃了，而用老的来做“蚕豆水龙”。其做法，用煤头纸把老蚕豆荚熏得半熟，剪去其下端，用手一捏，荚里的两粒豆就从下端滑出，再将荚的顶端稍稍剪去一点，使成一个小孔。然后把豆荚放在水里，待它装满了水，以一手的指捏住其下端而取出来，再以另一手的指用力压榨豆荚，一条细长的水带便从豆荚的顶端的小孔内射出。制法精巧的，射水可达一二丈之远。他又教我“豆梗笛”的做法：摘取豌豆的嫩梗长约寸许，以一端塞入口中轻轻咬嚼，吹时便发啫啫之音。再摘取蚕豆梗的下段，长约四五寸，用指爪在梗上均匀地开几个洞，作成笛的样子。然后把豌豆梗插入这笛的一端，用两手的指随意启闭各洞而吹奏起来，其音宛如无腔之短笛。他又教我用洋蜡烛的油作种种的浇造和塑造。用芋艿或番薯刻种种的印版，大类现今的木版画。……诸如此类的玩意，亦复不胜枚举。

现在我对这些儿时的乐事久已缘远了。但在说起我额上的疤的来由时，还能热烈地回忆神情活跃的五哥哥和这种兴致蓬勃的玩意儿。谁言我左额上的疤痕是缺陷？这是我的儿时欢乐的左证，我的黄金时代的遗迹。过去的事，一切都同梦幻一般地消灭，没有痕迹留存了。只有这个疤，好像是“脊杖二十，刺配军州”时打在脸上的金印，永久地明显地录着过去的事实，一说起就可使我历历地回忆前尘。仿佛我是在儿童世界的本贯地方犯了罪，被刺配到这成人社会的“远恶军州”来的。这无期的流刑虽然使我永无还乡之望，但凭这脸上的金印，还可回溯往昔，追寻故乡的美丽的梦啊！

一九三四年六月七日

阿难

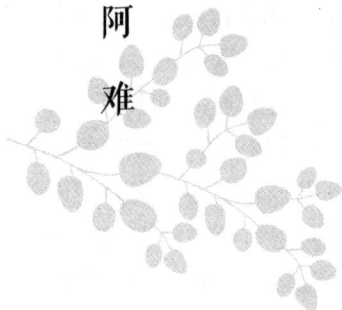

往年我妻曾经遭逢小产的苦难。在半夜里，六寸长的小孩辞了母体而默默地出世了。医生把他裹在纱布里，托出来给我看，说着：

“很端正的一个男孩！指爪都已完全了，可惜来得早了一点！”我正在惊奇地从医生手里窥看的时候，这块肉忽然动起来，胸部一跳，四肢同时一撑，宛如垂死的青蛙的挣扎。我与医生大加吃惊，屏息守视了良久，这块肉不再跳动，后来渐渐发冷了。

唉！这不是一块肉，这是一个生灵，一个人。他是我的一个儿子，我要给他取名字：因为在前有阿宝、阿先、阿瞻，又他母亲为他而受难，故名曰“阿难”。阿难的尸体给医生拿去装在防腐剂的玻璃瓶中；阿难的一跳印在我的心头。

阿难！一跳是你的一生！你的一生何其草草？你的寿命何其短促？我与你的父子的情缘何其浅薄呢？

然而这等都是我的妄念。我比起你来，没有什么大差异。数千万光年中的七尺之躯，与无穷的浩劫中的数十年，叫做“人生”。自有生以来，这“人生”已被反复了数千万遍，都像昙花泡影地倏现倏灭，现在轮到我在反复了。所以我即使活了百岁，在浩劫中，与你的一跳没有什么差异。今我嗟伤你的短命，真是九十九步的笑百步！

阿难！我不再为你嗟伤，我反要赞美你的一生的天真与明慧。原来这个我，早已不是真的我了。人类所造作的世间的种种现象，迷塞了我的心眼，隐蔽了我的本性，使我对于扰攘奔逐的地球上的生活，渐渐习惯，视为人生的当然而恬不为怪。实则坠地时的我的本性，已经斲丧无余了。《西青散记》里史震林的《自序》中有这样的话：

> 余出生时，怖夫天之乍明乍暗，家人曰：昼夜也。怪夫人之乍有乍无，曰：生死也。教余别星，曰：孰箕斗；别禽，曰：孰乌鹊，识所始也。生以长，乍暗乍明乍有乍无者，渐不为异。间于纷纷混混之时，自提其神于太虚而俯之，觉明暗有无之乍乍者，微可悲也。

我读到这一段，非常感动，为之掩卷悲伤，仰天太息。以前我常常赞美你的宝姐姐与瞻哥哥，说他们的儿童生活何等的天真、自然，他们的心眼何等的清白、明净，为我所万不敢望。然而他们哪里比得上你？他们的视你，亦犹我的视他们。他们的生活虽说天真、自然，他们的眼虽说清白、明净；然他们终究已经有了这世间的知识，受了这世界的种种诱惑，染了这世间的色彩，一层薄薄的雾障已经笼罩了他们的天真与明净了。你的一生完全不着这世间的尘埃。你是完全的天真、自然、清白、明净的生命。世间的人，本来都有像你那样的天真明净的生命，一入人世，便如入了乱梦，得了狂疾，颠倒迷离，直到困顿疲毙，始仓皇地逃回生命的故乡。这是何等昏昧的痴态！你的一生只有一跳，你在一秒间干净地了结你在人世间的一生，你坠地立刻解脱。正在中风狂走的我，更何敢企望你的天真与明慧呢？

我以前看了你的宝姐姐瞻哥哥的天真烂漫的儿童生活，惋惜他们的黄金时代的将逝，常常作这样的异想："小孩子长到十岁左右无病地自己死去，岂不完成了极有意义与价值的一生呢？"但现在想想，所谓"儿童的天国""儿童的乐园"，其实贫乏而低小得很，只值得颠倒困疲的浮世苦者的艳羡而已，又何足挂齿？像你的以一跳了生死，绝不撄浮生之苦，不更好吗？在浩劫中，人生原只是一跳。我在你的一跳中，瞥见一切的人生了。

然而这仍是我的妄念。宇宙间人的生灭，犹如大海中的波涛的起伏。大波小波，无非海的变幻，无不归元于海，世间一切现象，皆是宇宙的大生命的显示。阿难！你我的情缘并不淡薄，你就是我，我就是你；无所谓你我了！

一九二七年九月十七日

生机

去年除夜买的一球水仙花，养了两个多月，直到今天方才开花。

今春天气酷寒，别的花木萌芽都迟，我的水仙尤迟。因为它到我家来，遭了好几次灾难，生机被阻抑了。

第一次遭的是旱灾，其情形是这样：它于去年除夕到我家，当时因为我的别寓里没有水仙花盆，我特为跑到瓷器店去买一只纯白的瓷盘来供养它。这瓷盘很大、很重，原来不是水仙花盆。据瓷器店里的老头子说，它是光绪年间的东西，是官场中请客时用以盛某种特别肴馔的家伙。只因后来没有人用得着它，至今没有卖脱。我觉得普通所谓水仙花盆，长方形的、扇形的，在过去的中国画里都已看厌了，而且形式都不及这家伙好看。就假定这家伙是为我特制的水仙花盆，买了它来，给我的水仙花配合，形状色彩都很调和。看它们在寒窗下绿白相映，素艳可喜，谁相信这是官场中盛酒肉的东西？可是它们结合不到一个月，就要别离。为的是我要到石门湾去过阴历年，预期在缘缘堂住一个多月，希望把这水仙花带回去，看它开好才好。如何带法？颇费踌躇：叫工人阿毛拿了这盆水仙花乘火车，恐怕有人说阿毛提倡风雅；把他装进皮箱里，又不可能。于是阿毛提议："盘儿不要它，水仙花拔起来装在饼干箱里，携了上车，到家不过三四个钟头，不会旱杀的。"我通过了。水仙就与盘暂别，坐在饼干箱里旅行。回到家里，大家纷忙得很，我也忘记了水仙花。三天之后，阿毛突然说起，我猛然觉悟，找寻它的下落，原来被人当作饼干，搁在石灰甏上。连忙取出一看，绿叶憔悴，根须焦黄。阿毛说："勿碍。"立刻把它供养在家里旧有的水仙花盆中，又放些白糖在水里。幸而果然勿碍，过了几天它又欣欣向荣了。是为第一次遭的旱灾。

第二次遭的是水灾，其情形是这样：家里的水仙花盆中，原有许多色泽很美丽的雨花台石子。有一天早晨，被孩子们发见了，水仙花就遭殃：他们说石子里统是灰尘，埋怨阿毛不先将石子洗净，就代替他做这番工作。他们把水仙花拔起，暂时养在脸盆里，把石子倒在另一脸盆里，掇到墙角的太阳光中，给它们一一洗刷。雨花台石子浸着水，映着太阳光，光泽、色彩、花纹，都很美丽。有几颗可以使人想象起"通灵宝玉"来。看的人越聚越多，孩子们尤多，女孩子最热心。她们把石子照形状分类，照色彩分类，照花纹分类；然后品评其好坏，给每块石子打起分数来；最后又利用其形色，用许多石子拼起图案来。图案拼好，她们自去吃年糕了；年糕吃好，她们又去踢毽子了；毽子踢好，她们又去散步了。直到晚上，阿毛在墙角发见了石子的图案，叫道："咦，水仙花哪里去了？"东寻西找，发见它横卧在花台边上的脸盆中，浑身浸在水里。自晨至晚，浸了十来小时，绿叶已浸得发肿，发黑了！阿毛说："勿碍。"再叫小石子给它扶持，坐在水仙花盆中。是为第二次遭的水灾。

第三次遭的是冻灾，其情形是这样的：水仙花在缘缘堂里住了一个多月。其间春寒太甚，患难迭起。其生机被这些天灾人祸所阻抑，始终不能开花。直到我要离开缘缘堂的前一天，它还是含苞未放。我此去预定暮春回来，不见它开花又不甘心，以问阿毛。阿毛说："用绳子穿好，提了去！这回不致忘记了。"我赞成。于是水仙花倒悬在阿毛的手里旅行了。它到了我的寓中，仍旧坐在原配的盆里。雨水过了，不开花。惊蛰过了，又不开花。阿毛说："不晒太阳的原故。"就掇到阳台上，请它晒太阳。今年春寒殊甚，阳台上虽有太阳光，同时也有料峭的东风，使人立脚不住。所以人都闭居在室内，从不走到阳台上去看水仙花。房间内少了一盆水仙花也没有人查问。直到次日清晨，阿毛叫了："啊哟！昨晚水仙花没有拿进来，冻杀了！"一看，盆内的水连底冻，敲也敲不开；水仙花里面的水分也冻，其鳞茎冻得像一块白石头，其叶子冻得像许多翡翠条。赶快拿进来，放在火炉边。久之久之，盆里的水溶了，花里的水也溶了；但是叶子很软，一条一条弯下来，叶尖儿垂在水面。阿毛说："乌者。"我觉得的确有些儿"乌"，但是看它的花蕊还是笔挺地立着，想来生机没有完全丧尽，还有希望。以问阿毛，阿毛摇头，随后说："索性拿到灶间里去，暖些，我也可以常常顾到。"我赞成。垂死的水仙花就被从房中移到灶间。是为第三次遭的冻灾。

谁说水仙花清？它也像普通人一样，需要烟火气的。自从移入灶间之后，叶子渐渐抬起头来，花苞渐渐展开。今天花儿开得很好了！阿毛送它回来，我见了心中大快。此大快非仅为水仙花。人间的事，只要生机不灭，即使重遭天灾人祸，暂被阻抑，终有抬头的日子。个人的事如此，家庭的事如此，国家、民族的事也如此。

谈自己的画

去秋语堂先生来信，嘱我写一篇《谈漫画》。我答允他定写，然而只管不写。为什么答允写呢？因为我是老描“漫画”的人，约十年前曾经自称我的画集为“子恺漫画”，在开明书店出版。近年来又不断地把“漫画”在各杂志和报纸上发表，惹起几位读者的评议。还有几位出版家，惯把“子恺漫画”四个字在广告中连写起来，把我的名字用作一种画的形容词；有时还把我夹在两个别的形容词中间，写作“色彩子恺新年漫画”（见开明书店本年一月号《中学生》广告）。这样，我和“漫画”的关系就好像很深。近年我被各杂志催稿，随便什么都谈，而独于这关系好像很深的“漫画”不谈，自己觉得没理由，而且也不愿意，所以我就答允他一定写稿。为什么又只管不写呢？因为我对于“漫画”这个名词的定义，实在没有弄清楚：说它是讽刺的画，不尽然；说它是速写画，又不尽然；说它是黑和白的画，有色彩的也未始不可称为“漫画”；说它是小幅的画，小幅的不一定都是“漫画”。……原来我的画称为漫画，不是我自己作主的，十年前我初描这种画的时候，《文学周报》编辑部的朋友们说要拿我的“漫画”去在该报发表。从此我才知我的画可以称为“漫画”，画集出版时我就遵用这名称，定名为“子恺漫画”。这好比我的先生（从前浙江第一师范的国文教师单不厂先生，现在已经逝世了。）根据了我的单名“仁”而给我取号为“子恺”，我就一直遵用到今。我的朋友们或者也是有所根据而称我的画为“漫画”的，我就信受奉行了。但究竟我的画为什么称为“漫画”？可否称为“漫画”？自己一向不曾确知。自己的画的性状还不知道，怎么能够普遍地谈论一般的漫画呢？所以我答允了写稿之后，踌躇满胸，只管不写。

最近语堂先生又来信，要我履行前约，说不妨谈我自己的画。这好比大考时先生体恤学生抱佛脚之苦，特把题目范围缩小。现在我不可不缴卷了，就带着眼病写这篇稿子。

把日常生活的感兴用“漫画”描写出来——换言之，把日常所见的可惊可喜可悲可哂之相，就用写字的毛笔草草地图写出来——听人拿去印刷了给大家看，这事在我约有了十年的历史，仿佛是一种习惯了。中国人崇尚“不求人知”，西洋人也有“What's in your heart let no one know”的话。我正同他们相反，专门画给人家看，自己却从未仔细回顾已发表的自己的画。偶然在别人处看到自己的画册，或者在报纸、杂志中翻到自己的插画，也好比在路旁的商店的样子窗中的大镜子里照见自己的面影，往往一瞥就走，不愿意细看。这是什么心理？很难自知。勉强平心静气观察自己，大概是为了太稔熟，太关切，表面上反而变疏远了的原故。中国人见了朋友或相识者都打招呼，表示互相亲爱；但见了自己的妻子，反而板起脸不搭白，表示疏远的样子。我的不欢喜仔细回顾自己的画，大约也是出于这种奇妙的心理的吧？

但现在要我写这个题目，我非仔细回顾自己的画不可了。我找集从前出版的《子恺漫画》《子恺画集》等书来从头翻阅，又把近年来在各杂志和报纸上发表的画的副稿来逐幅细看，想看出自己的画的性状来，作为本题的材料。结果大失所望。我全然没有看到关于画的事，只是因了这一次的检阅，而把自己过去十年间的生活与心情切实地回味了一遍，心中起了一种不可名状的感慨，竟把画的一事完全忘却了。

因此我终于不能谈自己的画。一定要谈，我只能在这里谈谈自己的生活和心情的一面，拿来代替谈自己的画吧。

约十年前，我家住在上海。住的地方迁了好几处，但总无非是一楼一底的“弄堂房子”，至多添了一间过街楼。现在回想起来，上海这地方真是十分奇妙：看似那么忙乱的，住在那里却非常安闲，家庭这小天地可与忙乱的环境判然地隔离，而安闲地独立。我们住在乡间，邻人总是熟识的，有的比亲戚更亲切；白天门总是开着的，不断地有人进进出出；有了些事总是大家传说的，风俗习惯总是大家共通的。住在上海完全不然。邻人大都不相识，门镇日严扃着，别家死了人与你全不相干。故住在乡间看似安闲，其实非常忙乱；反之，住在上海看似忙乱，其实非常安闲。关了前门，锁了后门，便成一个自由独立的小天地。在这里面由你选取甚样风俗习惯的生活：宁波人尽管度宁波俗的生活，广东人尽管度广东俗的生活。我们是浙江石门湾人，住在上海也只管说石门湾的土白，吃石门湾式的饭菜，度石门湾式的生活；却与石门湾相去数百里。现在回想，这真是一种奇妙的生活！

除了出门以外，在家里所见的只是这个石门湾式的小天地。有时开出后门去换掉些头发（《子恺画集》六四页），有时从过街楼上挂下一只篮去买两只粽子（《子恺漫画》七〇页），有时从洋台眺望屋瓦间浮出来的纸鸢（《子恺漫画》六三页），知道春已来到上海。但在我们这个小天地中，看不出春的来到。有时几乎天天同样，辨不出今日和昨日。有时连日没有一个客人上门，我妻每天的公事，就是傍晚时光抱了瞻瞻，携了阿宝，到弄堂门口去等我回家（《子恺漫画》六九页）。两岁的瞻瞻坐在他母亲的臂上，口里唱着“爸爸还不来！爸爸还不来！”六岁的阿宝拉住了她娘的衣裾，在下面同他和唱。瞻瞻在马路上扰攘往来的人群中认到了带着一叠书和一包食物回家的我，突然欢呼舞蹈起来，几乎使他母亲的手臂撑不住。阿宝陪着他在下面跳舞，也几乎撕破了她母亲衣裾。他们的母亲呢，笑着喝骂他们。当这时候，我觉得自己立刻化身为二人。其一人做了他们的父亲或丈夫，体验着小别重逢时的家庭团之乐；另一个人呢，远远地站了出来，从旁观察这一幕悲欢离合的活剧，看到一种可喜又可悲的世间相。

他们这样地欢迎我进去的，是上述的几与世间绝缘的小天地。这里是孩子们的天下。主宰这天下的，有三个角色，除了瞻瞻和阿宝之外，还有一个是四岁的软软，仿佛罗马的三头政治。日本人有 tototenka（父天下）、kakatenka（母天下）之名，我当时曾模仿他们，戏称我们这家庭为 tsetsetenka（瞻瞻天下）。因为瞻瞻在这三人之中势力最盛，好比罗马三头政治中的领胄。我呢，名义上是他们的父亲，实际上是他们的臣仆；而我自己却以为是站在他们这政治舞台下面的观剧者。丧失了美丽的童年时代，送尽了蓬勃的青年时代，而初入黯淡的中年时代的我，在这群真率的儿童生活中梦见了自己过去的幸福，觅得了自己已失的童心。我企慕他们的生活天真，艳羡他们的世界广大。觉得孩子们都有大丈夫气，大人比起他们来，个个都虚伪卑怯；又觉得人世间各种伟大的事业，不是那种虚伪卑怯的大人们所能致，都是具有孩子们似的大丈夫气的人所建设的。

我翻到自己的画册，便把当时的情景历历地回忆起来。例如：他们跟了母亲到故乡的亲戚家去看结婚，回到上海的家里时也就结起婚来。他们派瞻瞻做新官人。亲戚家的新官人曾经来向我借一顶铜盆帽。(注：当时我乡结婚的男子，必须戴一顶铜盆帽，穿长衫马褂，好像是代替清朝时代的红缨帽子、外套的。我在上海日常戴用的呢帽，常常被故乡的乡亲借去当作结婚的大礼帽用。）瞻瞻这两岁的小新官人也借我的铜盆帽去戴上了。他们派软软做新娘子。亲戚家的新娘子用红帕子把头蒙住，他们也拿母亲的红包袱把软软的头蒙住了。一个戴着铜盆帽好像苍蝇戴豆壳；一个蒙住红包袱好像猢狲扮把戏，但两人都认真得很，面孔板板的，跨步缓缓的，活像那亲戚家的结婚式中的人物。宝姐姐说“我做媒人”，拉住了这一对小夫妇而教他们参天拜地，拜好了又送他们到用凳子搭成的洞房里（见《子恺画集》第三七页）。

我家没有一个好凳，不是断了脚的，就是擦了漆的。它们当凳子给我们坐的时候少，当游戏工具给孩子们用的时候多。在孩子们，这种工具的用处真真广大：请酒时可以当桌子用，搭棚棚时可以当墙壁用，做客人时可以当船用，开火车时可以当车站用。他们的身体比凳子高得有限，看他们搬来搬去非常吃力。有时汗流满面，有时被压在凳子底下。但他们好像为生活而拼命奋斗的劳动者，决不辞劳。汗流满面时可用一双泥污的小手来揩摸，被压在凳子底下时只要哭脱几声，就带着眼泪去工作。他们真可说是“快活的劳动者”（《子恺画集》三四页）。哭的一事，在孩子们有特殊的效用。大人们惯说“哭有什么用?”原是为了他们的世界狭窄的原故。在孩子们的广大世界里，哭真有意想不到的效力。譬如跌痛了，只要尽情一哭，比服凡拉蒙灵得多，能把痛完全忘却，依旧遨游于游戏的世界中。又如泥人跌破了，也只要放声一哭，就可把泥人完全忘却，而热中于别的玩具（《子恺画集》一六页）。又如花生米吃得不够，也只要号哭一下，便好像已经吃饱，可以起劲地去干别的工作了（《子恺漫画》六六页）。总之，他们干无论什么事都认真而专心，把身心全部的力量拿出来干。哭的时候用全力去哭，笑的时候用全力去笑，一切游戏都用全力去干。干一件事的时候，把除这以外的一切别的事统统忘却。一旦拿了笔写字，便把注意力全部集中在纸上（《子恺漫画》六八页）。纸放在桌上的水痕里也不管，衣袖带翻了墨水瓶也不管，衣裳角拖在火钵里燃烧了也不管。一旦知道同伴们有了有趣的游戏，冬晨睡在床里的会立刻从被窝钻出，穿了寝衣来参加；正在换衣服的会赤了膊来参加（《子恺漫画》九〇页）；正在洗浴的也会立刻离开浴盆，用湿淋淋的赤身去参加。被参加的团体中的人们对于这浪漫的参加者也恬不为怪，因为他们大家把全精神沉浸在游戏的兴味中，大家入了“忘我”的三昧境，更无余暇顾到实际生活上的事及世间的习惯了。

成人的世界，因为受实际的生活和世间的习惯的限制，所以非常狭小苦闷。孩子们的世界不受这种限制，因此非常广大自由。年纪愈小，其所见的世界愈大。我家的三头政治团中瞻瞻势力最大，便是为了他年纪最小，所处的世界最广大自由的原故。他见了天上的月亮，会认真地要求父母给他捉下来（《儿童漫画》）；见了已死的小鸟，会认真地喊它活转来（《子恺画集》二八页）；两把芭蕉扇可以认真地变成他的脚踏车（《子恺画集》一七页）；一只藤椅子可以认真地变成他的黄包车（《子恺画集》一八页）；戴了铜盆帽会立刻认真地变成新官人；穿了爸爸的衣服会立刻认真地变成爸爸（《子恺漫画》九五页）。照他的热诚的欲望，屋里所有的东西应该都放在地上，任他玩弄；所有的小贩应该一天到晚集中在我家的门口，由他随时去买来吃弄；房子的屋顶应该统统除去，可以使他在家里随时望见月亮、鹞子和飞机；眠床里应该有泥土，种花草，养着蝴蝶与青蛙，可以让他一醒觉就在野外游戏（《子恺画集》二〇页）。看他那热诚的态度，以为这种要求绝非梦想或奢望，应该是人力所能办到的。他以为人的一切欲望应该都是可能的。所以不能达到目的的时候，便那样愤慨地号哭。拿破仑的字典里没有“难”字，我家当时的瞻瞻的词典里一定没有“不可能”之一词。

我企慕这种孩子们的生活的天真，艳羡这种孩子们的世界的广大。或者有人笑我故意向未练的孩子们的空想界中找求荒唐的乌托邦，以为逃避现实之所；但我也可笑他们的屈服于现实，忘却人类的本性。我想，假如人类没有这种孩子们的空想的欲望，世间一定不会有建筑、交通、医药、机械等种种抵抗自然的建设，恐怕人类到今日还在茹毛饮血呢。所以我当时的心，被儿童所占据了。我时时在儿童生活中获得感兴。玩味这种感兴，描写这种感兴，成了当时我的生活的习惯。

欢喜读与人生根本问题有关的书，欢喜谈与人生根本问题有关的话，可说是我的一种习性。我从小不欢喜科学而欢喜文艺。为的是我所见的科学书，所谈的大都是科学的枝末问题，离人生根本很远；而我所见的文艺书，即使最普通的《唐诗三百首》《白香词谱》等，也处处含有接触人生根本而耐人回味的字句。例如我读了“想得故园今夜月，几人相忆在江楼”，便会设身处地地做了思念故园的人，或江楼相忆者之一人，而无端地兴起离愁。又如读了“流光容易把人抛，红了樱桃，绿了芭蕉”，便会想起过去的许多的春花秋月，而无端地兴起惆怅。我看见世间的大人都为生活的琐屑事件所迷着，都忘记人生的根本；只有孩子们保住天真，独具慧眼，其言行多足供我欣赏者。八指头陀诗云：“吾爱童子身，莲花不染尘。骂之惟解笑，打亦不生嗔。对境心常定，逢人语自新。可慨年既长，物欲蔽天真。”我当时曾把这首诗用小刀刻在香烟嘴的边上。

这只香烟嘴一直跟随我，直到四五年前，有一天不见了。以后我不再刻这诗在什么地方。四五年来，我的家里同国里一样的多难：母亲病了很久，后来死了；自己也病了很久，后来没有死。这四五年间，我心中不觉得有什么东西占据着，在我的精神生活上好比一册书里的几页空白。现在，空白页已经翻厌，似乎想翻出些下文来才好。我仔细向自己的心头探索，觉得只有许多乱杂的东西忽隐忽现，却并没有一物强固地占据着。我想把这几页空白当作被开的几个大“天窗”，使下文仍旧继续前文，然而很难能。因为昔日的我家的儿童，已在这数年间不知不觉地变成了少年少女，行将变为大人。他们已不能像昔日的占据我的心了。我原非一定要拿自己的子女来作为儿童生活赞美的对象，但是他们由天真烂漫的儿童渐渐变成拘谨驯服的少年少女，在我眼前实证地显示了人生黄金时代的幻灭，我也无心再来赞美那昙花似的儿童世界了。

古人诗云：“去日儿童皆长大，昔年亲友半凋零。”这两句确切地写出了中年人的心境的虚空与寂寥。前天我翻阅自己的画册时，陈宝（就是阿宝，就是做媒人的宝姐姐）、宁馨（就是做新娘子的软软）、华瞻（就是做新官人的瞻瞻）都从学校放寒假回家，站在我身边同看。看到“瞻瞻新官人，软软新娘子，宝姐姐做媒人”的一幅，大家不自然起来。宁馨和华瞻脸上现出忸怩的笑，宝姐姐也表示决不肯再做媒人了。他们好比已经换了另一班人，不复是昔日的阿宝、软软和瞻瞻了。昔日我在上海的小家庭中所观察欣赏而描写的那群天真烂漫的孩子，现在早已不在人间了！他们现在都已疏远家庭，做了学校的学生。他们的生活都受着校规的约束，社会制度的限制，和世智的拘束；他们的世界不复像昔日那样广大自由；他们早已不做房子没有屋顶和眠床里种花草的梦了。他们已不复是“快活的劳动者”，正在为分数而劳动，为名誉而劳动，为知识而劳动，为生活而劳动了。

我的心早已失了占据者。我带了这虚空而寂寥的心，彷徨在十字街头，观看他们所转入的社会，我想象这里面的人，个个是从那天真烂漫、广大自由的儿童世界里转出来的。但这里没有“花生米不满足”的人，却有许多面包不满足的人。这里没有“快活的劳动者”，只见锁着眉头的引车者，无食无衣的耕织者，挑着重担的颁白者，挂着白须的行乞者。这里面没有像孩子世界里所闻的号啕的哭声，只有细弱的呻吟，吞声的呜咽，幽默的冷笑和愤慨的沉默。这里面没有像孩子世界中所见的不屈不挠的大丈夫气，却充满了顺从、屈服、消沉、悲哀，和诈伪、险恶、卑怯的状态。我看到这种状态，又同昔日带了一叠书和一包食物回家，而在弄堂门口看见我妻提携了瞻瞻和阿宝等候着那时一样，自己立刻化身为二人。其一人做了这社会里的一分子，体验着现实生活的辛味；另一人远远地站出来，从旁观察这些状态，看到了可惊可喜可悲可哂的种种世间相。然而这情形和昔日不同：昔日的儿童生活相能“占据”我的心，能使我归顺它们；现在的世间相却只是常来“袭击”我这空虚寂寥的心，而不能占据，不能使我归顺。因此我的生活的册子中，至今还是继续着空白的页，不知道下文是什么。也许空白到底，亦未可知啊。

为了代替谈自己的画，我已把自己十年来的生活和心情的一面在这里谈过了。但这文章的题目不妨写作“谈自己的画”。因为：一则我的画与我的生活相关联，要谈画必须谈生活，谈生活就是谈画。二则我的画既不摹拟什么八大山人、七大山人的笔法，也不根据什么立体派、平面派的理论，只是像记帐般地用写字的笔来记录平日的感兴而已。因此关于画的本身，没有什么话可谈；要谈也只能谈谈作画时的因缘罢了。

廿四（一九三五）年二月四日

随笔漫画

随笔的“随”和漫画的“漫”，这两个字下得真轻松。看了这两个字，似乎觉得作这种文章和画这种绘画全不费力。可以“随便”写出，可以“漫然”下笔。其实决不可能。就写稿而言，我根据过去四十年的经验，深知创作——包括随笔——都很伤脑筋，比翻译伤脑筋得多。倘使用操舟来比方写稿，则创作好比把舵，翻译好比划桨。把舵必须掌握方向，瞻前顾后，识近察远；必须熟悉路径，什么地方应该右转弯，什么地方应该左转弯，什么时候应该急进，什么时候应该缓行；必须谨防触礁，必须避免冲突。划桨就不须这样操心，只要有气力，依照把舵人所指定的方向一桨一桨地划，总会把船划到目的地。我写稿时常常感到这比喻的恰当：倘是创作，即使是随笔，我也得预先胸有成竹，然后可以动笔。详言之，须得先有一个“烟士披里纯”，然后考虑适于表达这“烟士披里纯”的材料，然后经营这些材料的布置，计划这篇文章的段落和起讫。这准备工作需要相当的时间。准备完成之后，方才可以动笔。动笔的时候提心吊胆，思前想后，脑筋里仿佛有一根线盘旋着。直到脱稿之后，直到推敲完毕之后，这根线方才从脑筋里取出。但倘是翻译，我不须这么操心：把原书读了一遍之后，就可动笔，逐句逐段逐节逐章地把外文改造为中文。考虑每句译法的时候不免也费脑筋。然而译成了一句，就可透一口气，不妨另外想些别的事情，然后继续处理第二句。其间只要顾到语气的连贯和畅达，却不必顾虑思想的进行。思想有作者负责，不须译者代劳。所以我做翻译工作的时候不怕旁边有人。我译成一句之后，不妨和旁人闲谈一下，作为休息，然后再译第二句。但创作的时候最怕旁边有人，最好关起门来，独自工作。因为这时候思想形成一根线索，最怕被人打断。一旦被打断了，以后必须苦苦地找寻断线的两端，重新把它们连接起来，方才可以继续工作。近来我少创作而多翻译，正是因为脑力不济而“避重就轻”。

这时候我想起了三十多年前的生活情况：屋子小，没有独立的书房。睡觉、吃饭、工作，同在一室。我坐在书桌旁边写稿，我的太太坐在食桌旁边做针线。我的写稿倘是翻译，我欢迎她坐在这里，工作告一段落的时候可以同她闲谈一下，作为调剂。但倘是创作，我就讨厌她。因为她看见我搁笔不动，就用谈话来打断我的思想线索。但这也不能怪她，因为她不知道我写的是翻译还是创作；也许她还误认我的写稿工作同她的针线工作同一性状，可以边做边谈的。后来我就预先关照：“今天你不要睬我。”同时把理由说明：我们石门湾水乡地方，操舟的人有一句成语，叫做“停船三里路”。意思是说：船在河中行驶的时候，倘使中途停一下，必须花去走三里路的时间。因为将要停船的时候必须预先放缓速度，慢慢地停下来。停过之后再开的时候，起初必须慢慢地走，逐渐地快起来，然后恢复原来的速度。这期间就少走了三里路。三里也许夸张一点，一两里是一定有的。我正在创作的时候你倘问我一句话，就好比叫正在行驶的船停一停，我得少写三行字。三行也许夸张一点，一两行是一定有的。我认为随笔不能随便写出，理由就如上述。

漫画同随笔一样，也不是可以“漫然”下笔的。我有一个脾气：希望一张画在看看之外又可以想想。我往往要求我的画兼有形象美和意义美。形象可以写生，意义却要找求。倘有机会看到了一种含有好意义的好形象，我便获得了一幅得意之作的题材。但是含有好意义的好形象不能常见，因此我的得意之作也不可多得。记得有一次，我在院子里闲步，偶然看见石灰脱落了的墙壁上的砖头缝里生出一枝小小的植物来，青青的茎弯弯地伸在空中，约有三四寸长，茎的头上顶着两瓣绿叶，鲜嫩袅娜，怪可爱的。我吃了一惊，同时如获至宝。因为这美丽的形象含有丰富深刻的意义，正是我作画的模特儿。用洋洋数万言来歌颂天地好生之德，远不及用寥寥数笔来画出这枝小植物来得动人。我就有了一幅得意之作，画题叫做“生机”。记得又有一次，我去访问一位当医生的朋友，走进他的书室，看见案上供着一瓶莲花，花瓶的样子很别致，仔细一看，原来是一尺来长的一个炮弹壳，我又吃一惊，同时又如获至宝。因为这别致的形象也含有丰富深刻的意义，也是我作画的模特儿。用慷慨激昂的演说来拥护和平，远不如默默地画出这瓶莲花来得动人。我又有了一幅得意之作，画题叫做“炮弹作花瓶……”。我的找求画材大都如此。倘使我所看到的形象没有丰富深刻的意义，无论形状色彩何等秀丽，我也懒得描写；即使描写了，也不是我的得意之作。实在，我的作画不是作画，而仍是作文，不过不用言语而用形象罢了。既然作画等于作文，那么漫画就等于随笔。随笔不能随便写出，漫画当然也不得漫然下笔了。

一九五七年一月十八日于上海作

画鬼

《后汉书·张衡传》云："画工恶图犬马，好作鬼魅，诚以事实难作，而虚伪无穷也。"

《韩非子》云："狗马最难，鬼魅最易。狗马人所知也，旦暮于前，不可类之，故难。鬼魅无形，无形者不可睹，故易。"

这两段话看似道理很通，事实上并不很对。"好作鬼魅"的画工，其实很少。也许当时确有一班好作鬼魅的画工；但一般地看来，毕竟是少数。至于"鬼魅最易"之说，我更不敢同意。从画法上看来，鬼魅也一样地难画，甚或适得其反，"犬马最易，鬼魅最难。"

何以言之？所谓"犬马最难，鬼魅最易"，从画法上看来，是以"形似"为绘画的主要标准而说的话。"形似"就是"画得像"。"像"一定有个对象，拿画同对象相比较，然后知道像不像。充其极致，凡画中物的形象与实物的形象很相同的，其画描得很像，在形似上便可说是很优秀的画。反之，凡画中物的形象与实物的形象很不相同的，其画描得很不像，在形似上便可说是很拙劣的画。画犬马，有对象可比较，像不像一看就知道，所以说它难画；画鬼魅，没有对象可比较，无所谓像不像，所以说它容易画。——这便是以"像不像实物"为绘画批评的主要标准的。

这标准虽不错误，实太低浅。因为充其极致，照相将变成最优秀的绘画，而照相发明以后，一切画法都可作废，一切画家都可投笔了。

照相发明至今已数百年，而画法依然存在。画家依然活动，即可证明绘画非照相所能取代，即绘画自有照相所不逮的另一种好处，亦即绘画不仅以形似为标准，尚有别的更重要的标准在这里。这更重要的标准是什么？

简言之："绘画以形体肖似为肉体，以神气表现为灵魂。"即形体的肖似固然是绘画的一个重要目标，但此外还有一个更重要的目标，是要表现物象的神气。倘只有形似而缺乏神气，其画就只有肉体而没有灵魂，好比一个尸骸。

譬如画一只狗，依照实物的尺寸，依照实物的色彩，依照解剖之理，可以画得非常正确而肖似。然而这是博物图，是"科学的绘画"，决不是艺术的作品。因为这只狗缺乏神气。倘要使它变成艺术的绘画，必须于形体正确之外，再仔细观察狗的神气，尽力看出它立、坐、跑、叫等种种时候形象上所起的变化的特点，把这特点稍加夸张而描出在纸上。夸张过分，妨碍了实物的尺寸、色彩，或解剖之理的时候也有。例如画吠的狗，把嘴画得比实物更大了些，画跑的狗，把脚画得比实际更长了些，画游戏的狗，把脸孔画成了带些笑容。然而看画的人并不埋怨画家失实，反而觉得这画富有画趣。所以有许多画，像中国的山水画，西洋的新派画，以及漫画，为了要明显地表现出物象的神气，常把物象变形，变成与实物不符，甚或完全不像实物的东西。其中有不少因为夸张过甚，远离实相，走入虚构境界，流于形式主义，失却了绘画艺术所重要的客观性。但相当地夸张不但为艺术所许可，而且是必要的，因为这是绘画的灵魂所在。

故正式的作画法，不是看着了实物而依样画葫芦，必须在实物的形似中加入自己的迁想——即想象的工夫。譬如要画吠的狗，画家必先想象自己做了狗（恕我这句话太粗慢了。然而为说明便利起见，不得不如此说），在那里狂吠，然后能充分表现其神气。想象的工作，在绘画上是极重要的一事。有形的东西，可用想象使它变形，无形的东西，也可用想象使它有形。人实际是没有翅膀的，艺术家可用想象使他生翅膀，描成天使。狮子实际是没有人头的，艺术家可用想象使他长出人面孔来。造成 Sphinx（狮身人面像）。天使与 Sphinx，原来都是“无形不可睹”的，然而自从古人创作以后，至今流传着，保存着，谁能说这种艺术制作比画“旦暮于前”的犬马容易呢？

我说鬼魅也不容易画，便是为此。鬼这件东西，在实际的世间，我不敢说无，也不敢说有。因为我曾经在书中读鬼的故事，又常听见鬼的人谈鬼的话儿，所以不敢说无，又因为我从来没有确凿地见闻过鬼，所以不敢说有。但在想象的世界中，我敢肯定鬼确是有的。因为我常常在想象的世界中看见过鬼。——就是每逢在书中读到鬼的故事，从见鬼者的口中听到鬼的话儿的时候，我一定在自己心中想象出适合于其性格行为的鬼的姿态来。只要把眼睛一闭，鬼就出现在我的面前。有时我立刻取纸笔来，想把某故事中的鬼的想象姿态描画出来，然而往往不得成功。因为闭了目在想象的世界中所见的印象，到底比张眼睛在实际的世间所见的印象薄弱得多。描来描去，难得描成一个可称适合于该故事中的鬼的性格行为的姿态。这好比侦探家要背描出曾经瞥见而没有捉住的盗贼的相貌来，银行职员要形容出冒领巨款的骗子的相貌来。闭目一想，这副相貌立刻出现，但是动笔描写起来，往往不能如意称心。因此“鬼魅最易画”一说，我万万不敢同意。大概他们所谓“最易”，是不讲性格行为，不讲想象世界，而随便画一个“鬼”的意思。那么乱涂几笔也可说“这是一个鬼”，倒翻墨水瓶也可说“这是一个鬼”，毫无凭证，又毫无条件，当然是太容易了。但这些只能称之为鬼的符，不能称之为鬼的“画”。既称为画，必然有条件，即必须出自想象的世界，必须适于该鬼的性格行为。因此我的所见适得其反：“犬马最易，鬼魅最难。”犬马旦暮于前，画时可凭实物而加以想象，鬼魅无形不可睹，画时无实物可凭，全靠自己在头脑中shape（这里因为一时想不出相当的中国动词来，姑且借用一英文字）出来，岂不比画犬马更难？故古人说“事实难作，而虚伪无穷”，我要反对地说：“事实易摹，而想象难作。”

我平生所看见过的鬼（当然是在想象世界中看见的），回想起来可分两类，第一类是凶鬼，第二类是笑鬼。现在还在我脑中留着两种清楚的印象。

小时候一个更深夜静的夏天的晚上，母亲赤了膊坐在床前的桌子旁填鞋子底，我戴个红肚兜躺在床里的篾席上。母亲把她小时所见的“鬼压人”的故事讲给我听：据说那时我们地方上来了一群鬼，到了晚上，鬼就到人家的屋里来压睡着的人。每户人家，不敢大家同时睡觉，必须留一半人守夜。守夜的人一听见床里“咕噜咕噜”地响起来，就知道鬼在压这床里的人了，连忙去救。但见那人满脸通红，两眼突出，口中泛着唾沫。胸部一起一落，呼吸困急。两手紧捏拳头，或者紧抓大腿。好像身上压着一堆无形的青石板的模样。救法是敲锣。锣一敲，邻近人家的守夜者就响应，全市中闹起锣来。于是床里人渐渐苏醒，连忙拉他起来，到别处去躲避。他的指爪深深地嵌入手掌中或大腿中，拔出后血流满地。据被鬼压过的人说，一个青面獠牙的鬼坐在他的胸上，用一手卡住他的头颈，用另一手批他的颊，所以如此苦闷。我听到这里，立刻从床里逃出，躲入母亲怀里，从她的肩际望到房间的暗角里，床底下，或者桌子底下，似乎看见一个青面獠牙的鬼，隐现无定。身体青得厉害，发与口红得厉害，牙与眼白得更厉害。最可怕的就是这些白。这印象最初从何而来？我想大约是祖母丧事时我从经忏堂中的十殿阎王的画轴中得到的。从此以后听到人说凶鬼，我就在想象中看见这般模样。屡次想画一个出来，往往画得不满意。不满意处在于不很凶。无论如何总不及闭目回想时所见的来得更凶。

学童时代，到乡村的亲戚家作客，那家的老太太（我叫三娘娘的），晚上叫他的儿子（我叫蒋五伯的）送我回家，必然点一股香给我拿着。我问“为什么要拿香”，他们都不肯说。后来三娘娘到我家作长客，有一天晚上，她说明叫我拿香的原因，为的是她家附近有笑鬼。夏夜，三娘娘独坐在门外的摇纱椅子里，一只手里拿着佛柴（麦秆儿扎成的，取其色如金条），口里念着“南无阿弥陀佛”，每天要念到深夜才去睡觉。有一晚，她忽闻耳边有吃吃的笑声，回头一看，不见一人，笑声也没有了。她继续念佛，一会儿笑声又来。这位老太太是不怕鬼的，并不惊逃。那鬼就同她亲善起来：起初给她捶腰，后来给她搔背，她索性把眼睛闭了，那鬼就走到前面来给她敲腿，又给她在项颈里提痧。夜夜如此，习以为常。据三娘娘说，它们讨好她，为的是要钱。她的那把佛柴念了一夏天，全不发金，反而越念越发白。

足证她所念出来的佛，都被它们当作捶背搔痒的工资得去，并不留在佛柴上了。初秋的有一晚，她恨那些笑鬼太要钱，有意点一支香，插在摇纱椅旁的泥地中。这晚果然没有笑声，也没有鬼来讨好她了。但到了那支香点完了的时候，忽然有一种力，将她手中的佛柴夺去，同时一阵冷风带着一阵笑声，从她耳边飞过，向远处去了。她打个寒噤，连忙搬了摇纱椅子，逃进屋里去了。第二日，捉草孩子在附近的坟地里拾得一把佛柴，看见上面束着红纸圈，知道是三娘娘的，拿回来送还她。以后她夜间不敢再在门外念佛，但是窗外仍是常有笑声。油盏火发暗了的时候，她常在天窗玻璃中看见一只白而大而平的笑脸，忽隐忽现。我听到这里毛骨悚然，立刻钻到人丛中去。偶然望望黑暗的角落里，但见一只白而大而平的笑脸，在那里慢慢地移动。其白发青，其大发浮，其平如板，其笑如哭。这印象，最初大概是从尸床上的死人得来的。以后听见人说善鬼，我就在想象中看见这般的模样。也曾屡次想画一个出来，也往往画得不满意。不满意在于不阴险。无论如何总不及闭目回想时所见的来得更阴险。

所以我认为画鬼魅比画犬马更难，其难与画佛像相同。画佛像求其尽善，画鬼魅求其极恶。画善的相貌固然难画，极恶的相貌一样地难画。我常嫌画家所描的佛像太像普通人，不能表出十全的美，同时也嫌画家所描的鬼魅也太像普通人，不能表出十全的丑。虽然我自己画的更不如人。

中世纪西洋画家描耶稣，常在众人中挑选一个面貌最近于理想的耶稣面貌的人，使作模特儿，然后看着了写生。中国画家画佛像，不用这般笨法。他们读万卷书，行万里路，留意万人的相貌，向其中选出最完美的眉目口鼻等部分来，在心中凑成一副近于十全的相貌，假定为佛的相貌。我想，画鬼魅也该如此。读万卷书，行万里路，研究无数凶恶人及阴险家的脸，向其中选出最丑恶的耳目口鼻等部分来，牢记其特点，集大成地描出一副极凶恶的或极阴险的脸孔来，方才可称为标准鬼脸。但这是极困难的一事。所以世间难得有十全的鬼魅画。我只能在万人的脸孔中零零碎碎地看到种种鬼相而已。

我在小时候，觉得青面獠牙的凶鬼脸最为可怕。长大后，所感就不同，觉得白而大而平的笑鬼脸比青面獠牙的凶鬼更加可怕。因为凶鬼脸是率直的，犹可当也，笑鬼脸是阴险的，令人莫可猜测，天下之可怕无过于此！我在小时候，看见零零碎碎地表出在万人的脸孔上的鬼相，凶鬼相居多，笑鬼相居少。长大后，以至现在，所见不同，凶鬼相居少，而笑鬼相居多了。因此我觉得现今所见的世间比儿时所见的世间更加可怕。因此我这个画工也与古时的画工相反，是“好作犬马”，而“恶图鬼魅”的。

廿五（一九三六）年暮春作，曾载《论语》

香餌自香魚不食釣竿只好立蜻蜓
子愷

香饵自香鱼不食　钓竿只好立蜻蜓

学画回忆

假如有人探寻我儿时的事，为我作传记或讣启，可以为我说得极漂亮：“七岁入塾即擅长丹青。课余常摹古人笔意，写人物图，以为游戏。同塾年长诸生竞欲乞得其作品而珍藏之，甚至争夺殴打。师闻其事，命出画观之，不信，谓之曰：‘汝真能画，立为我作至圣先师孔子像！不成，当受罚。’某从容研墨抻纸，挥毫立就，神颖晔然。师弃戒尺于地，叹曰：‘吾无以教汝矣！’遂装按其画，悬诸塾中，命诸生朝夕礼拜焉。于是亲友竞乞其画像，所作无不惟妙惟肖。……”百年后的人读了这段记载，便会赞叹道：“七岁就有作品，真是天才，神童！”

朋友来信要我写些关于儿时学画的回忆的话。我就根据上面的一段话写些吧。上面的话都是事实，不过欠详明些，宜解释之如下：

我七八岁时——到底是七岁或八岁，现在记不清楚了。但都可说，说得小了可说是照外国算法的；说得大了可说是照中国算法的——入私塾，先读《三字经》，后来又读《千家诗》。《千家诗》每页上端有一幅木板画，记得第一幅画的是一只大象和一个人，在那里耕田，后来我知道这是二十四孝中的大舜耕田图。但当时并不知道画的是什么意思，只觉得看上端的画，比读下面的“云淡风轻近午天”有趣。我家开着染坊店，我向染匠司务讨些颜料来，溶化在小盅子里，用笔蘸了为书上的单色画着色，涂一只红象，一个蓝人，一片紫地，自以为得意。但那书的纸不是道林纸，而是很薄的中国纸，颜料涂在上面的纸上，会渗透下面好几层。我的颜料笔又吸得饱，透得更深。等得着好色，翻开书来一看，下面七八页上，都有一只红象、一个蓝人和一片紫地，好像用三色版套印的。

第二天上书的时候，父亲——就是我的先生——就骂，几乎要打手心；被母亲和大姐劝住了，终于没有打。我抽抽咽咽地哭了一顿，把颜料盅子藏在扶梯底下了。晚上，等到先生——就是我的父亲——上鸦片馆去了，我再向扶梯底下取出颜料盅子，叫红英——管我的女仆——到店堂里去偷几张煤头纸来，就在扶梯底下的半桌上的“洋油手照”底下描色彩画。画一个红人，一只蓝狗，一间紫房子……这些画的最初的鉴赏者，便是红英。后来母亲和诸姐也看到了，她们都说“好”；可是我没有给父亲看，防恐吃手心。这就叫做“七岁入塾即擅长丹青”。况且向染坊店里讨来的颜料不止丹和青呢！

后来，我在父亲晒书的时候找到了一部人物画谱，翻一翻，看见里面花样很多，便偷偷地取出了，藏在自己的抽斗里。晚上，又偷偷地拿到扶梯底下的半桌上去给红英看。这回不想再在书上着色，却想照样描几幅看，但是一幅也描不像。亏得红英想了办法，教我向习字簿上撕下一张纸来，印着了描。记得最初印着描的是人物谱上的柳柳州像。当时第一次印描没有经验，笔上墨水吸得太饱，习字簿上的纸又太薄，结果描是描成了，但原本上渗透了墨水，弄得很龌龊，曾经受大姐的责骂。这本书至今还存在，最近我晒旧书时候还翻出这个弄龌龊了的柳柳州像来看：穿了很长的袍子，两臂高高地向左右伸起，仰起头作大笑状。但周身都是斑斓的墨点，便是我当日印上去的。回思我当日最初想印这幅画的原因，大概是因为他高举两臂作大笑状，好像我的父亲打呵欠的模样，所以特别有兴味吧。后来，我“印画”的技术渐渐进步。大约十二三岁的时候（父亲已经弃世，我在另一私塾读书了），我已把这本人物谱统统印全。所用的纸是雪白的连史纸，而且所印的画都着色。着色所用的颜料仍旧是染坊里的，但不复用原色。我自己会配出各种的间色来，在画上施以复杂华丽的色彩，同塾的学生看了都很欢喜，大家说“比原本上的好看得多！”而且大家问我讨画，拿去贴在灶间里，当作灶君菩萨；或者贴在床前，当作新年里买的“花纸儿”。所以说我“课余常摹古人笔意，写人物花鸟之图，以为游戏。同塾年长诸生竞欲乞得其作品而珍藏之”，也都有因；不过其事实是如此。

至于学生夺画像殴打，先生请我画至圣先师孔子像，悬诸塾中，命诸生晨夕礼拜，也都是确凿的事实，你听我说吧：那时候我们在私塾中弄画，同在现在社会里抽鸦片一样，是不敢公开的。我好像是一个土贩或私售灯吃的，同学们好像是上了瘾的鸦片鬼，大家在暗头里作勾当。先生坐在案桌上的时候，我们的画具和画都藏好，大家一摇一摆地读“幼学”书。等到下午，照例一个大块头来拖先生出去吃茶了，我们便拿出来弄画。我先一幅幅地印出来，然后一幅幅地涂颜料。同学们便像看病时向医生挂号一样，依次认定自己所欲得的画。得画的人对我有一种报酬，但不是稿费或润笔，而是种种玩意儿：金铃子一对连纸匣；挖空老菱壳一只，可以加上绳子去当作陀螺抽的；“云”字顺治铜钱一枚（有的顺治铜钱，后面有一个字，字共有二十种。我们儿时听大人说，积得了一套，用绳编成宝剑形状，挂在床上，夜间一切鬼都不敢来。但其中，好像是“云”字，最不易得；往往为缺少此一字而编不成宝剑。故这种铜钱在当时的我们之间是一种贵重的赠品），或者铜管子（就是当时炮船上新用的后膛枪子弹的壳）一个。有一次，两个同学为交换一张画，意见冲突，相打起来，被先生知道了。先生审问之下，知道相打的原因是为画，追究画的来源，知道是我所作，便厉声喊我走过去。我料想是吃戒尺了，低着头不睬，但觉得手心里火热了。终于先生走过来了，我已吓得魂不附体。但他走到我的座位旁边，并不拉我的手，却问我“这画是不是你画的？”我回答一个“是”字，预备吃戒尺了。他把我的身体拉开，抽开我的抽斗，搜查起来。我的画谱、颜料，以及印好而未着色的画，就都被他搜出。我以为这些东西全被没收了：结果不然，他但把画谱拿了去，坐在自己的椅子上一张一张地观赏起来。过了好一会，先生旋转头来叱一声“读！”大家朗朗地读“混沌初开，乾坤始奠……”这件案子便停顿了。我偷眼看先生，见他把画谱一张一张地翻下去，一直翻到底。放假的时候我夹了书包走到他面前去作一个揖，他换了一种与前不同的语气对我说："这书明天给你。"

明天早上我到塾，先生翻出画谱中的孔子像，对我说："你能看了样画一个大的吗?"我没有防到先生也会要我画起画来，有些"受宠若惊"的感觉，支吾地回答说"能"。其实我向来只是"印"，不能"放大"。这个"能"字是被先生的威严吓出来的。说出之后心头发一阵闷，好像一块大石头吞在肚里了。先生继续说："我去买张纸来，你给我放大了画一张，也要着色彩的。"我只得说"好"。同学们看见先生要我画画了，大家装出惊奇和羡慕的脸色，对着我看。我却带着一肚皮心事，直到放假。

放假时我夹了书包和先生交给我的一张纸回家，便去向大姐商量。大姐教我，用一张画方格子的纸，套在画谱的书页中间。画谱纸很薄，孔子像就有经纬格子范围着了。大姐又拿缝纫用的尺和粉线袋给我在先生交给我的大纸上弹了大方格子，然后向镜箱中取出她画眉毛用的柳条枝来，烧一烧焦，教我依方格子放大的画法。那时候我们家里还没有铅笔和三角板、米突［米（metre）］尺，我现在回想大姐所教我的画法，其聪明实在值得佩服。我依照她的指导，竟用柳条枝把一个孔子像的底稿描成了。同画谱上的完全一样，不过大得多，同我自己的身体差不多大。我伴着了热烈的兴味，用毛笔勾出线条，又用大盆子调了多量的颜料，着上色彩，一个鲜明华丽而伟大的孔子像就出现在纸上。店里的伙计，作坊里的司务，看见了这幅孔子像，大家说"出色!"还有几个老妈子，尤加热烈地称赞我的"聪明"和画的"齐整"，并且说："将来哥儿给我画个容像，死了挂在灵前，也沾些风光。"我在许多伙计、司务和老妈子的盛称声中，俨然成了一个小画家。但听到老妈子要托我画容像，心中却有些儿着慌。我原来只会"依样画葫芦"的！全靠那格子放大的枪花，把书上的小画改成为我的"大作"；又全靠那颜色的文饰，使书上的线描一变而为我的"丹青"。格子放大是大姐教我的，颜料是染匠司务给我的，归到我自己名下的工作，仍旧只有"依样画葫芦"。如今老妈子要我画容像，说"不会画"有伤体面；说"会画"将来如何兑现？且置之不答，先把画缴给先生去。先生看了点头。次日画就粘贴在堂名匾下的板壁上。学生们每天早上到塾，两手捧着书包向它拜一下；晚上散学，再向它拜一下。我也如此。

自从我的“大作”在塾中的堂前发表以后，同学们就给我一个绰号“画家”。每天来访先生的那个大块头看了画，点点头对先生说：“可以。”这时候学校初兴，先生忽然要把我们的私塾大加改良了。他买一架风琴来，自己先练习几天，然后教我们唱“男儿第一志气高，年纪不妨小”的歌。又请一个朋友来教我们学体操。我们都很高兴。有一天，先生呼我走过去，拿出一本书和一大块黄布来，和蔼地对我说：“你给我在黄布上画一条龙，”又翻开书来，继续说，“照这条龙一样。”原来这是体操时用的国旗。我接受了这命令，只得又去向大姐商量，再用老法子把龙放大，然后描线，涂色。但这回的颜料不是从染坊店里拿来，是由先生买来的铅粉、牛皮胶和红、黄、蓝各种颜色。我把牛皮胶煮溶了，加入铅粉，调制各种不透明的颜料，涂到黄布上，同西洋中世纪的 fresco（壁画）画法相似。龙旗画成了，就被高高地张在竹竿上，引导学生通过市镇，到野外去体操。我悔不该在体操后偷把那龙旗藏过了，好让我的传记里添两句：“其画龙点睛后忽不见，盖已乘云上天矣。”我的“画家”绰号自此更盛行，而老妈子的画像也催促得更紧了。

我再向大姐商量。她说二姐丈会画肖像，叫我到他家去“偷关子”。我到二姐丈家，果然看见他们有种种特别的画具：玻璃九宫格、擦笔、contê、米突尺、三角板。我向二姐丈请教了些笔法，借了些画具，又借了一包照片来，作为练习的样本。因为那时我们家乡地方没有照相馆，我家里没有可用玻璃格子放大的四寸半身照片。回家以后，我每天一放学就埋头在擦笔照相画中。这原是为了老妈子的要求而“抱佛脚”的，可是她没有照相，只有一个人。我的玻璃格子不能罩到她的脸孔上去，没有办法给她画像。天下事都会巧妙地解决的。大姐在我借来的一包样本中选出某老妇人的一张照片来，说：“把这个人的下巴改尖些，就活像我们的老妈子了。”我依计而行，果然画了一幅八九分像的肖像画，外加在擦笔上面涂以漂亮的淡彩：粉红色的肌肉，翠蓝色的上衣，花带镶边，耳朵上外加挂上一双金黄色的珠耳环。老妈子看见珠耳环，心花盛开，即使完全不像，也说“像”了。自此以后，亲戚家死了人我就有差使——画容像。活着的亲戚也拿一张小照来叫我放大，挂在厢房里，预备将来可现成地移挂在灵前。我十七岁出外求学，年假、暑假回家时还常常接受这种义务生意。直到我十九岁时，从先生学了木炭写生画，读了美术的论著，方才把此业抛弃。到现在，在故乡的几位老伯伯和老太太之间，我的擦笔肖像画家的名誉依旧健在。不过他们大都以为我近来“不肯”画了，不再来请教我。前年还有一位老太太把她新死了的丈夫的四寸照片寄到我上海的寓所来，哀求地托我写照。此道我久已生疏，早已没有画具，况且又没有时间和兴味。但无法对她说明，就把照片送到霞飞路的某照相馆里，托他们放大为廿四寸的，寄了去。后遂无问津者。

假如我早得学木炭写生画，早得受美术论著的指导，我的学画不会走这条崎岖的小径。唉，可笑的回忆，可耻的回忆，写在这里，给世间学画的人作借镜吧。

一九三四年二月作

我的漫画

人都说我是中国漫画的创始者，这话半是半非。我小时候，《太平洋画报》上发表陈师曾的小幅简笔画《落日放船好》《独树老夫家》等，寥寥数笔，余趣无穷，给我很深的印象。我认为这真是中国漫画的始源。不过那时候不用漫画的名称。所以世人不知“师曾漫画”，而只知“子恺漫画”。“漫画”二字，的确是在我的书上开始用起的。但也不是我自称，却是别人代定的。约在民国十二年左右，上海一班友人办《文学周报》。我正在家里描那种小画，乘兴落笔，俄顷成章，就贴在壁上，自己欣赏。一旦被编者看见，就被拿去制版，逐期刊登在《文学周报》上，编者代为定名曰：“子恺漫画”。以后我作品源源而来，结集成册。交开明书店出版，就仿印象派画家的办法（印象派这名称原是他人讥评的称呼，画家就承认了），沿用了别人代定的名称。所以我不能承认自己是中国漫画的创始者，我只承认漫画二字是在我的画上开始用起的。

其实，我的画究竟是不是“漫画”，还是一个问题。因为这二字在中国向来没有。日本人始用汉文“漫画”二字。日本人所谓“漫画”，定义如何，也没有确说。但据我知道，日本的“漫画”乃兼指中国的急就画、即兴画，及西洋的卡通画的。但中国的急就、即兴之作，比西洋的卡通趣味大异。前者富有笔情墨趣，后者注重讽刺滑稽。前者只有寥寥数笔，后者常有用钢笔细描的。所以在东洋，“漫画”

二字的定义很难下。但这也无用考据。总之，漫画二字，望文生义：漫，随意也。凡随意写出的画，都不妨称为漫画，因为我作漫画，感觉同写随笔一样。不过或用线条，或用文字，表现工具不同而已。

我作漫画断断续续至今已有二十多年了。今日回顾这二十多年的历史，自己觉得，约略可分为四个时期：第一是描写古诗句时代；第二是描写儿童相的时代；第三是描写社会相的时代；第四是描写自然相的时代。但又交互错综，不能判然划界，只是我的漫画中含有这四种相的表现而已。

我从小喜读诗词，只是读而不作。我觉得古人的诗词，全篇都可爱的极少。我所爱的，往往只是一篇中的一段，甚至一句。这一句我讽咏之不足，往往把它译作小画，粘在座右，随时欣赏。有时眼前会现出一个幻象来，若隐若现，如有如无。立刻提起笔来写，只写得一个概略，那幻象已经消失。我看看纸上，只有寥寥数笔的轮廓，眉目都不全，但是颇能代表那个幻象，不要求加详了。有一次我偶然再提起笔加详描写，结果变成和那幻象全异的一种现象，竟糟蹋了那张画。恍忆古人之言："意到笔不到"，真非欺人之谈。作画意在笔先。只要意到，笔不妨不到；非但笔不妨不到，有时笔到了反而累赘。有的人看了我的画，惊骇地叫道："噫，这人只有一个嘴巴，没有眼睛鼻头！""噫，这人的四根手指粘成一块的！"甚至有更细心的人说："眼镜玻璃后面怎么不见眼睛？"对于他们，我实在无法解嘲，只得置之不理。管自读诗读词，捕捉幻象，描写我的"漫画"。《无言独上西楼》《几人相忆在江楼》《人散后，一钩新月天如水》等便是我那时的作品。初作《无言独上西楼》，发表在《文学周报》上时，有一人批评道："这人是李后主，应该穿古装，你怎么画成穿大褂的现代人？"我回答说："我不是作历史画，也不是为李后主词作插图，我是描写读李词后所得的体感。我是现代人，我的体感当然作现代相。"这才足证李词是千古不朽之作，而我的欣赏是被动的创作。

我作漫画由被动的创作而进于自动的创作，最初是描写家里的儿童生活相。我向来憧憬于儿童生活，尤其是那时，我初尝世味，看见了当时社会里的虚伪骄矜之状，觉得成人大都已失本性，只有儿童天真烂漫，人格完整，这才是真正的“人”。于是变成了儿童崇拜者，在随笔中、漫画中，处处赞扬儿童。现在回忆当时的意识，这正是从反面诅咒成人社会的恶劣。这些画我今日看时，一腔热血，还能沸腾起来，忘记了老之将至。这就是《办公室》《阿宝两只脚，凳子四只脚》《弟弟新官人，妹妹新娘子》《小母亲》《爸爸回来了》等作品。这些画的模特儿——阿宝、瞻瞻、软软——现在都已变成大学生，我也垂垂老矣。然而老的是身体，灵魂永远不老。最近我重展这些画册的时候，仿佛觉得年光倒流，返老还童，从前的憧憬，依然活跃在我的心中了。

后来我的画笔又改为从正面描写成人社会的现状了。我住在红尘万丈的上海，看见无数屋脊中浮出一只纸鸢来，恍悟春到人间，就作《都会之春》。看见楼窗里挂下一只篮来，就作《买粽子》。看见工厂职员散工归家，就作《星期六之夜》。看见白渡桥边白相人调笑苏州卖花女，就作《卖花声》。我住在杭州及故乡石门湾，看见市民的日常生活，就作《市井小景》《邻人之爱》《挑荠菜》……我客居乡村，就作《话桑麻》《云霓》《柳荫》……这些画中的情景，多少美观！这些人的生活，多少幸福！这几乎同儿童生活一样的美丽。我明知道这是成人社会的光明的一面。还有残酷、悲惨、丑恶的黑暗的一面，我的笔不忍描写，一时竟把它们抹杀了。

后来我的笔终于描写了。我想，佛菩萨的说法，有“显正”和“斥妄”两途。西谚曰：“漫画以笑语叱咤人间，”我为何专写光明方面的美景，而不写黑暗方面的丑态呢？于是我就当面细看社会上的苦痛相、悲惨相、丑恶相、残酷相，而为它们写照。《颁白者》《都市奇观》《邻人》《鬻儿》《某父子》，以及写古诗的《瓜车翻覆》《大鱼啖小鱼》等，便是当时的所作。后来的《仓皇》《战后》《警报解除后》《轰炸》等也是这类的作品。

当我看着这些作品，觉得触目惊心。恍悟“斥妄”之道，不宜多用，多用了感觉麻木，反而失效。于是我想，艺术毕竟是美的，人生毕竟是崇高的，自然毕竟是伟大的。我这些辛酸凄楚的作品，其实不是正常艺术，而是临时的权变。古人说：“恶岁诗人无好语。”我现在正是恶岁画家，但我的眼也应该从恶岁转入永劫，我的笔也不妨从人生转向自然，寻求更深刻的画材。我忽然注意到破墙的砖缝里钻出来的一根小草，作了一幅《生机》。这幅画真正没有几笔，然而自己觉得比以前所作的数千百幅精工得多，以后就用同样的笔调，作出《春草》《战场之春》《抛核处》等画。有一天到友人家里，看见案上供着一个炮弹壳，壳内插着红莲花，归来又作了一幅《炮弹作花瓶，世界永和平》。有一天在汉口看见一枝截去了半段的大树正在抽芽，回来又作了一幅《人树被斩伐》。《护生画集》中所载《遇赦》《悠然而逝》《蝴蝶来仪》等，都是这一类的作品。直到现在，我还时时描写这一类的作品。我自己觉得真像沉郁的诗人，诗人作诗喜沉郁。“沉郁者，意在笔先，神在言外。写怨夫思妇之怀，写孳子孤臣之感。凡文情之冷淡，身世之飘零，皆可于一草一木发之；而发之又须若隐若现，欲露不露。反复缠绵，终不许一语道破。”（陈亦峰语）此言先得我心。

古人说：“行年五十，方知四十九年之非。”我在漫画写作上，也有今是昨非之感。以后如何变化，要看我的心情如何而定了。

一九四七年十二月

图画与人生

我今天所要讲的，是"图画与人生"。就是图画对人有什么用处?就是做人为什么要描图画?就是图画同人生有什么关系?

这问题其实很容易解说：图画是给人看看的。人为了要看看，所以描图画。图画同人生的关系，就只是"看看"。

"看看"，好像是很不重要的一件事，其实同衣食住行四大事一样重要。这不是我在这里说大话，你只要问你自己的眼睛，便知道。眼睛这件东西，实在很奇怪：看来好像不要吃饭，不要穿衣，不要住房子，不要乘火车，其实对于衣食住行四大事，他都有份，都要干涉。人皆以为嘴巴要吃，身体要穿，人生为衣食而奔走，其实眼睛也要吃，也要穿，还有种种要求，比嘴巴和身体更难服侍呢。

所以要讲图画同人生的关系，先要知道眼睛的脾气。我们可拿眼睛来同嘴巴比较：眼睛和嘴巴，有相同的地方，有相异的地方，又有相关联的地方。

相同的地方在哪里呢?我们用嘴巴吃食物，可以营养肉体，我们用眼睛看美景，可以营养精神。——营养这一点是相同的。譬如看见一片美丽的风景，心里觉得愉快，看见一张美丽的图画，心里觉得欢喜。这都是营养精神的。所以我们可以说：嘴巴是肉体的嘴巴，眼睛是精神的嘴巴——二者同是吸收养料的器官。

相异的地方在哪里呢?嘴巴的辨别滋味，不必练习。无论哪一个人，只要是生嘴巴的，都能知道滋味的好坏，不必请先生教。所以学校里没有“吃东西”这一项科目。反之，眼睛的辨别美丑，即眼睛的美术鉴赏力，必须经过练习，方才能够进步。所以学校里要特设“图画”这一项科目，用以训练学生的眼睛。眼睛和嘴巴的相异，就在要练习和不要练习这一点上。譬如现在有一桌好菜蔬，都是山珍海味。请一位大艺术家和一位小学生同吃，他们一样地晓得好吃。反之，倘看一幅名画，请大艺术家看，他能完全懂得它的好处。请小学生看，就不能完全懂得，或者莫名其妙。可见嘴巴不要练习，而眼睛必须练习。所以嘴巴的味觉，称为“下等感觉”。眼睛的视觉，称为“高等感觉”。

相关联的地方在哪里呢？原来我们吃东西，不仅用嘴巴，同时又兼用眼睛。所以烧一碗菜，油盐酱醋要配得好吃，同时这碗菜的样子也要装得好看。倘使乱七八糟地装一下，即使滋味没有变，但是我们看了心中不快，吃起来滋味也就差一点。反转来说，食物的滋味并不很好，倘使装潢得好看，我们见了，心中先起快感，吃起来滋味也就好一点。学校里的厨房司务很懂得这个道理。他们做饭菜要偷工减料，常把形式装得很好看。风吹得动的几片肉，盖在白菜面上，排成图案形。两三个铜板一斤的萝卜，切成几何形体，装在高脚碗里，看去好像一盘金刚石。学生走到饭厅。先用眼睛来吃，觉得很好。随后用嘴巴来吃，也就觉得还好。倘使厨房司务不懂得装菜的方法，各地的学校恐怕天天要闹一次饭厅呢。外国人尤其精通这个方法。洋式的糖果，作种种形式，又用五色纸，金银纸来包裹。拿这种糖请盲子吃，味道一定很平常。但请亮子吃，味道就好得多。因为眼睛相帮嘴巴在那里吃，故形式好看的，滋味也就觉得好吃些。

眼睛不但和嘴巴相关联，又和其他一切感觉相关联。譬如衣服，原来是为了使身体温暖而穿的，但同时又求其质料和形式的美观。譬如房子，原来是为了遮蔽风雨而造的，但同时又求其建筑和布置的美观。可知人生不但用眼睛吃东西，又用眼睛穿衣服，用眼睛住房子。古人说：“人之所以异于禽兽者，几希。”我想，这“几希”恐怕就在眼睛里头。

人因为有这样的一双眼睛，所以人的一切生活，实用之外又必讲求趣味。一切东西，好用之外又求其好看。一匣自来火，一只螺旋钉，也在好用之外力求其好看。这是人类的特性。人类在很早的时代就具有这个特性。在上古，穴居野处，茹毛饮血的时代，人们早已懂得装饰。他们在山洞的壁上描写野兽的模样，在打猎用的石刀的柄上雕刻图案的花纹，又在自己的身体上施以种种装饰，表示他们要好看，这种心理和行为发达起来，进步起来，就成为“美术”。故美术是为了眼睛的要求而产生的一种文化。故人生的衣食住行，从表面看来好像和眼睛都没有关系，其实件件都同眼睛有关。越是文明进步的人，眼睛的要求越是大。人人都说“面包问题”是人生的大事。其实人生不单要吃，又要看，不单为嘴巴，又为眼睛，不单靠面包，又靠美术。面包是肉体的食粮！美术是精神的食粮。没有了面包，人的肉体要死。没有了美术，人的精神也要死——人就同禽兽一样。

上面所说的，总而言之，人为了有眼睛，故必须有美术。现在我要继续告诉你们：一切美术，以图画为本位，所以人人应该学习图画。原来美术共有四种，即建筑、雕塑、图画和工艺。建筑就是造房子之类，雕塑就是塑铜像之类，图画不必说明，工艺就是制造什用器具之类。这四种美术，可用两种方法来给它们分类。第一种，依照美术的形式而分类，则建筑、雕刻、工艺，在立体上表现的叫做“立体美术”。图画，在平面上表现的，叫做“平面美术”。第二种，依照美术的用途而分类，则建筑、雕塑、工艺，大多数除了看看之外又有实用(譬如住宅供人居住，铜像供人瞻拜，茶壶供人泡茶)的，叫做“实用美术”。图画，大多数只给人看看，别无实用的，叫做“欣赏美术”。这样看来，图画是平面美术，又是欣赏美术。为什么这是一切美术的本位呢？其理由有二：

第一，因为图画能在平面上作立体的表现，故兼有平面与立体的效果。这是很明显的事，平面的画纸上描一只桌子，望去四只脚有远近。描一条走廊，望去有好几丈长。描一条铁路，望去有好几里远。因为图画有两种方法，能在平面上假装出立体来，其方法叫做“远近法”和“阴影法”。用了远近法，一寸长的线可以看成好几里路。用了阴影法，平面的可以看成凌空。故图画虽是平面的表现，却包括立体的研究。所以学建筑，学雕塑的人，必须先从学图画入手。美术学校里的建筑科，雕塑科，第一年的课程仍是图画，以后亦常常用图画为辅助。反之，学图画的人就不必兼学建筑或雕塑。

第二，因为图画的欣赏可以应用在实生活上，故图画兼有欣赏与实用的效果。譬如画一只苹果，一朵花，这些画本身原只能看看，毫无实用。但研究了苹果的色彩，可以应用在装饰图案上，研究了花瓣的线条，可以应用在瓷器的形式上。所以欣赏不是无用的娱乐，乃是间接的实用。所以学校里的图画科，尽管画苹果、香蕉、花瓶、茶壶等没有用处的画。由此所得的眼睛的练习，便已受用无穷。

因了这两个理由——图画在平面中包括立体，在欣赏中包括实用——所以图画是一切美术的本位。我们要有美术的修养，只要练习图画就是。但如何练习，倒是一件重要的事，要请大家注意：上面说过，图画兼有欣赏与实用两种效果。欣赏是美的，实用是真的，故图画练习必须兼顾“真”和“美”这两个条件。具体地说：譬如描一瓶花，要仔细观察花、叶、瓶的形状、大小、方向、色彩，不使描错。这是“真”的方面的功夫。同时又须巧妙地配合，巧妙地布置，使它妥帖。这是“美”的方面的功夫。换句话说，我们要把这瓶花描得像真物一样，同时又要描得美观。再换一句话说，我们要模仿花、叶、瓶的形状色彩，同时又要创造这幅画的构图。总而言之，图画要兼重描写和配置，肖似和美观，模仿和创作，即兼有真和美。偏废一方面的，就不是正当的练习法。

在中国，图画观念错误的人很多。其错误就由于上述的真和美的偏废而来，故有两种。第一种偏废美的，把图画看作照相，以为描画的目的但求描得细致，描得像真的东西一样。称赞一幅画好，就说“描得很像”。批评一幅画坏，就说“描得不像”。这就是求真而不求美，但顾实用而不顾欣赏，是错误的。图画并非不要描得像，但像之外又要它美。没有美而只有像，顶多只抵得一张照相，现在照相机很便宜，三五块钱也可以买一只。我们又何苦费许多宝贵的钟头来把自己的头脑造成一架只值三五块钱的照相机呢？这是偏废了美的错误。

第二种，偏废真的，把图画看作“琴棋书画”的画。以为“画画儿”，是一种娱乐，是一种游戏，是消遣的。于是上图画课的时候，不肯出力，只想享乐。形状还描不正确，就要讲画意。颜料还不会调，就想制作品。这都是把图画看作“琴棋书画”的画的原故。原来弹琴、写字、描画，都是高深的艺术。不知哪一个古人，把“着棋”这种玩意儿凑在里头，于是琴、书、画三者都带了娱乐的、游戏的、消遣的性质，降低了它们的地位，这实在是亵渎艺术！“着棋”这一件事，原也很难；但其效用也不过像叉麻雀，消磨光阴，排遣无聊而已，不能同音乐、绘画、书法排在一起。倘使“着棋”可算是艺术，叉麻雀也变成艺术，学校里不妨添设一科“麻雀”了。但我国有许多人，的确把音乐，图画看成与麻雀相近的东西。这正是“琴棋书画”四个字的流弊。现代的青年，非改正这观念不可。

图画为什么和着棋、叉麻雀不同呢？就是为了图画有一种精神——图画的精神，可以陶冶我们的心。这就是拿描图画一样的真又美的精神来应用在人的生活上。怎样应用呢？我们可拿数学来作比方：数学的四则问题中，有龟鹤问题：龟鹤同住在一个笼里，一共几个头，几只脚，求龟鹤各几只？又有年龄问题：几年前父年为子年之几倍，几年后父年为子年之几倍？这种问题中所讲的事实，在人生中难得逢到。有谁高兴真个把乌龟同鹤关在一只笼子里，教人猜呢？又谁有真个要算父年为子年的几倍呢？这原不过是要借这种奇奇怪怪的问题来训练人的头脑，使头脑精密起来。然后拿这精密的头脑来应用在人的一切生活上。我们又可拿体育来比方，体育中有跳高、跳远、掷铁球、掷铁饼等武艺。这在我们的日常生活中也很少用处。有谁常要跳高，跳远，有谁常要掷铁球铁饼呢？这原不过是要借这种武艺来训练人的体格，使体格强健起来。然后拿这强健的体格去做人生一切的事业。图画就同数学和体育一样。人生不一定要画苹果、香蕉、花瓶、茶壶。原不过要借这种研究来训练人的眼睛，使眼睛正确而又敏感，真而又美。然后拿这真和美来应用在人的物质生活上，使衣食住行都美化起来；应用在人的精神生活上，使人生的趣味丰富起来。这就是所谓“艺术的陶冶”。

图画原不过是“看看”的。但因为眼睛是精神的嘴巴，美术是精神的粮食，图画是美术的本位，故“看看”这件事在人生竟有了这般重大的意义。今天在收音机旁听我讲演的人，一定大家是有一双眼睛的，请各自体验一下，看我的话有没有说错。

廿五（一九三六）年九月十二日下午四时

自然

“美”都是“神”的手所造的。假手于“神”而造美的，是艺术家。

路上的褴褛的乞丐，身上全无一点人造的装饰，然而比时装美女美得多。这里的火车站旁边有一个伛偻的老丐，天天在那里向行人求乞。我每次下了火车之后，迎面就看见一幅米叶（米勒）（Millet）的木炭画，充满着哀怨之情。我每次给他几个铜板——又买得一幅充满着感谢之情的画。

女性们煞费苦心于自己的身体的装饰。头发烫也不惜，胸臂冻也不妨，脚尖痛也不怕。然而真的女性的美，全不在乎她们所苦心经营的装饰上。我们反在她们所不注意的地方发见她们的美。不但如此，她们所苦心经营的装饰，反而妨碍了她们的真的女性的美。所以画家不许她们加上这种人造的装饰，要剥光她们的衣服，而赤裸裸地描写“神”的作品。

画室里的模特儿虽然已经除去一切人造的装饰，剥光了衣服；然而她们倘然受了画学生的指使，或出于自心的用意，而装腔作势，想用人力硬装出好看的姿态来，往往越装越不自然，而所描的绘画越无生趣。印象派以来，裸体写生的画风盛于欧洲，普及于世界。使人走进绘画展览中，如入浴堂或屠场，满目是肉。然而用印象派的写生的方法来描出的裸体，极少有自然的、美的姿态。自然的美的姿态，在模特儿上台的时候是不会有的；只有在其休息的时候，那女子在台旁的绒毡上任意卧坐，自由活动的时候，方才可以见到美妙的姿态，这大概是世间一切美术学生所同感的情形吧。因为在休息的时候，不复受人为的拘束，可以任其自然的要求而活动。“任天而动”，就有“神”所造的美妙的姿态出现了。

人在照相中的姿态都不自然，也就是为此。普通照相中的人物，都装着在舞台上演剧的优伶的神气，或南面而朝的王者的神气，或庙里的菩萨像的神气，又好像正在摆步位的拳教师的神气。因为普通人坐在照相镜头前面被照的时间，往往起一种复杂的心理，以致手足无措，坐立不安，全身紧张得很，故其姿态极不自然。加之照相者又要命令他“头抬高点！”“眼睛看着！”“带点笑容！”内面已在紧张，外面又要听照相者的忠告，而把头抬高，把眼钉住，把嘴勉强笑出，这是何等困难而又滑稽的办法！怎样教底片上显得出美好的姿态呢？我近来正在学习照相，因为嫌恶这一点，想规定不照人物的肖像，而专照风景与静物，即神的手所造的自然，及人借了神的手而布置的静物。

人体的美的姿态，必是出于自然的。换言之。凡美的姿态，都是从物理的自然的要求而出的姿态，即舒服的时候的姿态。这一点屡次引起我非常的铭感。无论贫贱之人，丑陋之人，劳动者，黄包车夫，只要是顺其自然的天性而动，都是美的姿态的所有者，都可以礼赞。甚至对于生活的幸福全然无分的，第四阶级以下的乞丐，这一点也决不被剥夺，与富贵之人平等。不，乞丐所有的姿态的美，屡比富贵之人丰富得多。试入所谓上流的交际社会中，看那班所谓“绅士”，所谓“人物”的样子，点头、拱手、揖让、进退等种种不自然的举动，以及脸的外皮上硬装出来的笑容，敷衍应酬的不由衷的言语，实在滑稽得可笑，我每觉得这种是演剧，不是人的生活。作这样的生活，宁愿作乞丐。

被造物只要顺天而动，即见其真相，亦即见其固有的美。我往往在人的不注意、不戒备的时候，瞥见其人的真而美的姿态。但倘对他熟视或声明了，这人就注意，戒备起来，美的姿态也就杳然了。从前我习画的时候，有一天发见一个朋友的 pose（姿态）很好，要求他让我画一张 sketch（速写），他限我明天。到了明天，他剃了头，换了一套新衣，挺直了项颈危坐在椅子里，教我来画……这等人都不足与言美。我只有和我的朋友老黄，能互相赏识其姿态，我们常常相对坐谈到半夜。老黄是画画的人，他常常嫌模特儿的姿态不自然，与我所见相同。他走进我的室内的时候，我倘觉得自己的姿势可观，就不起来应酬，依旧保住我的原状，让他先鉴赏一下。他一相之后，就会批评我的手如何，脚如何，全体如何。然后我们吸烟煮茶，晤谈别的事体。晤谈之中，我忽然在他的动作中发见了一个好的 pose，“不动！”他立刻石化，同画室里的石膏模型一样。我就欣赏或描写他的姿态。

不但人体的姿态如此，物的布置也逃不出这自然之律。凡静物的美的布置，必是出于自然的。换言之，即顺当的、妥帖的、安定的。取最卑近的例来说：假如桌上有一把茶壶与一只茶杯。倘这茶壶的嘴不向着茶杯而反向他侧，即茶杯放在茶壶的后面，犹之孩子躲在母亲的背后，谁也觉得这是不顺当的、不妥帖的、不安定的。同时把这画成一幅静物画，其章法（即构图）一定也不好。美学上所谓“多样的统一”，就是说多样的事物，合于自然之律而作成统一，是美的状态。譬如讲坛的桌子上要放一个花瓶。花瓶放在桌子的正中，太缺乏变化，即统一而不多样。欲其多样，宜稍偏于桌子的一端。但倘过偏而接近于桌子的边上，看去也不顺当、不妥帖、不安定。同时在美学上也就是多样而不统一。大约放在桌子的三等分的界线左右，恰到好处，即得多样而又统一的状态。同时在实际也是最自然而稳妥的位置。这时候花瓶左右所余的桌子的长短，大约是三与五，至四与六的比例。这就是美学上所谓“黄金比例”。黄金比例在美学上是可贵的，同时在实际上也是得用的。所以物理学的“均衡”与美学的“均衡”颇有相一致的地方。右手携重物时左手必须扬起，以保住身体的物理的均衡。这姿势在绘画上也是均衡的。兵队中“稍息”的时候，身体的重量全部搁在左腿上，右腿不得不斜出一步，以保住物理的均衡。这姿势在雕刻上也是均衡的。

故所谓“多样的统一”“黄金律”“均衡”等美的法则，都不外乎“自然”之理，都不过是人们窥察神的意旨而得的定律。所以论文学的人说，“文章本天成，妙手偶得之”；论绘画的人说，“天机勃露，独得于笔情墨趣之外。”“美”都是“神”的手所造的，假手于“神”而造美的，是艺术家。

一九二八年十月十二日

艺术三昧

有一次我看到吴昌硕写的一方字。觉得单看各笔划，并不好；单看各个字，各行字，也并不好。然而看这方字的全体，就觉得有一种说不出的好处。单看时觉得不好的地方，全体看时都变好，非此反不美了。

原来艺术品的这幅字，不是笔笔、字字、行行的集合，而是一个融合不可分解的全体。各笔各字各行，对于全体都是有机的，即为全体的一员。字的或大或小，或偏或正，或肥或瘦，或浓或淡，或刚或柔，都是全体构成上的必要，决不是偶然的。即都是为全体而然，不是为个体自己而然的。于是我想像：假如有绝对完善的艺术品的字，必在任何一字或一笔里已经表出全体的倾向。如果把任何一字或一笔改变一个样子，全体也非统统改变不可；又如把任何一字或一笔除去，全体就不成立。换言之，在一笔中已经表出全体，在一笔中可以看出全体，而全体只是一个个体。

所以单看一笔、一字或一行，自然不行。这是伟大的艺术的特点。在绘画也是如此。中国画论中所谓“气韵生动”，就是这个意思。西洋印象画派的持论：“以前的西洋画都只是集许多幅小画而成一幅大画，毫无生气。艺术的绘画，非画面浑然融合不可。”在这点上想来，印象派的创生确是西洋绘画的进步。

这是一个不可思议的艺术的三昧境。在一点里可以窥见全体，而在全体中只见一个个体。所谓“一有多种，二无两般”（《碧岩录》），就是这个意思吧！这道理看似矛盾又玄妙，其实是艺术的一般的特色，美学上的所谓“多样的统一”，很可明瞭地解释。其意义：譬如有三只苹果，水果摊上的人把它们规则地并列起来，就是“统一”。只有统一是板滞的，是死的。小孩子把它们触乱，东西滚开，就是“多样”。只有多样是散漫的，是乱的。最后来了一个画家，要照着它们写生，给它们安排成一个可以入画的美的位置——两个靠拢在后方一边，余一个稍离开在前方，——望去恰好的时候，就是所谓“多样的统一”，是美的。要统一，又要多样；要规则，又要不规则；要不规则的规则，规则的不规则；要一中有多；多中有一。这是艺术的三昧境！

宇宙是一大艺术。人何以只知鉴赏书画的小艺术，而不知鉴赏宇宙的大艺术呢？人何以不拿看书画的眼来看宇宙呢？如果拿看书画的眼来看宇宙，必可发现更大的三昧境。宇宙是一个浑然融合的全体，万象都是这全体的多样而统一的诸相。在万象的一点中，必可窥见宇宙的全体；而森罗的万象，只是一个个体。勃雷克的“一粒沙里见世界”，孟子的“万物皆备于我”，就是当作一大艺术而看宇宙的吧！艺术的字画中，没有可以独立存在的一笔。即宇宙间没有可以独立存在的事物。倘不为全体，各个体尽是虚幻而无意义了。那末这个“我”怎样呢？自然不是独立存在的小我，应该融入于宇宙全体的大我中，以造成这一大艺术。

美术与人生

形状和色彩有一种奇妙的力，能在默默之中支配大众的心。例如春花的美能使人心兴奋，秋月的美能使人心沉静；人在晴天格外高兴，在阴天就大家懒洋洋地。山乡的居民大都忠厚，水乡的居民大都活泼，也是因为常见山或水，其心暗中受其力的支配，便养成了特殊的性情。

用人工巧妙地配合形状、色彩的，叫做美术。配合在平面上的是绘画，配合在立体上的是雕塑，配合在实用上的是建筑。因为是用人工巧妙地配合的，故其支配人心的力更大。这叫做美术的亲和力。

例如许多人共看画图，所看的倘是墨绘的山水图，诸人心中共起壮美之感；倘是金碧的花蝶图，诸人心中共起优美之感。故厅堂上挂山水图，满堂的人愈感庄敬；房室中挂花鸟图，一室的人倍觉和乐。优良的电影开映时，满院的客座阒然无声，但闻机器转动的微音。因为数千百观众的心，都被这些映画（电影）的亲和力所统御了。

雕塑是立体的，故其亲和力更大，伟人的铜像矗立在都市的广场中，其英姿每天印象于往来的万众的心头，默默中施行着普遍的教育。又如入大寺院，仰望金身的大佛像，其人虽非宗教信徒，一时也会肃然起敬，缓步低声。埃及的专制帝王建造七十英尺高的人面狮身大石雕，名之曰“斯芬克司”。埃及人民的绝对服从的精神，半是这大石雕的暗示力所养成的。

建筑在美术中形体最大，其亲和力也最大；又因我们的生活大部分在建筑物中度过，故建筑及于人心的影响也最深。例如端庄雅洁的校舍建筑，能使学生听讲时精神集中，研究时心情安定，暗中对于教育有不少的助力。古来帝王的宫殿，必极富丽堂皇，使臣民瞻望九重城阙，自然心生惶恐。宗教的寺院，必极高大雄壮，使僧众参诣大雄宝殿，自然稽首归心。这便是利用建筑的亲和力以镇服人心的。饮食店的座位与旅馆的房间，布置精美，可以推广营业。商人也会利用建筑的亲和力以支配顾客的心。

建筑与人生的关系最切，故凡建筑隆盛的时代，其国民文化必然繁荣。希腊黄金时代有极精美的神殿建筑，意大利文艺复兴时代有极伟大的寺院建筑，便是其例。现代欧美的热衷于都市建筑，也可说是现代人的文化的表象。

艺术的园地

艺术常被人视为娱乐的、消遣的玩物，故艺术的效果也就只是娱乐与消遣而已。有人反对此说，为艺术辩护，说艺术是可以美化人生，陶冶性灵的。但他们所谓“美化人生”，往往只是指房屋、衣服的装饰；他们所谓“陶冶性灵”，又往往是附庸风雅之类的浅见。结果把艺术看作一种虚空玄妙、不着边际的东西。这都是没有确实地认识艺术的效果之故。

艺术及于人生的效果，其实是很简明的：不外乎吾人面对艺术品时直接兴起的作用，及研究艺术之后间接受得的影响。前者可称为艺术的直接效果，后者可称为艺术的间接效果。即前者是“艺术品”的效果，后者是“艺术精神”的效果。

直接效果，就是我们创作或鉴赏艺术品时所得的乐趣。这乐趣有两方面，第一是自由，第二是天真。试分述之：研究艺术（创作或欣赏），可得自由的乐趣。因为我们平日的生活，都受环境的拘束。所以我们的心不得自由舒展，我们对付人事，要谨慎小心，辨别是非，打算得失。我们的心境，大部分的时间是戒严的。惟有学习艺术的时候，心境可以解严，把自己的意见、希望与理想自由地发表出来。这时候，我们享受一种快慰，可以调剂平时生活的苦闷。例如世间的美景，是人们所喜爱的。但是美景不能常出现。我们的生活的牵制又不许我们常去找求美景。我们心中要看美景，而实际上不得不天天厕身在尘嚣的都市里，与平凡、污旧而看厌了的环境相对。于是我们要求绘画了。我们可在绘画中自由描出所希望的美景。雪是不易保留的，但我们可使它终年不消，又并不冷。虹是转瞬就消失的，但我们可使它永远常存，在室中，在晚上，也都可以欣赏。鸟见人要飞去的，但我们可以使它永远停在枝头，人来了也不惊。大瀑布是难得见的，但我们可以把它移到客堂间或寝室里来。上述的景物无论自己描写，或欣赏别人的描写，同样可以给人心一种快慰，即解放、自由之乐。这是就绘画讲的。更就文学中看：文学是时间艺术，比绘画更为生动。故我们在文学中可以更自由地高歌人生的悲欢，以遣除实际生活的苦闷。例如我们这世间常有饥寒的苦患，我们想除掉它，而事实上未能做到。于是在文学中描写丰足之乐，使人看了共爱、共勉、共图这幸福的实现。古来无数描写田家乐的诗便是其例。又如我们的世间常有战争的苦患。我们想劝世间的人不要互相侵犯，大家安居乐业，而事实上不能做到。于是我们就在文学中描写理想的幸福的社会生活，使人看了共爱、共勉、共图这种幸福的实现。陶渊明的《桃花源记》，便是一例。我们读到“豁然开朗，土地平旷，屋舍俨然。有良田美池桑竹之属。阡陌交通，鸡犬相闻。……黄发垂髫，并怡然自乐”等文句，心中非常欢喜，仿佛自己做了渔人或桃花源中的一个住民一样。我们还可在这等文句外，想象出其他的自由幸福的生活来，以发挥我们的理想。有人说这些文学是画饼充饥，聊以自慰而已。其实不然，这是理想的实现的初步。空想与理想不同。空想原是游戏似的，理想则合乎理性。只要方向不错，理想不妨高远。理想越高远，创作欣赏时的自由之乐越多。

其次，研究艺术，可得天真的乐趣。我们平日对于人生自然，因为习惯所迷，往往不能见到其本身的真相。惟有在艺术中，我们可以看见万物的天然的真相。例如我们看见朝阳，便想道，这是教人起身的记号。看见田野，便想道，这是人家的不动产。看见牛羊，便想道，这是人家的牲口。看见苦人，便想道，他是穷的原故。在习惯中看来，这样的思想，原是没有错误的；然而都不是这些事象的本身的真相。因为除去了习惯，这些都是不可思议的现象，岂可如此简单地武断？

朝阳，分明是何等光明灿烂，神秘伟大的自然现象！岂是为了教人起身而设的记号？田野，分明是自然风景的一部分，与人家的产业何关？牛羊，分明自有其生命的意义，岂是为给人家杀食而生的？穷人分明是同样的人，为什么偏要受苦呢？原来造物主创造万物，各正性命，各自有存在的意义，当初并非以人类为主而造。后来“人类”这种动物聪明进步起来，霸占了这地球，利用地球上的其他物类来供养自己。久而久之，成为习惯，便假定万物是为人类而设的；果实是供人采食而生的，牛羊是供人杀食而生的，日月星辰是为人报时而设的；甚而至于在人类自己的内部，也由习惯假造出贫富贵贱的阶级来，大家视为当然。这样看来，人类这种动物，已被习惯所迷，而变成单相思的状态，犯了自大狂的毛病了。这样说来，我们平日对于人生自然，怎能看见其本身的真相呢？艺术好比是一种治单相思与自大狂的良药。惟有在艺术中，人类解除了一切习惯的迷障，而表现天地万物本身的真相。画中的朝阳，庄严伟大，永存不灭，才是朝阳自己的真相。画中的田野，有山容水态，绿笑红颦，才是大地自己的姿态。美术中的牛羊，能忧能喜，有意有情，才是牛羊自己的生命。诗文中的贫士、贫女，如冰如霜，如玉如花，超然于世故尘网之外，这才是人类本来的真面目。所以说，我们惟有在艺术中可以看见万物的天然的真相。我们打破了日常生活的传统习惯的思想而用全新至净的眼光来创作艺术、欣赏艺术的时候，我们的心境豁然开朗，自由自在，天真烂漫。好比做了六天工作逢到一个星期日，这时候才感到自己的时间的自由。又好比长夜大梦一觉醒来，这时候才回复到自己的真我。所以说，我们创作或鉴赏艺术，可得自由与天真的乐趣，这是艺术的直接的效果，即艺术品及于人心的效果。

间接的效果，就是我们研究艺术有素之后，心灵所受得的影响，换言之，就是体得了艺术的精神，而表现此精神于一切思想行为之中。这时候不需要艺术品，因为整个人生已变成艺术品了。这效果的范围很广泛，简要地说，可指出两点：第一是远功利，第二是归平等。

如前所述，我们对着艺术品的时候，心中撤去传统习惯的拘束，而解严开放，自由自在，天真烂漫。这种经验积得多了，我们便会酌取这种心情来对付人世之事，就是在可能的范围内，把人世当作艺术品看。我们日常对付人世之事，如前所述，常是谨慎小心，辨别是非，打算得失的。换言之，即常以功利为第一念的。人生处世，功利原不可不计较，太不计较是不能生存的。但一味计较功利，直到老死，人的生活实在太冷酷而无聊，人的生命实在太廉价而糟塌了。所以在不妨碍实生活的范围内，能酌取艺术的非功利的心情来对付人世之事，可使人的生活温暖而丰富起来，人的生命高贵而光明起来。所以说，远功利，是艺术修养的一大效果。例如对于雪，用功利的眼光看，既冷且湿，又不久留，是毫无用处的。但倘能不计功利，这一片银世界实在是难得的好景，使我们的心眼何等地快慰！即使人类社会不幸，有人在雪中挨冻，也能另给我们一种艺术的感兴，像白居易的讽喻诗等。但与雪的美无伤，因为雪的美是常，社会的不幸是变，我们只能以常克变，不能以变废常的。又如瀑布，不妨利用它来舂米或发电，作功利的打算。但不要使人为的建设妨碍天然的美，作煞风景的行为。又如田野，功利地看来，原只是作物的出产地，衣食的供给处。但从另一方面看，这实在是一种美丽的风景区。懂得了这看法，我们对于阡陌、田园，以至房屋、市街，都能在实用之外讲求其美观，可使世间到处都变成风景区，给我们的心眼以无穷的快慰。而我们的耕种的劳作，也可因这非功利的心情而增加兴趣。陶渊明《躬耕》诗有句云："虽未量岁功，即事多所欣"，便是在功利的工作中酌用非功利的态度的一例。

最后要讲的艺术的效果，是归平等。我们平常生活的心，与艺术生活的心，其最大的异点，在于物我的关系上。平常生活中，视外物与我是对峙的。艺术生活中，视外物与我是一体的。对峙则物与我有隔阂，我视物有等级。一体则物与我无隔阂，我视物皆平等。故研究艺术，可以养成平等观。艺术心理中有一种叫做"感情移入"的（德名 Einfüluny，英名 Empathy），在中国画论中，即所谓"迁想妙得"。就是把我的心移入于对象中，视对象为与我同样的人。于是禽兽、草木、山川、自然现象，皆有情感，皆有生命。所以这看法称为"有情化"，又称为"活物主义"。画家用这看法观看世间，则其所描写的山水花卉有生气、有神韵。中国画的最高境“气韵生动”，便是由这看法而达得的。不过画家用形象、色彩来把形象有情化，是暗示的；即但化其神，不化其形的。故一般人不易看出。诗人用言语来把物象有情化，明显地直说，就容易看出。例如禽兽，用日常的眼光看，只是愚蠢的动物。但用诗的眼光看，都是有理性的人。如古人诗曰：“年丰牛亦乐，随意过前村。”又曰：“惟有旧巢燕，主人贫亦归。”推广一步，植物亦皆有情。故曰：“岸花飞送客，樯燕语留人。”又曰：“可怜汶上柳，相见也依依。”并推广一步，矿物亦皆有情。故曰：“相看两不厌，只有敬亭山。”又曰：“人心胜潮水，相送过浔阳。”更推广一步，自然现象亦皆有情。故曰：“举杯邀明月，对影成三人。”又曰：“春风知别苦，不遣柳条青。”此种诗句中所咏的各物，如牛、燕、岸花、汶上柳、敬亭山、潮水、明月、春风等，用物我对峙的眼光看，皆为异类。但用物我一体的眼光看，则均是同群，均能体恤人情，可以相见、相看、相送，甚至于对饮。这是艺术上最可贵的一种心境。习惯了这种心境，而酌量应用这态度于日常生活上，则物我对敌之势可去，自私自利之欲可熄，而平等博爱之心可长，一视同仁之德可成。就事例而讲：前述的乞丐，你倘用功利心、对峙心来看，这人与你不关痛痒，对你有害无利；急宜远而避之，叱而去之。若有人说你不慈悲，你可振振有词：“我有钞票，应该享福；他没有钱，应该受苦，与我何干？”世间这样存心的人很多。这都是功利迷心，我欲太深之故。你倘能研究几年艺术，从艺术精神上学得了除去习惯的假定，撤去物我的隔阂的方面而观看，便见一切众生皆平等，本无贫富与贵贱。乞丐并非为了没有钞票而受苦，实在是为了人心隔阂太深，人间不平等而受苦。唐朝的诗人杜牧有幽默诗句云：“公道世间惟白发，贵人头上不曾饶。”看似滑稽，却很严肃。白发是天教生的，可见天意本来平等，不平等是后人造作的。学艺术是要恢复人的天真。

一九四一年一月二十日作

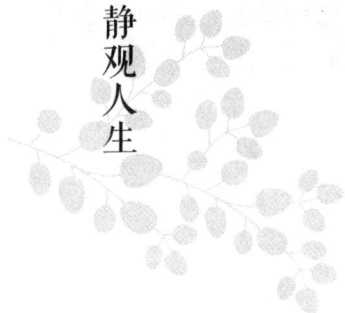

静观人生

一

我似乎看见，人的心都有包皮。这包皮的质料与重数，依各人而不同。有的人的心似乎是用单层的纱布包的，略略遮蔽一点，然而真的赤色的心的玲珑的姿态，隐约可见。有的人的心用纸包，骤见虽看不到，细细摸起来也可以摸得出。且有时纸要破，露出绯红的一点来。有的人的心用铁皮包，甚至用到八重九重。那是无论如何摸不出，不会破，而真的心的姿态无论如何不会显露了。

我家的三岁的瞻瞻的心，连一层纱布都不包，我看见常是赤裸裸而鲜红的。

二

人们谈话的时候，往往言来语去，顾虑周至，防卫严密，用意深刻，同下棋一样。我觉得太紧张，太可怕了，只得默默不语。

安得几个朋友，不用下棋法来谈话，而各舒展其心灵相示，像开在太阳光中的花一样。

三

花台里生出三枝扁豆秧来。我把它们移种到一块空地上，并且用竹竿搭一个棚，以扶植它们。每天清晨为它们整理枝叶，看它们欣欣向荣，自然发生一种兴味。

那蔓好像一个触手，具有可惊的攀缘力。但究竟因为不生眼睛，只管盲目地向上发展，有时会钻进竹竿的裂缝里，回不出来，看了令人发笑。有时一根长条独自脱离了棚，颤袅地向空中伸展，好像一个摸不着壁的盲子，看了又很可怜。这等时候便需我去扶助。扶助了一个月之后，满棚枝叶婆娑，棚下已堪纳凉闲话了。

有一天清晨，我发见豆棚上忽然有了大批的枯叶和许多软垂的蔓，惊奇得很。仔细检查，原来近地面处一支总干，被不知什么东西伤害了。未曾全断，但不绝如缕。根上的养分通不上去，凡属这总干的枝叶就全部枯萎，眼见得这一族快灭亡了。

这状态非常凄惨，使我联想起世间种种的不幸。

四

十余年前有一个时期流行用紫色的水写字。买三五个铜板洋青莲，可泡一大瓶紫水，随时注入墨匣，有好久可用。我也用过一会，觉得这固然比磨墨简便。但我用了不久就不用，我嫌它颜色不好，看久了令人厌倦。

后来大家渐渐不用，不久此风便熄。用不厌的，毕竟只有黑和蓝两色。东洋人写字用黑。黑由红黄蓝三原色等量混和而成，三原色具足时，使人起安定圆满之感。因为世间一切色彩皆由三原色产生，故黑色中包含着世间一切色彩了。西洋人写字用蓝，蓝色在三原色中为寒色，少刺激而沉静，最可亲近，故用以写字，使人看了也不会厌倦。

紫色为红蓝两色合成。三原色既不具足，而性又刺激，宜其不堪常用。但这正是提倡白话文的初期，紫色是一种蓬勃的象征，并非偶然的。

五

有一回我画一个人牵两只羊，画了两根绳子。有一位先生教我："绳子只要画一根。牵了一只羊，后面的都会跟来。"我恍悟自己阅历太少。后来留心观察，看见果然：前头牵了一只羊走，后面数十只羊都会跟去。无论走向屠场，没有一只羊肯离群众而另觅生路的。

后来看见鸭也如此。赶鸭的人把数百只鸭放在河里，不须用绳子系住，群鸭自能互相追随，聚在一块。上岸的时候，赶鸭的人只要赶上一二只，其余的都会跟了上岸。无论在四通八达的港口，没有一只鸭肯离群众而走自己的路的。

牧羊的和赶鸭的就利用它们这模仿性，以完成他们自己的事业。

兒童不知春問草何故綠
子愷畫

儿童不知春　问草何故绿

南颖访问记

南颖是我的长男华瞻的女儿。七月初有一天晚上，华瞻从江湾的小家庭来电话，说保姆突然走了，他和志蓉两人都忙于教课，早出晚归，这个刚满一岁的婴孩无人照顾，当夜要送到这里来交祖父母暂管。我们当然欢迎。深黄昏，一辆小汽车载了南颖和他父母到达我家，住在三楼上。华瞻和志蓉有时晚上回来伴她宿；有时为上早课，就宿在江湾，这里由我家的保姆英娥伴她睡。

第二天早上，我看见英娥抱着这婴孩，教她叫声公公。但她只是对我看看，毫无表情。我也毫不注意，因为她不会讲话，不会走路，也不哭，家里仿佛新买了一个大洋囡囡，并不觉得添了人口。

大约默默地过了两个月，我在楼上工作，渐渐听见南颖的哭声和学语声了。她最初会说的一句话是“阿姨”。这是对英娥有所要求时叫出的。但是后来发音渐加变化：“阿呀”“阿咦”“阿也”。这就变成了欲望不满足时的抗议声。譬如她指着扶梯要上楼，或者指着门要到街上去，而大人不肯抱她上来或出去，她就大喊“阿呀！阿呀！”语气中仿佛表示：“阿呀！这一点要求也不答应我！”

第二句会说的话是“公公”。然而也许是“咯咯”，就是鸡。因为阿姨常常抱她到外面去看邻家的鸡，她已经学会“咯咯”这句话。后来教她叫“公公”，她不会发鼻音，也叫“咯咯”；大人们主观地认为她是叫“公公”，欢欣地宣传：“南颖会叫公公了！”我也主观地高兴，每次看见了，一定抱抱她，体验着古人“含饴弄孙”之趣。然而我知道南颖心里一定感到诧异：“一只鸡和一个出胡须的老人，都叫做‘咯咯’，人的语言真奇怪！”

此后她的语汇逐渐丰富起来：看见祖母会叫“阿婆”；看见鸭会叫“Ga-Ga”；看见挤乳的马会叫“马马”；要求上楼时会叫“尢尢”(楼楼)；要求出外时会叫“外外”；看见邻家的女孩子会叫“几几”(姊姊)。从此我逐渐亲近她，常常把她放在膝上，用废纸画她所见过的各种东西给她看，或者在画册上教她认识各种东西。她对平面形象相当敏感：如果一幅大画里藏着一只鸡或一只鸭，她会找出来，叫“咯咯”“Ga-Ga”。她要求很多，意见很多；然而发声器官尚未发达，无法表达她的思想，只能用“嗯，嗯，嗯，嗯”或哭来代替言语。有一次她指着我案上的文具连叫“嗯，嗯，嗯，嗯”。我知道她是要那支花铅笔，就对她说：“要笔，是不是？”她不嗯了，表示是。我就把花铅笔拿给她，同时教她：“说‘笔’！”她的嘴唇动动，笑笑，仿佛在说：“我原想说‘笔’，可是我的嘴巴不听话呀！”

在这期间，南颖会自己走路了。起初扶着凳子或墙壁，后来完全独步了；同时要求越多，意见越多了。她欣赏我的手杖，称它为“都都”。因为她看见我常常拿着手杖上车子去开会，而车子叫“都都”，因此手杖也就叫“都都”。她要求我左手抱了她，右手拿着拐杖走路。更进一步，要求我这样地上街去买花。这种事我不胜任，照理应该拒绝。然而我这时候自己已经化作了小孩，觉得这确有意思，就鼓足干劲，一手抱着孩子，一手拿着拐杖，走出里门，在人行道上慢慢地踱步。有一个路人向我注视了一会，笑问：“老伯伯，你抱得动么？”我这才觉悟了我的姿态的奇特：凡拿手杖，总是无力担负自己的身体，所以叫手杖扶助的；可是现在我左手里却抱着一个十五六个月的小孩！这矛盾岂不可笑？

她寄居我家一共五个多月。前两个多月像洋囡囡一般无声无息；可是后三个多月她的智力迅速发达，眼见得由洋囡囡变成了一个人，一个全新的人。一切生活在她都是初次经验，一切人事在她都觉得新奇。记得《西青散记》的序言中说：“予初生时，怖夫天之乍明乍暗，家人曰：昼夜也。怪夫人之乍有乍无，家人曰：生死也。”南颖此时的观感正是如此。在六十多年前，我也曾有过这种观感。然而六十多年的世智尘劳早已把它磨灭殆尽，现在只剩得依稀仿佛的痕迹了。由于接近南颖，我获得了重温远昔旧梦的机会，瞥见了我的人生本来面目。有时我屏绝思虑，注视着她那天真烂漫的脸，心情就会迅速地退回到六十多年前的儿时，尝到人生的本来滋味。这是最深切的一种幸福，现在只有南颖能够给我。三个多月以来我一直照管她，她也最亲近我。虽然为她相当劳瘁，但是她给我的幸福足可以抵偿。她往往不讲情理，恣意要求。例如当我正在吃饭的时候定要我抱她到“尤尤”去；深夜醒来的时候放声大哭，要求到“外外”去。然而越是恣意，越是天真，越是明显地衬托出世间大人们的虚矫，越是使我感动。所以华瞻在江湾找到了更宽敞的房屋，请到了保姆，要接她回去的时候，我心中发生了一种矛盾：在理智上乐愿她回到父母的新居，但在感情上却深深地对她惜别，从此家里没有了生气蓬勃的南颖，只得像杜甫所说：“寂寞养残生”了。那一天他们准备十点钟动身，我在九点半钟就悄悄地拿了我的“都都”，出门去了。

我十一点钟回家，家人已经把壁上所有为南颖作的画揭去，把所有的玩具收藏好，免得我见物怀人。其实不必如此，因为这毕竟是“欢乐的别离”；况且江湾离此只有一小时的旅程，今后可以时常来往。不过她去后，我闲时总要想念她。并不是想她回来，却是想她作何感想。十七八个月的小孩，不知道世间有“家庭”“迁居”“往来”等事。她在这里由洋囡囡变成人，在这里开始有知识；对这里的人物、房屋、家具、环境已经熟悉。她的心中已经肯定这里是她的家了。忽然大人们用车子把她载到另一个地方，这地方除了过去晚上有时看到的父母之外，保姆、房屋、家具、环境都是陌生的。“一向熟悉的公公、阿婆、阿姨哪里去了？一向熟悉的那间屋子哪里去了？一向熟悉的门巷和街道哪里去了？这些人物和环境是否永远没有了？”她的小头脑里一定发生这些疑问。然而无人能替她解答。

我想用事实来替她证明我们的存在，在她迁去后一星期，到江湾去访问她。坐了一小时的汽车，来到她家门前。一间精小的东洋式住宅门口，新保姆抱着她在迎接我。南颖向我凝视片刻，就要我抱，看看我手里的“都都”。然而目光呆滞，脸无笑容，很久默默不语，显然表示惊奇和怀疑。我推测她的小心里正在想：“原来这个人还在。怎么在这里出现？那间屋子存在不存在？阿婆、阿姨和‘几几’存在不存在？”我要引起她回忆，故意对她说：“尤尤”“公公，都都，外外，买花花。”她的目光更加呆滞了，表情更加严肃了，默默无言了很久。我想这时候她的小心境中大概显出两种情景。其一是：走上楼梯，书桌上有她所见惯的画册、笔砚、烟灰缸、茶杯；抽斗里有她所玩惯的显微镜、颜料瓶、图章、打火机；四周有特地为她画的小图画。其二是：电车道旁边的一家鲜花店、一个满面笑容的卖花人和红红绿绿的许多花；她的小手手拿了其中的几朵，由公公抱回家里，插在茶几上的花瓶里。但不知道这时候她心中除了惊疑之外，是喜是悲，是怒是慕。

我在她家逗留了大半天，乘她沉沉欲睡的时候悄悄地离去。她照旧依恋我。这依恋一方面使我高兴，另一方面又使我惆怅：她从热闹的都市里被带到这幽静的郊区，笼闭在这沉寂的精舍里，已经一个星期，可能尘心渐定。今天我去看她，这昙花一现，会不会促使她怀旧而增长她的疑窦？我希望不久迎她到这里来住几天，再用事实来给她证明她的旧居的存在。

旧上海

所谓旧上海，是指抗日战争以前的上海。每那时上海除闸北和南市之外，都是租界。洋泾浜（爱多亚路，即今延安路）以北是英租界，以南是法租界，虹口一带是日租界。租界上有好几路电车，都是外国人办的。中国人办的只有南市一路，绕城墙走，叫做华商电车。租界上乘电车，要懂得窍门，否则就被弄得莫名其妙。卖票人要揩油，其方法是这样：譬如你要乘五站路，上车时给卖票人五分钱，他收了钱，暂时不给你票。等到过了两站，才给你一张三分的票，关照你："第三站上车！"初次乘电车的人就莫名其妙，心想：我明明是第一站上车的，你怎么说我第三站上车？原来他已经揩了两分钱的油。如果你向他论理，他就堂皇地说："大家是中国人，不要让利权外溢呀！"他用此法揩油，眼睛不绝地望着车窗外，看有无查票人上来。因为一经查出，一分钱要罚一百分。他们称查票人为"赤佬"。赤佬也是中国人，但是忠于洋商的。他查出一卖票人揩油，立刻记录了他帽子上的号码，回厂去扣他的工资。有一乡亲初次到上海，有一天我陪她乘电车，买五分钱票子，只给两分钱的。正好一个赤佬上车，问这乡亲哪里上车的，她直说出来，卖票人向她眨眼睛。她又说："你在眨眼睛！"赤佬听见了，就抄了卖票人帽上的号码。

那时候上海没有三轮车，只有黄包车。黄包车只能坐一人，由车夫拉着步行，和从前的抬轿相似。黄包车有"大英照会"和"小照会”两种。小照会的只能在中国地界行走，不得进租界。大英照会的则可在全上海自由通行。这种工人实在是最苦的。因为略犯交通规则，就要吃路警殴打。英租界的路警都是印度人，红布包头，人都喊他们“红头阿三”。法租界的都是安南人，头戴笠子。这些都是黄包车夫的对头，常常给黄包车夫吃“外国火腿”和“五枝雪茄烟”，就是踢一脚，一个耳光。外国人喝醉了酒开汽车，横冲直撞，不顾一切。最吃苦的是黄包车夫。因为他负担重，不易趋避，往往被汽车撞倒。我曾亲眼看见过外国人汽车撞杀黄包车夫，从此不敢在租界上坐黄包车。

旧上海社会生活之险恶，是到处闻名的。我没有到过上海之前，就听人说：上海“打呵欠割舌头”。就是说，你张开嘴巴来打个呵欠，舌头就被人割去。这是极言社会上坏人之多，非万分提高警惕不可。我曾经听人说：有一人在马路上走，看见一个三四岁的孩子跌了一交，没人照管，哇哇地哭。此人良心很好，连忙扶他起来，替他揩眼泪，问他家在哪里，想送他回去。忽然一个女人走来，搂住孩子，在他手上一摸，说：“你的金百锁哪里去了！”就拉住那人，咬定是他偷的，定要他赔偿。……是否真有此事，不得而知。总之，人心之险恶可想而知。

扒手是上海的名产。电车中，马路上，到处可以看到“谨防扒手”的标语。住在乡下的人大意惯了，初到上海，往往被扒。我也有一次几乎被扒：我带了两个孩子，在霞飞路阿尔培路口（即今淮海中路陕西南路口）等电车，先向烟纸店兑一块钱，钱包里有一叠钞票露了白。电车到了，我把两个孩子先推上车，自己跟着上去，忽觉一只手伸入了我的衣袋里。我用手臂夹住这只手，那人就被我拖上车子。我连忙向车子里面走，坐了下来，不敢回头去看。电车一到站，此人立刻下车，我偷眼一看，但见其人满脸横肉，迅速地挤入人丛中，不见了。我这种对付办法，是老上海的人教我的：你碰到扒手，但求避免损失，切不可注意看他。否则，他以为你要捉他，定要请你“吃生活”，即跟住你，把你打一顿，或请你吃一刀。我住在上海多年，只受过这一次虚惊，不曾损失。有一次，和一朋友坐黄包车在南京路上走，忽然弄堂里走出一个人来，把这朋友的铜盆帽抢走。这朋友喊停车捉贼，那贼早已不知去向了。这顶帽子是新买的，值好几块钱呢。又有一次，冬天，一个朋友从乡下出来，寄住在我们学校里。有一天晚上，他看戏回来，身上的皮袍子和丝绵袄都没有了，冻得要死。这叫做“剥猪猡”。那抢帽子叫做“抛顶宫”。

妓女是上海的又一名产。我不曾嫖过妓女，详情全然不知，但听说妓女有“长三”“幺二”“野鸡”等类。长三是高等的，野鸡是下等的。她们都集中在四马路一带。门口挂着玻璃灯，上面写着“林黛玉”“薛宝钗”等字。野鸡则由鸨母伴着，到马路上来拉客。四马路西藏路一带，傍晚时光，野鸡成群而出，站在马路旁边，物色行人。她们拉住了一个客人，拉进门去，定要他住宿；如果客人不肯住，只要摸出一块钱来送她，她就放你。这叫做“两脚进门，一块出袋”。我想见识见识，有一天傍晚约了三四个朋友，成群结队，走到西藏路口，但见那些野鸡，油头粉面，奇装异服，向人撒娇卖俏，竟是一群魑魅魍魉，教人害怕。然而竟有那些逐臭之夫，愿意被拉进去度夜。这叫做“打野鸡”。有一次，我在四马路上走，耳边听见轻轻的声音：“阿拉姑娘自家身体，自家房子……”回头一看，是一个男子。我快步逃避，他也不追赶。据说这种男子叫做“王八”，是替妓女服务的，但不知是哪一种妓女。总之，四马路是妓女的世界。洁身自好的人，最好不要去。但到四马路青莲阁去吃茶看妓女，倒是安全的。她们都有老鸨伴着，走上楼来，看见有女客陪着吃茶的，白她一眼，表示醋意；看见单身男子坐着吃茶，就去奉陪，同他说长道短，目的是拉生意。

上海的游戏场，又是一种乌烟瘴气的地方。当时上海有四个游戏场，大的两个：大世界、新世界；小的两个：花世界、小世界。大世界最为著名。出两角钱买一张门票，就可从正午玩到夜半。一进门就是“哈哈镜”，许多凹凸不平的镜子，照见人的身体，有时长得像丝瓜，有时扁得像螃蟹，有时头脚颠倒，有时左右分裂……没有一人不哈哈大笑。里面花样繁多：有京剧场、越剧场、沪剧场、评弹场……有放电影、变戏法、转大轮盘、坐飞船、摸彩、猜谜，还有各种饮食店，还有屋顶花园。总之，应有尽有。乡下出来的人，把游戏场看作桃源仙境。我曾经进去玩过几次，但是后来不敢再去了。为的是怕热手巾。这里面到处有拴着白围裙的人，手里托着一个大盘子，盘子里盛着许多绞紧的热手巾，逢人送一个，硬要他揩，揩过之后，收他一个铜板。有的人拿了这热手巾，先擤一下鼻涕，然后揩面孔，揩项颈，揩上身，然后挖开裤带来揩腰部，恨不得连屁股也揩到。他尽量地利用了这一个铜板。那人收回揩过的手巾，丢在一只桶里，用热水一冲，再绞起来，盛在盘子里，再去到处分送，换取铜板。这些热手巾里含有众人的鼻涕、眼污、唾沫和汗水，仿佛复合维生素。我努力避免热手巾，然而不行。因为到处都有，走廊里也有，屋顶花园里也有。不得已时，我就送他一个铜板，快步逃开。这热手巾使我不敢再进游戏场去。我由此联想到西湖上庄子里的茶盘：坐西湖船游玩，船家一定引导你去玩庄子。刘庄、宋庄、高庄、蒋庄、唐庄，里面楼台亭阁，各尽其美。然而你一进庄子，就有人拿茶盘来要你请坐喝茶。茶钱起码两角。如果你坐下来喝，他又端出糕果盘来，请用点心。如果你吃了他一粒花生米，就起码得送他四角。每个庄子如此，游客实在吃不消。如果每处吃茶，这茶钱要比船钱贵得多。于是只得看见茶盘就逃。然而那人在后面喊："客人，茶泡好了！"你逃得快，他就在后面骂人。真是大煞风景！所以我们游惯西湖的人，都怕进庄子去。最好是在白堤、苏堤上的长椅子上闲坐，看看湖光山色，或者到平湖秋月等处吃碗茶，倒很太平安乐。

且说上海的游戏场中，扒手和拐骗别开生面，与众不同。有一个冬天晚上，我偶然陪朋友到大世界游览，曾亲眼看到一幕。有一个场子里变戏法，许多人打着圈子观看。戏法变完，大家走散的时候，有一个人惊喊起来，原来他的花缎面子灰鼠皮袍子，后面已被剪去一大块。此人身躯高大，袍子又长又宽，被剪去的一块足有二三尺见方，花缎和毛皮都很值钱。这个人屁股头空荡荡地走出游戏场去，后面一片笑声送他。这景象至今还能出现在我眼前。

我的母亲从乡下来。有一天我陪她到游戏场去玩。看见有一个摸彩的摊子，前面有一长凳，我们就在凳上坐着休息一下。看见有一个人走来摸彩，出一角钱，向筒子里摸出一张牌子来："热水瓶一个。"

此人就捧着一个崭新的热水瓶，笑嘻嘻地走了。随后又有一个人来，也出一角钱，摸得一只搪瓷面盆，也笑嘻嘻地走了。我母亲看得眼热，也去摸彩。第一摸，一粒糖；第二摸，一块饼干；第三摸，又是一粒糖。三角钱换得了两粒糖和一块饼干，我们就走了。后来，我们兜了一个圈子，又从这摊子面前走过。我看见刚才摸得热水瓶和面盆的那两个人，坐在里面谈笑呢。

当年的上海，外国人称之为“冒险家的乐园”，其内容可想而知。以上我所记述，真不过是皮毛的皮毛而已。我又想起了一个巧妙的骗局，用以结束我这篇记事吧：三马路广西路附近，有两家专卖梨膏的店，贴邻而居，店名都叫做“天晓得”。里面各挂着一轴大画，画着一只大乌龟。这两爿店是兄弟两人所开。他们的父亲发明梨膏，说是化痰止咳的良药，销售甚广，获利颇丰。父亲死后，兄弟两人争夺这爿老店，都说父亲的秘方是传授给我的。争执不休，向上海县告状。官不能断。兄弟二人就到城隍庙发誓：“谁说谎谁是乌龟！是真是假天晓得！”于是各人各开一爿店，店名“天晓得”，里面各挂一幅乌龟。上海各报都登载此事，闹得远近闻名。全国各埠都来批发这梨膏。外路人到上海，一定要买两瓶梨膏回去。兄弟二人的生意兴旺，财源茂盛，都变成富翁了。这兄弟二人打官司，跪城隍庙，表面看来是仇敌，但实际上非常和睦。他们巧妙地想出这骗局来，推销他们的商品，果然大家发财。

一九七二年

半篇莫干山游记

前天晚上，我九点钟就寝后，好像有什么求之不得似的只管辗转反侧，不能入睡。到了十二点钟模样，我假定已经睡过一夜，现在天亮了，正式地披衣下床，到案头来续写一篇将了未了的文稿。写到二点半钟，文稿居然写完了，但觉非常疲劳。就再假定已经度过一天，现在天夜了，再卸衣就寝。躺下身子就酣睡。

次日早晨还在酣睡的时候，听得耳边有人对我说话："Z 先生来了！Z 先生来了！"是我姐的声音。我睡眼朦胧地跳起身来，披衣下楼，来迎接 Z 先生。Z 先生说："扰你清梦！"我说："本来早已起身了。昨天写完一篇文章，写到了后半夜，所以起得迟了。失迎失迎！"下面就是寒暄。他是昨夜到杭州的，免得夜间敲门，昨晚宿在旅馆里。今晨一早来看我，约我同到莫干山去访 L 先生。他知道我昨晚写完了一篇文稿，今天可以放心地玩，欢喜无量，兴高采烈地叫："有缘！有缘！好像知道我今天要来的！"我也学他叫一遍："有缘！有缘！好像知道你今天要来的！"

我们寒暄过，喝过茶，吃过粥，就预备出门。我提议："你昨天到杭州已夜了。没有见过西湖，今天得先去望一望。"他说："我是生长在杭州的，西湖看腻了。我们就到莫干山吧。""但是，赴莫干山的汽车几点钟开，你知道吗？""我不知道。横竖汽车站不远，我们撞去看。有缘，便搭了去；倘要下午开，我们再去玩西湖。""也好，也好。”他提了带来的皮包，我空手，就出门了。

黄包车拉我们到汽车站。我们望见站内一个待车人也没有，只有一个站员从窗里探头出来，向我们慌张地问：“你们到哪里？”我说：“到莫干山，几点钟有车？”他不等我说完，用手指着卖票处乱叫：“赶快买票，就要开了。”我望见里面的站门口，赴莫干山的车子已在咕噜咕噜地响了。我有些茫然：原来我以为这几天莫干山车子总是下午开的，现在不过来问钟点而已，所以空手出门，连速写簿都不曾携带。但现在真是“缘”了，岂可错过？我便买票，匆匆地拉了 Z 先生上车。上了车，车子就向绿野中驶去。

坐定后，我们相视而笑。我知道他的话要来了。果然，他又兴高采烈地叫：“有缘！有缘！我们迟到一分钟就赶不上了！”我附和他：“多吃半碗粥就赶不上了！多撒一场尿就赶不上了！有缘！有缘！”车子声比我们的说话声更响，使我们不好多谈“有缘”，只能相视而笑。

开驶了约半点钟，忽然车头上“嗤”地一声响，车子就在无边的绿野中间的一条黄沙路上停下了。司机叫一声“葛娘！”跳下去看。乘客中有人低声地说：“毛病了！”司机和卖票人观察了车头之后，交互地连叫“葛娘！葛娘！”我们就知道车子的确有毛病了。许多乘客纷纷地起身下车，大家围集到车头边去看，同时问司机：“车子怎么了？”司机说：“车头底下的螺旋钉落脱了！”说着向车子后面的路上找了一会，然后负着手站在黄沙路旁，向绿野中眺望，样子像个“雅人”。乘客赶上去问他：“喂，究竟怎么了！车子还可以开否？”他回转头来，沉下了脸孔说：“开不动了！”乘客喧哗起来：“抛锚了！这怎么办呢？”有的人向四周的绿野环视一周，苦笑着叫：“今天要在这里便中饭了！”咕噜咕噜了一阵之后，有人把正在看风景的司机拉转来，用代表乘客的态度，向他正式质问善后办法：“喂！那么怎么办呢？你可不可以修好它？难道把我们放生了？”另一个人就去拉司机的臂：“嗳！你去修吧！你去修吧！总要给我们开走的。”但司机摇摇头，说：“螺旋钉落脱了，没有法子修的。等有来车时，托他们带信到厂里去派人来修吧。总不会叫你们来这里过夜的。”乘客们听见“过夜”两字，心知这抛锚非同小可，至少要耽搁几个钟头了，又是咕噜咕噜了一阵。然而司机只管向绿野看风景，他们也无可奈何他。于是大家懒洋洋地走散去。许多人一边踱，一边骂司机，用手指着他说："他不会修的，他只会开开的，饭桶！"那"饭桶"最初由他们笑骂，后来远而避之，一步一步地走进路旁的绿荫中，或"矫首而遐观"，或"抚孤松而盘桓"，态度越悠闲了。

等着了回杭州的汽车，托他们带信到厂里，由厂里派机器司务来修，直到修好，重开，其间约有两小时之久。在这两小时间，荒郊的路上演出了恐怕是从来未有的热闹。各种服装的乘客——商人、工人、洋装客、摩登女郎、老太太、小孩、穿制服的学生、穿军装的兵，还有外国人——在这抛了锚的公共汽车的四周低徊巡游，好像是各阶级派到民间来复兴农村的代表，最初大家站在车身旁边，好像群儿舍不得母亲似的。有的人把车头抚摩一下，叹一口气；有的人用脚在车轮上踢几下，骂它一声；有的人俯下身子来观察车头下面缺了螺旋钉的地方，又向别处检探，似乎想检出一个螺旋钉来，立刻配上，使它重新驶行。最好笑的是那个兵，他带着手枪雄赳赳地站在车旁，愤愤地骂，似乎想拔出手枪来强迫车子走路。然而他似乎知道手枪要不过螺旋钉，终于没有拔出来，只是骂了几声"妈的"。那公共汽车老大不才地站在路边，任人骂它"葛娘"或"妈的"，只是默然。好像自知有罪，被人辱及娘或妈也只得忍受了。它的外形还是照旧，尖尖的头，矮矮的四脚，庞然的大肚皮，外加簇新的黄外套，样子神气活现。然而为了内部缺少了小指头大的一只螺旋钉，竟暴卒在荒野中的路旁，任人辱骂！

乘客们骂过一会之后，似乎悟到了骂死尸是没有用的。大家向四野走开去。有的赏风景，有的讲地势，有的从容地蹲在田间大便，一时间光景大变，似乎大家忘记了车子抛锚的事件，变成 picnic（郊游）的一群。我和 Z 先生原是来玩玩的，万事随缘，一向不觉得惆怅。我们望见两个时髦的都会之客走到路边的朴陋的茅屋边，映成强烈的对照，便也走到茅屋旁边去参观。Z 先生的话又来了："这也是缘！这也是缘！不然，我们哪得参观这些茅屋的机会呢？"他就同闲坐在茅屋门口的老妇人攀谈起来。

"你们这里有几份人家？"

"就是我们两家。"

"那么，你们出市很不便，到哪里去买东西呢？"

"出市要到两三里外的××。但是我们不大要买东西。乡下人有得吃些就算了。"

"这是什么树？"

"樱桃树，前年种的，今年已有果子吃了。你看，枝头上已经结了不少。"

我和Z先生就走过去观赏她家门前的樱桃树。看见青色的小粒子果然已经累累满枝了，大家赞叹起来。我只吃过红了的樱桃，不曾见过枝头上青青的樱桃。只知道"红了樱桃，绿了芭蕉"的颜色对照的鲜美，不知道樱桃是怎样红起来的。一个月后都市里绮窗下洋瓷盆里盛着的鲜丽的果品，想不到就是在这种荒村里茅屋前的枝头上由青青的小粒子守红来的。我又惦记起故乡缘缘堂来。前年我在堂前手植一株小樱桃树，去年夏天枝叶甚茂，却没有结子。今年此刻或许也有青青的小粒子缀在枝头上了。我无端地离去了缘缘堂来作杭州的寓公，觉得有些对它们不起。然而幸亏如此，缘缘堂和小樱桃现在能给我甘美的回忆。倘然一天到晚摆在我的眼前，恐怕不会给我这样的好感了。这是我的弱点，也是许多人共有的弱点。也许不是弱点，是人类习性之一，不在目前的状态比目前的状态可喜；或是美的条件之一，想象比现实更美。我出神地对着樱桃树沉思，不知这期间Z先生和那老妇人谈了些什么话。

原来他们已谈得同旧相识一般，那老妇人邀我们到她家去坐了。我们没有进去，但站在门口参观她的家。因为站在门口已可一目了然地看见她的家里，没有再进去的必要了。她家里一灶、一床、一桌，和几条长凳，还有些日用上少不得的零零碎碎的物件。一切公开，不大有隐藏的地方。衣裳穿在身上了，这里所有的都是吃和住所需要的最起码的设备，除此以外并无一件看看的或玩玩的东西。我对此又想起了自己的家里来。虽然我在杭州所租的是连家具的房子，打算暂住的，但和这老妇人的永远之家比较起来，设备复杂得不可言。我们要有写字桌，有椅子，有玻璃窗，有洋台，有电灯，有书，有文具，还要有壁上装饰的书画，真是太啰嗦了！近年来励行躬自薄而厚遇于人的Z先生看了这老妇人之家，也十分叹佩。因此我又想起了某人题行脚头陀图像的两句："一切非我有，放胆而走。"这老妇人之家究竟还"有"，所以还少不了这扇柴门，还不能放胆而走。只能使度着啰嗦的生活的我和Z先生看了十分叹佩而已。实际，我们的生活在中国总算是啰嗦的了。据我在故乡所见，农人、工人之家，除了衣食住的起码设备以外，极少有赘余的东西。我们一乡之中，这样的人家占大多数。我们一国之中，这样的乡镇又占大多数。我们是在大多数简陋生活的人中度着啰嗦生活的人；享用了这些啰嗦的供给的人，对于世间有什么相当的贡献呢？我们这国家的基础，还是建设在大多数简陋生活的工农上面的。

望见抛锚的汽车旁边又有人围集起来了，我们就辞了老妇人走到车旁。原来没有消息，只是乘客等得厌倦，回到车边来再骂脱几声，以解烦闷。有的人正在责问司机："为什么机器司务还不来？""你为什么不乘了他们的汽车到站头上去打电话？快得多哩！"但司机没有什么话回答，只是向那条漫漫的长路的杭州方面的一端盼望了一下。许多乘客大家时时向这方面盼望，正像大旱之望云霓。我也跟着众人向这条路上盼望了几下。那"青天漫漫覆长路"的印象，到现在还历历在目，可以画得出来。那时我们所盼望的是一架小汽车，载着一个精明干练的机器司务，带了一包螺旋钉和修理工具，从地平线上飞驰而来；立刻把病车修好，载了乘客重登前程。我们好比遭了难的船漂泊在大海中，渴望着救生船的来到。我觉得我们有些惭愧：同样是人，我们只能坐坐的，司机只能开开的。

久之，久之，彼方的地平线上涌出一黑点，渐渐地大起来。"来了！来了！"我们这里发出一阵愉快的叫声。然而开来的是一辆极漂亮的新式小汽车，飞也似的通过了我们这病车之旁而长逝。只留下些汽油气和香水气给我们闻闻。我们目送了这辆"油壁香车"之后，再回转头来盼望我们的黑点。久之，久之，地平线上果然又涌出了一个黑点。"这回一定是了！"有人这样叫，大家伸长了脖子翘盼。但是司机说“不是，是长兴班”。果然那黑点渐大起来，变成了黄点，又变成了一辆公共汽车而停在我们这病车的后面了。这是司机唤他们停的。他问他们有没有救我们的方法，可不可以先分载几个客人去。那车上的司机下车来给我们的病车诊察了一下，摇摇头上车去。许多客人想拥上这车去，然而车中满满的，没有一个空座位，都被拒绝出来。那卖票的把门一关，立刻开走。车中的人从玻璃窗内笑着回顾我们。我们呢，站在黄沙路边上蹙着眉头目送他们，莫得同车归，自己觉得怪可怜的。

后来终于盼到了我们的救星。来的是一辆破旧不堪的小篷车。里面走出一个浑身龌龊的人来。他穿着一套连裤的蓝布的工人服装，满身是油污，头戴一顶没有束带的灰色呢帽，脸色青白而处处涂着油污，望去与呢帽分别不出。脚上穿一双橡皮底的大皮鞋，手中提着一只荷包。他下了篷车，大踏步走向我们的病车头上来。大家让他路，表示起敬。又跟了他到车头前去看他显本领。他到车头前就把身体仰卧在地上，把头钻进车底下去。我在车边望去，看到的仿佛是汽车闯祸时的可怕的样子。过了一会他钻出来，立起身来，摇摇头说：“没有这种螺旋钉。带来的都配不上。”乘客和司机都着起急来：“怎么办呢？你为什么不多带几种来？”他又摇摇头说：“这种螺旋钉厂里也没有，要定做的。”听见这话的人都慌张了。有几个人几乎哭得出来。然而机器司务忽然计上心来。他对司机说：“用木头做！”司机哭丧着脸说：“木头呢？刀呢？你又没带来。”机器司务向四野一望，断然地说道：“同老百姓想法！”就放下手中的荷包，径奔向那两间茅屋。他借了一把厨刀和一根硬柴回来，就在车头旁边削起来。茅屋里的老妇人另拿一根硬柴走过来，说怕那根是空心的，用不得，所以再送一根来。机器司务削了几刀之后，果然发见他拿的一根是空心的，就改用了老妇人手里的一根。这时候打了圈子监视着的乘客，似乎大家感谢机器司务和那老妇人。衣服丽都或身带手枪的乘客，在这时候只得求教于这个龌龊的工人；堂皇的杭州汽车厂，在这时候只得乞助于荒村中的老妇人；物质文明极盛的都市里开来的汽车，在这时候也要向这起码设备的茅屋里去借用工具。乘客靠司机，司机靠机器司务，机器司务终于靠老百姓。

机器司务用茅屋里的老妇人所供给的工具和材料，做成了一只代用的螺旋钉，装在我们的病车上，病果然被他治愈了。于是司机又高高地坐到他那主席的座位上，开起车来；乘客们也纷纷上车，各就原位，安居乐业，车子立刻向前驶行。这时候春风扑面，春光映目，大家得意洋洋地观赏前途的风景，不再想起那龌龊的机器司务和那茅屋里的老妇人了。

我同Z先生于下午安抵朋友L先生的家里，玩了数天回杭。本想写一篇“莫干山游记”，然而回想起来，觉得只有去时途中的一段可以记述，就在题目上加了“半篇”两字。

廿四（一九三五）年四月二十二日于杭州

山中避雨

前天同了两女孩到西湖山中游玩，天忽下雨。我们仓皇奔走，看见前方有一小庙，庙门口有三家村，其中一家是开小茶店而带卖香烛的。我们趋之如归。茶店虽小，茶也要一角钱一壶。但在这时候，即使两角钱一壶，我们也不嫌贵了。

茶越冲越淡，雨越落越大。最初因游山遇雨，觉得扫兴；这时候山中阻雨的一种寂寥而深沉的趣味牵引了我的感兴，反觉得比晴天游山趣味更好。所谓“山色空蒙雨亦奇”，我于此体会了这种境界的好处。然而两个女孩子不解这种趣味，她们坐在这小茶店里躲雨，只是怨天尤人，苦闷万状。我无法把我所体验的境界为她们说明，也不愿使她们“大人化”而体验我所感的趣味。

茶博士坐在门口拉胡琴。除雨声外，这是我们当时所闻的惟一的声音。拉的是《梅花三弄》，虽然声音摸得不大正确，拍子还拉得不错。这好像是因为顾客稀少，他坐在门口拉这曲胡琴来代替收音机作广告的。可惜他拉了一会就罢，使我们所闻的只是嘈杂而冗长的雨声。为了安慰两个女孩子，我就去向茶博士借胡琴。“你的胡琴借我弄弄好不好？”他很客气地把胡琴递给我。

我借了胡琴回茶店，两个女孩很欢喜。“你会拉的？你会拉的？”我就拉给她们看。手法虽生，音阶还摸得准。因为我小时候曾经请我家邻近的柴主人阿庆教过《梅花三弄》，又请对面弄内一个裁缝司务大汉教过胡琴上的工尺。阿庆的教法很特别，他只是拉《梅花三弄》给你听，却不教你工尺的曲谱。他拉得很熟，但他不知工尺。我对他的拉奏望洋兴叹，始终学他不来。后来知道大汉识字，就请教他。他把小工调、正工调的音阶位置写了一张纸给我，我的胡琴拉奏由此入门。现在所以能够摸出正确的音阶者，一半由于以前略有摸 violin（小提琴）的经验，一半仍是根基于大汉的教授的。在山中小茶店里的雨窗下，我用胡琴从容地（因为快了要拉错）拉了种种西洋小曲。两女孩和着了歌唱，好像是西湖上卖唱的，引得三家村里的人都来看。一个女孩唱着《渔光曲》，要我用胡琴去和她。我和着她拉，三家村里的青年们也齐唱起来，一时把这苦雨荒山闹得十分温暖。我曾经吃过七八年音乐教师饭，曾经用 piano（钢琴）伴奏过混声四部合唱，曾经弹过 Beethoven（贝多芬）的 sonata（奏鸣曲）。但是有生以来，没有尝过今日般的音乐的趣味。

两部空黄包车拉过，被我们雇定了。我付了茶钱，还了胡琴，辞别三家村的青年们，坐上车子。油布遮盖我面前，看不见雨景。我回味刚才的经验，觉得胡琴这种乐器很有意思。piano 笨重如棺材，violin 要数十百元一具，制造虽精，世间有几人能够享用呢？胡琴只要两三角钱一把，虽然音域没有 violin 之广，也尽够演奏寻常小曲。虽然音色不比 violin 优美，装配得法，其发音也还可听。这种乐器在我国民间很流行，剃头店里有之，裁缝店里有之，江北船上有之，三家村里有之。倘能多造几个简易而高尚的胡琴曲，使像《渔光曲》一般流行于民间，其艺术陶冶的效果，恐比学校的音乐课广大得多呢。我离去三家村时，村里的青年们都送我上车，表示惜别。我也觉得有些儿依依。（曾经搪塞他们说："下星期再来！"其实恐怕我此生不会再到这三家村里去吃茶且拉胡琴了。）若没有胡琴的因缘，三家村里的青年对于我这路人有何惜别之情，而我又有何依依于这些萍水相逢的人呢？古语云："乐以教和。"我做了七八年音乐教师没有实证过这句话，不料这天在这荒村中实证了。

廿四（一九三五）年秋日作，曾载《新中华》

陋巷

杭州的小街道都称为巷。这名称是我们故乡所没有的。我幼时初到杭州，对于这巷字颇注意。我以前在书上读到颜子“居陋巷，一箪食，一瓢饮”的时候，常疑所谓“陋巷”，不知是甚样的去处。想来大约是一条坍圮、龌龊而狭小的弄，为灵气所钟而居了颜子的。我们故乡尽不乏坍圮、龌龊、狭小的弄，但都不能使我想象做陋巷。及到了杭州，看见了巷的名称，才在想象中确定颜子所居的地方，大约是这种巷里。每逢走过这种巷，我常怀疑那颓垣破壁的里面，也许隐居着今世的颜子。就中有一条巷，是我所认为陋巷的代表的。只要说起陋巷两字，我脑中会立刻浮出这巷的光景来。其实我只到过这陋巷里三次，不过这三次的印象都很清楚，现在都写得出来。

第一次我到这陋巷里，是将近二十年前的事。那时我只十七八岁，正在杭州的师范学校里读书。我的艺术科教师L先生似乎嫌艺术的力道薄弱，过不来他的精神生活的瘾，把图画音乐的书籍用具送给我们，自己到山里去断了十七天食，回来又研究佛法，预备出家了。在出家前的某日，他带了我到这陋巷里去访问M先生。我跟着L先生走进这陋巷中的一间老屋，就看见一位身材矮胖而满面须髯的中年男子从里面走出来迎接我们。我被介绍，向这位先生一鞠躬，就坐在一只椅子上听他们的谈话。我其实全然听不懂他们的话，只是断片地听到什么“楞严”“圆觉”等名词，又有一个英语“Philosophy（哲学）”出现在他们的谈话中。这英语是我当时新近记诵的，听到时怪有兴味。可是话的全体的意义我都不解。这一半是因为L先生打着天津白，M先生则叫工人倒茶的时候说纯粹的绍兴土白，面对我们谈话时也作北腔的方言，在我都不能完全通用。当时我想，你若肯把我当作倒茶的工人，我也许还能听得懂些。但这话不好对他说，我只得假装静听的样子坐着，其实我在那里偷看这位初见的M先生的状貌。他的头圆而大，脑部特别丰隆，假如身体不是这样矮胖，一定负载不起。他的眼不像L先生的眼地纤细，圆大而炯炯发光，上眼帘弯成一条坚致有力的弧线，切着下面的深黑的瞳子。他的须髯从左耳根缘着脸孔一直挂到右耳根，颜色与眼瞳一样深黑。我当时正热中于木炭画，我觉得他的肖像宜用木炭描写，但那坚致有力的眼线，是我的木炭所描不出的。我正在这样观察的时候，他的谈话中突然发出哈哈的笑声。我惊奇他的笑声响亮而愉快，同他的话声全然不接，好像是两个人的声音。他一面笑，一面用炯炯发光的眼黑顾视到我。我正在对他作绘画的及音乐的观察，全然没有知道可笑的理由，但因假装着静听的样子，不能漠然不动；又不好意思问他“你有什么好笑”而请他重说一遍，只得再假装领会的样子，强颜作笑。他们当然不会考问我领会到如何程度，但我自己问心，很是惭愧。我惭愧我的装腔作笑，又痛恨自己何以听不懂他们的话。他们的话愈谈愈长，M先生的笑声愈多愈响，同时我的愧恨也愈积愈深。从进来到辞去，一向做个怀着愧恨的傀儡，冤枉地被带到这陋巷中的老屋里来摆了几个钟头。

第二次我到这陋巷，在于前年，是做傀儡之后十六年的事了。这十六七年之间，我东奔西走地糊口于四方，多了妻室和一群子女，少了一个母亲；M先生则十余年如一日，长是孑然一身地隐居在这陋巷的老屋里。我第二次见他，是前年的清明日，我是代L先生送两块印石而去的。我看见陋巷照旧是我所想象的颜子的居处，那老屋也照旧古色苍然。M先生的音容和十余年前一样，坚致有力的眼帘，炯炯发光的黑瞳，和响亮而愉快的谈笑声。但是听这谈笑声的我，与前大异了。我对于他的话，方言不成问题，意思也完全懂得了。像上次做傀儡的苦痛，这回已经没有，可是另感到一种更深的苦痛：我那时初失母亲——从我孩提时兼了父职抚育我到成人，而我未曾有涓埃的报答的母亲。痛恨之极，心中充满了对于无常的悲愤和疑惑。自己没有解除这悲和疑的能力，便堕入了颓唐的状态。我只想跟着孩子们到山巅水滨去 picnic（郊游），以暂时忘却我的苦痛，而独怕听接触人生根本问题的话。我是明知故犯地堕落了。但我的堕落在我所处的社会环境中颇能隐藏。因为我每天还为了糊口而读几页书，写几小时的稿，长年除荤戒酒，不看戏，又不赌博，所有的嗜好只是每天吸半听美丽牌香烟，吃些糖果，买些玩具同孩子们弄弄。在我所处的社会环境中的人看来，这样的人非但不堕落，着实是有淘剩的。但 M 先生的严肃的人生，显明地衬出了我的堕落。他和我谈起我所作而他所序的《护生画集》，勉励我；知道我抱着风木之悲，又为我解说无常，劝慰我。其实我不须听他的话，只要望见他的颜色，已觉羞愧得无地自容了。我心中似有一团“剪不断，理还乱”的丝，因为解不清楚，用纸包好了藏着。M 先生的态度和说话，着力地在那里发开我这纸包来。我在他面前渐感局促不安，坐了约一小时就告辞。当他送我出门的时候，我感到与十余年前在这里做了几小时傀儡而解放出来时同样愉快的心情。我走出那陋巷，看见街角上停着一辆黄包车，便不问价钱，跨了上去。仰看天色晴明，决定先到采芝斋买些糖果，带了到六和塔去度送这清明日。但当我晚上拖了疲倦的肢体而回到旅馆的时候，想起上午所访问的主人，热烈地感到畏敬的亲爱。我准拟明天再去访他，把心中的纸包打开来给他看。但到了明朝，我的心又全被西湖的春色所占据了。

第三次我到这陋巷，是最近一星期前的事。这回是我自动去访问的。M 先生照旧孑然一身地隐居在那陋巷的老屋里，两眼照旧描着坚致有力的线而炯炯发光，谈笑声照旧愉快。只是使我惊奇的，他的深黑的须髯已变成银灰色，渐近白色了。我心中浮出“白发不能容宰相，也同闲客满头生”之句，同时又悔不早些常来亲近他，而自恨三年来的生活的堕落。现在我的母亲已死了三年多了，我的心似已屈服于“无常”，不复如前之悲愤，同时我的生活也就从颓唐中爬起来，想对“无常”作长期的抵抗了。我在古人诗词中读到“笙歌归院落，灯火下楼台”“六朝旧时明月，清夜满秦淮”“白头宫女在，闲坐说玄宗”等咏叹无常的文句，不肯放过，给它们翻译为画。以前曾寄两幅给M先生，近来想多集些文句来描画，预备作一册《无常画集》。我就把这点意思告诉他，并请他指教。他欣然地指示我许多可找这种题材的佛经和诗文集，又背诵了许多佳句给我听。最后他翻然地说道："无常就是常。无常容易画，常不容易画。"我好久没有听见这样的话了，怪不得生活异常苦闷。他这话把我从无常的火宅中救出，使我感到无限的清凉。当时我想，我画了《无常画集》之后，要再画一册《常画集》。《常画集》不须请他作序，因为自始至终每页都是空白的。这一天我走出那陋巷，已是傍晚时候。岁暮的景象和雨雪充塞了道路。我独自在路上彷徨，回想前年不问价钱跨上黄包车那一回，又回想二十年前作了几小时傀儡而解放出来那一会，似觉身在梦中。

一九三三年一月十五日于石门湾

旧地重游

旧地重游，以前所惯识的各种景物争把过去的事情告诉我，使我耳目不暇应接，心情不胜感慨。我素不喜重游旧居之地，便是为此。但到了不得已的时候，也只得硬着头皮，带着赴难似的心情去重游。前天又为了不得已之故，重到旧地。诗人在这当儿一定可以吟几句。我也想学学看，但觉心绪缭乱，气结不能言，遑论做诗？只是那迎人的柳树使我忆起了从前在不知什么书上读过的一首古人诗：“此地曾居住。今年宛如归。可怜汶上柳。相见也依依。”

这二十个字在我心中通过，心绪似被整理，气也通畅得多了。

次日上午，朋友领我到了旧时所惯到的茶楼上，坐在旧时所惯坐的藤椅里。便有旧时惯见的茶伙计的红肿似的手臂，拿了旧时所惯用的茶具来，给我们倒茶。这里是楼上的内室。室中只设五桌座位，他们称之为“雅座”。茶钱比他处贵，外室和楼上每壶十一个铜元，这里要十六个铜元。因这原故，雅座常很清静。外室和楼下充满了紫铜色的脸，翡翠色的脸，和愤恨不平的话声时，你只要走上扶梯，钻进一个环门，就有闲静的明窗净几。有时空无一人，专等你来享用：有时窗下墙角疏朗朗地点缀着几个小白脸，金牙齿，或仁丹须，静静地在那里咬瓜子，或者摆腿。这好比超过了红尘而登入仙境。五个铜板的法力大矣哉。以前我住在此地的时候，每次到这茶楼，未尝不这样赞叹。这回久别重到，适值外室和楼下极闹而雅座为我们独占，便见脸盆大的五个铜板出现在我的眼前了。我们替茶店打算，这里虽然茶钱贵了五个铜板，但是比较起外面来，座位疏，设备贵，顾客少。照外面的密接的布置，这块地方有十桌可摆，这里只摆五桌。外面用圆凳，这里用藤椅子。外面座客常满，这里空的时候多。三路的损失决不止五个铜板。这雅座显然是蚀本生意。这样想来，我们和小白脸、金牙齿、仁丹须的清福，全是那紫铜色的脸，翡翠色的脸和愤恨不平的话声所惠赐的。

我注视桌面，温习那旧时所看热的木纹的模样。那红肿似的手臂又提了茶罐出现在我的眼前。手臂上面有一张笑口正在对我说话。

“老先生，长久不到了。近来出门?”

“嘿嘿，长久不到了，我已经搬走，今天是来作客的。”

“啊，搬走了！怪不得老客人长久不到了。”

“这房间都是老客人吗?”

“嗳，总是这几位先生。难得有生客。”

“我看这里空的时候多，你们怎么开销?”

“嗳，生意是全靠外面的，不过长衫班的先生请过来，这里座位清爽些。哈哈！”

他一面笑，一面把雪白的热手巾分送给我们，并加说明：

“这毛巾都是新的，旧的都放在外面用。”

啊，他还记忆着我旧时的习惯。我以前不欢喜和别人共用毛巾。这习惯的由来，最初是一种特殊的癖，后来是怕染别人的病，又后来是因为自己患沙眼，怕把这“亡国之病”传给别人。所以出门的时候，严格地拒绝热手巾。这茶伙计的热手巾也曾被我拒绝过。我不到这茶楼已将两年了，他还记忆着我的习惯。在这点上他可说是我的知己。其实，近来我这习惯，已经移改。因为我觉得严防传染病近于迷信，又觉得严防“亡国之病”未必可以保国，这特殊的癖就渐渐消除。况且我这知己用了这般殷勤体贴的态度而把雪白的热手巾送到我手里，却之不恭。我便欣然地接受而享用了。雪白、火热的一团花露水香气扑上我的面孔，颇觉快适。但回味他的说话，心中又起一种不快之感，这些清静的座位，雪白的毛巾，原来是茶店老板特备给当地的绅士先生们享用的。像我，一个过路的旅客，不过穿件长衫，今天也来掠夺他们的特权，而使外面的人们用我所用旧的毛巾，实在不应该；同时我也不愿意。但这茶伙计已经知道我是过路的客人。他只为了过去的旧谊而浪费这种殷勤，我对于他这点纯洁的人情是应该恭敬地领谢的。

我送还他毛巾的时候说了一声“谢谢你!”但这三个字在这环境之下用得很不适当。那人惊异地向我一看。然后提了茶罐和毛巾走出环门去。他的背影的姿态突然使我回复了两年前的心情。似觉这两年间的生活是做一个梦，并未过去。

归家的火车十二点钟开。我在十一点半辞别了我的朋友而先下茶楼。走过通达我的旧寓的小路口，望见里面几株杨柳正在向我点头。似乎在告诉我：“一架图书和一群孩子在这柳荫深处的老屋里等你归去呢!”我的脚几乎顺顺地跨进了小路。终于踏上马路向车站这方面去了。

廿二（一九三三）年五月七日

湖畔夜饮

前天晚上，四位来西湖游春的朋友，在我的湖畔小屋里饮酒。酒阑人散，皓月当空。湖水如镜，花影满堤。我送客出门，舍不得这湖上的春月，也向湖畔散步去了。柳荫下一条石凳，空着等我去坐。我就坐了，想起小时在学校里唱的春月歌：“春夜有明月，都作欢喜相。每当灯火中，团团清辉上。人月交相庆，花月并生光。有酒不得饮，举杯献高堂。”觉得这歌词温柔敦厚，可爱得很！又念现在的小学生，唱的歌粗浅俚鄙，没有福分唱这样的好歌，可惜得很！回味那歌的最后两句，觉得我高堂俱亡，虽有美酒，无处可献，又感伤得很！三个“得很”逼得我立起身来，缓步回家。不然，恐怕把老泪掉在湖堤上，要被月魄花灵所笑了。

回进家门，家中人说，我送客出门之后，有一上海客人来访，其人名叫 CT，住在葛岭饭店。家中人告诉他，我在湖畔看月，他就向湖畔去找我了。这是半小时以前的事，此刻时钟已指十时半。我想，CT 找我不到，一定已经回旅馆去歇息了。当夜我就不去找他，管自睡觉了。第二天早晨，我到葛岭饭店去找他，他已经出门，茶役正在打扫他的房间。我留了一张名片，请他正午或晚上来我家共饮。正午，他没有来。晚上，他又没有来。料想他这上海人难得到杭州来，一见西湖，就整日寻花问柳，不回旅馆，没有看见我留在旅馆里的名片，我就独酌，照例倾尽一斤。

黄昏八点钟，我正在酩酊之余，CT 来了。阔别十年，身经浩劫，他反而胖了，反而年轻了。他说我也还是老样子，不过头发白些。“十年离乱后，长大一相逢，问姓惊初见，称名忆旧容。”这诗句虽好，我们可以不唱。略略几句寒暄之后，我问他吃夜饭没有。他说，他是在湖滨吃了夜饭，——也饮一斤酒，——不回旅馆，一直来看我的。我留在他旅馆里的名片，他根本没有看到。我肚里的一斤酒，在这位青年时代共我在上海豪饮的老朋友面前，立刻消解得干干净净，清清醒醒。我说：“我们再吃酒！”他说：“好，不要什么菜蔬。”窗外有些微雨，月色朦胧。西湖不像昨夜的开颜发艳，却另有一种轻颦浅笑，温润静穆的姿态。昨夜宜于到湖边步月，今夜宜于在灯前和老友共饮。“夜雨剪春韭”，多么动人的诗句！可惜我没有家园，不曾种韭。即使我有园种韭，这晚上也不想去剪来和 CT 下酒。因为实际的韭菜，远不及诗中的韭菜好吃。照诗句实行，是多么愚笨的事呀！

女仆端了一壶酒和四只盆子出来，酱鸭，酱肉，皮蛋和花生米，放在收音机旁的方桌上。我和 CT 就对坐饮酒。收音机上面的墙上，正好贴着一首我写的，数学家苏步青的诗：“草草杯盘共一欢，莫因柴米话辛酸。春风已绿门前草，且耐余寒放眼看。”有了这诗，酒味特别的好。我觉得世间最好的酒肴，莫如诗句。而数学家的诗句，滋味尤为纯正。因为我又觉得，别的事都可有专家，而诗不可有专家。因为做诗就是做人。人做得好的，诗也做得好。倘说做诗有专家，非专家不能做诗，就好比说做人有专家，非专家不能做人，岂不可笑？因此，有些“专家”的诗，我不爱读。因为他们往往爱用古典，蹈袭传统；咬文嚼字，卖弄玄虚；扭扭捏捏，装腔作势；甚至神经过敏，出神见鬼，而非专家的诗，倒是直直落落，明明白白，天真自然，纯正朴茂，可爱得很。樽前有了苏步青的诗，桌上的酱鸭、酱肉、皮蛋和花生米，味同嚼蜡；唾弃不足惜了！

我和 CT 共饮，另外还有一种美味的酒肴！就是话旧。阔别十年，身经浩劫。他沦陷在孤岛上，我奔走于万山中。可惊可喜、可歌可泣的话，越谈越多。谈到酒酣耳热的时候，话声都变了呼号叫啸，把睡在隔壁房间里的人都惊醒。谈到二十余年前他在宝山路商务印书馆当编辑，我在江湾立达学园教课时的事，他要看看我的子女阿宝、软软和瞻瞻——《子恺漫画》里的三个主角，幼时他都见过的。瞻瞻现在叫做丰华瞻，正在北平北大研究院，我叫不到；阿宝和软软现在叫做丰陈宝和丰宁馨，已经大学毕业而在中学教课了，此刻正在厢房里和她们的弟妹们练习平剧（京剧）！我就喊她们来“参见”。CT用手在桌子旁边的地上比比，说：“我在江湾看见你们时，只有这么高。”她们笑了，我们也笑了。这种笑的滋味，半甜半苦，半喜半悲。所谓“人生的滋味”，在这里可以浓烈地尝到。CT叫阿宝“大小姐”，叫软软“三小姐”。我说：“《花生米不满足》《瞻瞻新官人，软软新娘子，宝姐姐做媒人》《阿宝两只脚，凳子四只脚》等画，都是你从我的墙壁上揭去，制了锌板在《文学周报》上发表的。你这老前辈对她们小孩子又有什么客气？依旧叫‘阿宝’‘软软’好了。”大家都笑。人生的滋味，在这里又浓烈地尝到了。我们默默地干了两杯。我见CT的豪饮，不减二十余年前。我回忆起了二十余年前的一件旧事。有一天，我在日升楼前，遇见CT。他拉住我的手说：“子恺，我们吃西菜去。”我说“好的”。他就同我向西走，走到新世界对面的晋隆西菜馆楼上，点了两客公司菜，外加一瓶白兰地。吃完之后，仆欧送帐单来。CT对我说：“你身上有钱吗？”我说“有！”摸出一张五元钞票来，把帐付了。于是一同下楼，各自回家——他回到闸北，我回到江湾。过了一天，CT到江湾来看我，摸出一张拾元钞票来，说：“前天要你付帐，今天我还你。”我惊奇而又发笑，说：“帐回过算了，何必还我？更何必加倍还我呢？”我定要把拾元钞票塞进他的西装袋里去，他定要拒绝。坐在旁边的立达同事刘薰宇，就过来抢了这张钞票去，说：“不要客气，拿到新江湾小店里去吃酒吧！”大家赞成。于是号召了七八个人，夏丏尊先生、匡互生、方光焘都在内，到新江湾的小酒店里去吃酒。吃完这张拾元钞票时，大家都已烂醉了，此情此景，憬然在目。如今夏先生和匡互生均已作古，刘薰宇远在贵阳，方光焘不知又在何处。只有CT仍旧在这里和我共饮。这岂非人世难得之事！我们又浮两大白。

夜阑饮散，春雨绵绵。我留CT宿在我家，他一定要回旅馆。我给他一把伞，看他的高大的身子在湖畔柳荫下的细雨中渐渐地消失了。我想："他明天不要拿两把伞来还我！"

卅七（一九四八）年三月廿八日夜于湖畔小屋

胜利还乡记

避寇西窜，流亡十年，终于有一天，我的脚重新踏到了上海的土地。我从京沪火车上跨到月台上的时候，第一脚特别踏得重些，好比同它握手。北站除了电车轨道照旧之外，其余的都已不可复识了。

我率眷投奔朋友家。预先函洽的一个楼面，空着等我们去息足。息了几天，我们就搭沪杭火车，在长安站下车，坐小舟到石门湾去探望故里。

我的故乡石门湾，位在运河旁边。运河北通嘉兴，南达杭州，在这里打一个弯，因此地名石门湾。石门湾属于石门县（即崇德县），其繁盛却在县城之上。抗战前，这地方船舶麇集，商贾辐辏。每日上午，你如果想通过最热闹的寺弄，必须与人摩肩接踵，又难免被人踏脱鞋子。因此石门湾有一句专用的俗语，形容拥挤，叫做“同寺弄里一样”。

当我的小舟停泊到石门湾南皋桥堍的埠头上的时候，我举头一望，疑心是弄错了地方。因为这全非石门湾，竟是另一地方。只除运河的湾没有变直，其他一切都改样了。这是我呱呱坠地的地方。但我十年归来，第一脚踏上故乡的土地的时候，感觉并不比上海亲切。因为十年以来，它不断地装着旧时的姿态而入我的客梦；而如今我所踏到的，并不是客梦中所惯见的故乡！

我沿着运河走向寺弄。沿路都是草棚、废墟，以及许多不相识的人。他们都用惊奇的眼光对我看，我觉得自己好像伊尔文 Sketch Book

中的 Rip Van Winkle。我感情兴奋，旁若无人地与家人谈话：“这里就是杨家米店，”“这里大约是殷家弄了！”“喏喏喏，那石埠头还存在！”旁边不相识的人，看见我们这一群陌生客操着道地的石门湾土白谈话，更显得惊奇起来。其中有几位父老，向我们注视了一会，和旁人窃窃私语，于是注目我们的更多，我从耳朵背后隐约听见低低的话声：“丰子恺。”“丰子恺回来了。”但我走到了寺弄口，竟无一个认识的人。因为这些人在十年前大都是孩子，或少年，现在都已变成成人，代替了他们的父亲。我若要认识他们，只有问他的父亲叫什么了。“儿童相见不相识，笑问客从何处来”，这两句诗从前是读读而已，想不到自己会做诗中的主角！

“石门湾的南京路”的寺弄，也尽是草棚。“石门湾的市中心”的接待寺，已经全部不见。只凭寺前的几块石板，可以追忆昔日的繁荣。在寺前，忽然有人招呼我。一看，一位白须老翁，我认识是张兰墀。他是当地一大米店的老主人，在我的缘缘堂建筑之先，他也造一所房子。如今米店早已化为乌有，房子侥幸没有被烧掉。他老人家抗战至今，十年来并未离开故乡，只是在附近东躲西避，苟全性命。石门湾是游击区，房屋十分之八九变成焦土，住民大半流离死亡。像这老人，能保留一所劫余的房屋和一掬健康的白胡须，而与我重相见面，实在难得之至，这可说是战后的石门湾的骄子了。这石门湾的骄子定要拉我去吃夜饭。我尚未凭吊缘缘堂废墟，约他次日再见。

从寺弄转进下西弄，也尽是茅屋或废墟，但凭方向与距离，走到了我家染坊店旁的木场桥。这原来是石桥。我生长在桥边，每块石板的形状和色彩我都熟悉。但如今已变成平平的木桥，上有木栏，好像公路上的小桥。桥堍一片荒草地，染坊店与缘缘堂不知去向了。根据河边石岸上一块突出的石头，我确定了染坊店墙界。这石岸上原来筑着晒布用的很高的木架子。染坊司务站在这块突出的石头上，用长竹竿把蓝布挑到架上去晒的。我做儿童时，这块石头被我们儿童视为危险地带。只有隔壁豆腐店里的王囡囡，身体好，胆量大，敢站到这石头上，而且做个“金鸡独立”。我是不敢站上去的。有一次我央另一个人拉住了手，上去站了一会，下临河水，胆战心惊。终被店里的人看见，叫我回来，并且告诉母亲，母亲警戒我以后不准再站。如今百事皆非，而这块石头依然如故。这一带地方的盛衰沧桑，染坊店、缘缘堂的兴废，以及我童年时的事，这块石头一一亲眼看到，详细知道。我很想请它讲一点给我听。但它默默不语，管自突出在石岸上。只有一排墙脚石，肯指示我缘缘堂所在之处。我由墙脚石按距离推测，在荒草地上约略认定了我的书斋的地址。一株野生树木，立在我的书桌的地方，比我的身体高到一倍。许多荆棘，生在书斋的窗的地方。这里曾有十扇长窗，四十块玻璃。石门湾沦陷前几日，日本兵在金山卫登陆，用两架飞机来炸十八里外的石门县，这十扇玻璃窗都震怒，发出愤怒的叫声。接着就来炸石门湾，一个炸弹落在书斋窗外五丈的地方，这些窗曾大声咆哮。我躲在窗内，幸免于难。这些回忆，在这时候一一浮出脑际。我再请墙脚石引导，探寻我们的灶间的地址。约略找到了，但见一片荒地，草长过膝。抗战后一年，民国二十七（公元1938）年，我在桂林得到我的老姑母的信，说缘缘堂虽毁，烟囱还是屹立。这是“烟火不断”之象。老人对后辈的慰藉与祝福，使我诚心感动。如今烟囱已不知去向。而我家的烟火的确不断。我带了六个孩子（二男四女）逃出去，带回来时变了六个成人，又添了一个八岁的抗战儿子。倘使缘缘堂存在，它当日放出六个小的，今朝收进六个大的，又加一个小的作利息，这笔生意着实不错！它应该大开正门，欢迎我们这一群人的归来。可惜它和老姑母一样作古，如今只剩一片蔓草荒烟，只能招待我们站立片时而已！大儿华瞻，想找一点缘缘堂的遗物，带到北平去作纪念。寻来寻去，只有蔓草荒烟，遗物了不可得。后来用器物发掘草地，在尺来深的地方，掘得了一块焦木头。依地点推测，大约是门槛或堂窗的遗骸。他髫龄的时候，曾同它们共数晨夕。如今他收拾它们的残骸，藏在火柴匣里，带它们到北平去，也算是不忘旧交，对得起故人了。这一晚我们到一个同族人家去投宿。他们买了无量的酒来慰劳我，我痛饮数十盅，酣然入睡，梦也不做一个。次日就离开这销魂的地方，到杭州去觅我的新巢了。

一九四七年五月十日于杭州作

嚴霜烈日皆經過
次第春風到草廬
子愷畫

严霜烈日皆经过　次第春风到草庐

钱江看潮记

阴历八月十八，我客居杭州。这一天恰好是星期日，寓中来了两位亲友，和两个例假返寓的儿女。上午，天色阴而不雨，凉而不寒。有一个人说起今天是潮辰，大家兴致勃勃起来，提议到海宁看潮。但是我左足趾上患着湿毒，行步维艰还在其次；鞋根拔不起来，拖了鞋子出门，违背新生活运动，将受警察干涉。但为此使众人扫兴，我也不愿意。于是大家商议，修改办法：借了一只大鞋子给我左足穿了，又改变看潮的地点为钱塘江边，三廊庙。我们明知道钱塘江边潮水不及海宁的大，真是“没啥看头”的。但凡事轮到自己去做时，无论如何总要想出它一点好处来，一以鼓励勇气，一以安慰人心。就有人说：“今年潮水比往年大，钱塘江潮也很可观。”“今天的报上说，昨天江边车站的铁栏都被潮水冲去，二十几个人爬在铁栏上看潮，一时淹没，幸为房屋所阻，不致与波臣为伍，但有四人头破血流。”听了这样的话，大家觉得江干不亚于海宁，此行一定不虚。我就伴了我的两位亲友，带了我的女儿和一个小孩子，一行六人，就于上午十时动身赴江边。我两脚穿了一大一小的鞋子跟在他们后面。

我们乘公共汽车到三廊庙，还只十一点钟。我们乘义渡过江，去看看杭江路的车站，果有乱石板木狼藉于地，说是昨日的潮水所致的。钱江两岸两个码头实在太长，加起来恐有一里路。回来的时候，我的脚吃不消，就坐了人力车。坐在车中看自己的两脚，好像是两个人的。

倘照样画起来，见者一定要说是画错的，但一路也无人注意，只是我自己心虚，偶然逢到有人看我的脚，我便疑心他在笑我，碰着认识的人，谈话之中还要自己先把鞋的特殊的原因告诉他。他原来没有注意我的脚，听我的话却知道了。善于为自己辩护的人，欲掩其短，往往反把短处暴露了。

我在江心的渡船中遥望北岸，看见码头近旁有一座楼，高而多窗，前无障碍。我选定这是看潮最好的地点。看它的模样，不是私人房屋，大约是茶馆酒店之类，可以容我们去坐的。为了脚痛，为了口渴，为了肚饥，又为了贪看潮的眼福，我遥望这座楼觉得异常玲珑，犹似仙境一般美丽。我们跳上码头，已是十二点光景。走尽了码头，果然看见这座楼上挂着茶楼的招牌，我们欣然登楼。走上扶梯，看见列着明窗净几，全部江景被收在窗中，果然一好去处。茶客寥寥，我们六人就占据了临窗的一排椅子。我回头喊堂倌："一红一绿!"堂倌却空手走过来，笑嘻嘻地对我说："先生，今天是买座位的，每位小洋四角。"我的亲友们听了这话都立起身来，表示要走。但儿女们不闻不问，只管凭窗眺望江景，指东话西，有说有笑，正是得其所哉。我也留恋这地方，但我的亲友们以为座价太贵，同堂倌讲价，结果三个小孩子"马马虎虎"，我们六个人一共出了一块钱。先付了钱，方才大家放心坐下。托堂倌叫了六碗面，又买了些果子，权当午饭。大家正肚饥，吃得很快。吃饱之后，看见窗外的江景比前更美丽了。我们来得太早，潮水要三点钟才到呢。到了一点半钟，我们才看见别人陆续上楼来。有的嫌座价贵，回了下去。有的望望江景，迟疑一下，坐下了。到了两点半钟，楼上的座位已满，嘈杂异常，非复吃面时可比了。我们的座位幸而在窗口，背着嘈杂面江而坐，仿佛身在泾渭界上，另有一种感觉。三点钟快到，楼上已无立锥之地。后来者无座位，不吃茶，亦不出钱。我们的背后挤了许多人。回头一看，只见观者如堵。有男有女，有老有少，更有被抱着的孩子。有的坐在桌上，有的立在凳上，有的竟立在桌上。他们所看的，是照旧的一条钱塘江。久之，久之，眼睛看得酸了，腿站得痛了，潮水还是不来。大家倦起来，有的垂头，有的坐下。忽然人丛中一个尖锐的呼声："来了！来了!"大家立刻把脖子伸长，但钱塘江还是照旧。原来是一个母亲因为孩子挤得哭了，在那里哄他。

江水真是太无情了。大家越是引颈等候，它的架子越是十足。这仿佛有的火车站里的卖票人，又仿佛有的邮政局收挂号信的，窗栏外许多人等候他，他只管悠然地吸烟。三点二十分光景，潮水真个来了！楼内的人万头攒动，像运动会中决胜点旁的观者。我也除去墨镜，向江口注视。但见一条同桌上的香烟一样粗细的白线，从江口慢慢向这方面延长来。延了好久，达到西兴方面，白线就模糊了。再过了好久，楼前的江水渐渐地涨起来。浸没了码头的脚。楼下的江岸上略起些波浪，有时打动了一块石头，有时淹没了一条沙堤。以后浪就平静起来，水也就渐渐退却。看潮就看好了。楼中的人，好像已经获得了什么，各自纷纷散去。我同我亲友也想带了孩子们下楼，但一个小孩子不肯走，惊异地责问我："还要看潮哩！"大家笑着告诉他："潮水已经看过了！"他不信，几乎哭了。多方劝慰，方才收泪下楼。

我实在十分同情于这小孩子的话。我当离座时，也有"还要看潮哩！"似的感觉。似觉今天的目的尚未达到。我从未为看潮而看潮。今天特地为看潮而来，不意所见的潮如此而已，真觉大失所望。但又疑心自己的感觉不对。若果潮不足观，何以茶楼之中，江岸之上，观者动万，归途阻塞呢？以问我的亲友，一人云："我们这些人不是为看潮来的，都是为潮神贺生辰来的呀！"这话有理，原来我们都是被"八月十八"这空名所召集的。怪不得潮水毫没看头。回想我在茶楼中所见，除旧有的一片江景外毫无可述的美景。只有一种光景不能忘却：当波浪淹没沙堤时，有一群人正站在沙堤上看潮。浪来时，大家仓皇奔回，半身浸入水中，举手大哭，幸有大人转身去救，未遭没顶。这光景大类一幅水灾图。看了这图，使人想起最近黄河长江流域各处的水灾，败兴而归。

西湖春游

我住在上海，离杭州西湖很近，火车五六小时可到，每天火车有好几班。因此，我每年有游西湖的机会，而时间大都是春天。因为春天是西湖最美丽的季节。我很小的时候在家乡从乳母口中听到西湖的赞美歌："西湖景致六条桥，间株杨柳间株桃。……"就觉得神往。长大后曾经在西湖旁边求学，在西湖上作客，经过数十寒暑，觉得西湖上的春天真正可爱，无怪远离西湖的穷乡僻壤的人都会唱西湖的赞美歌了。

然而西湖最美丽的姿态，直到解放之后方才充分地表现出来。解放后每年春天到西湖，觉得它一年美丽一年，一年漂亮一年，一年可爱一年。到了解放第九年的春天，就是现在，它一定长得十分美丽，十分漂亮，十分可爱。可惜我刚从病院出来，不能随众人到西湖去游春，但在这里和读者作笔谈，亦是"画饼充饥"，聊胜于无。

西湖的最美丽的姿态，为什么直到解放后才充分表现出来呢？这是因为旧时代的西湖，只能看表面（山水风景），不能想内容（人事社会）。换言之，旧时代西湖的美只是形式美丽，而内容是丑恶不堪设想的。

譬如说，你悠闲地坐在西湖船里，远望湖边楼台亭阁，或者精巧玲珑，或者金碧辉煌，掩映出没于杨柳桃花之中，青山绿水之间。这光景多么美丽，真好比"海上仙山"！然而你只能用眼睛来看，却切不可用嘴巴来问，或者用头脑来想。你倘使问船老大：“这是什么建筑？”“这是谁的别庄？”因而想起了它们的主人，那么你一定大感不快，你一定会叹气或愤怒，你眼前的“美”不但完全消失，竟变成了“丑”！因为这些楼台亭阁的所有者，不是军阀，就是财阀，建造这些楼台亭阁的钱，不是贪污来的，便是敲诈来的，剥削来的！于是你坐在船里远远地望去，就会隐约地看见这些楼台亭阁上都有血迹！隐约地听见这些楼台亭阁上都有被压迫者的呻吟声——这真是大煞风景！这样的西湖有什么美？这样的西湖不值得游！西湖游春，谁能仅用眼睛看看而完全不想呢？

旧时代的好人真可怜！他们为了要欣赏西湖的美，只得勉强摒除一切思想，而仅看西湖的表面，仿佛麻醉了自己，聊以满足自己的美欲。记得古人有诗句云：“小亭闲可坐，不必问谁家。”我初读这诗句时，认为这位诗人过于浪漫疏狂。后来仔细想想，觉得他也许怀着一片苦心：如果问起这小亭是谁家的，说不定这主人是个坏蛋，因而引起诗人的恶感，不屑坐他的亭子。旧时代的人欣赏西湖，就用这诗人的办法，不问谁家，但享美景。我小时候的音乐老师李叔同先生曾经为西湖作一首歌曲。且不说音乐，光就歌词而论，描写得真是美丽动人！让我抄录些在这里：看明湖一碧，六桥锁烟水。塔影参差，有画船自来去。垂杨柳两行，绿染长堤。飏晴风，又笛韵悠扬起。看青山四围，高峰南北齐。山色自空濛，有竹木媚幽姿。探古洞烟霞，翠扑须眉。雪暮雨，又钟声林外起。大好湖山如此，独擅天然美。明湖碧无际，又青少绿作堆。漾晴光潋滟，带雨色幽奇。靓妆比西子，尽浓淡总相宜。这部曲全部刊载在最近出版的《李叔同歌曲集》中。我小时候求学于杭州西湖边的师范学校时，曾经在李先生亲自指挥下唱这歌曲的高音部（这歌曲是四部合唱）。当时我年幼无知，只觉得这歌词描写西湖景致，曲尽其美，唱起来比看图画更美，比实地游玩更美。现在重唱一遍，回味一下，才感到前人的一片苦心：李先生在这长长的歌曲中，几乎全部是描写风景，绝不提及人事。因为那时候西湖上盘踞着许多贪官污吏，市侩流氓，风景最好的地位都被这些人的私人公馆、别庄所占据。所以倘使提及人事，这西湖的美景势必完全消失，而变成种种丑恶的印象。所以李先生作这歌词的时候，掩住了耳朵，停止了思索，而单用眼睛来观看，仅仅描写眼睛所看见的部分。这样，六桥烟水、塔影垂杨、竹木幽姿、古洞烟霞、晴光雨色，就形成一种美丽的姿态，好比靓妆的西施活美人了。这仿佛是自己麻醉，自己欺骗。采用这种办法，虽然是李先生的一片苦心，但在今天看来，实在是不足为训的！

然而李先生在这歌曲中，不能说绝不提及人事。其中有两处不免与人事有关：即“有画船自来去”“笛韵悠扬起”。坐在这画船里面的是何等样人？吹出这悠扬的笛声的是何等样人？这不可考究了。李先生只能主观地假定坐在画船里的是一群同他一样风流潇洒的艺术家，吹笛的是同他一样知音善感的音乐家，或者坐在画船里的是一群天真烂漫的游客，吹笛的是一位冰清玉洁的美人。这样，才可以符合主观的意旨，才可以增加西湖的美丽。然而说起画船和笛，在我回忆中的印象很不好。记得有一次我和几个朋友买舟游湖。天朗气清，山明水秀，心情十分舒适。忽然邻近的一只船上吹起笛来，声音悠扬悦耳，使得我们满船的人都停止了说话而倾听笛韵。后来这只船载着笛声远去，消失在烟波云水之间了。我们都不胜惋惜。船老大告诉我们：这船里载着的是上海来的某阔少和本地的某闻人，他们都会弄丝弦，都会唱戏，他们天天在湖上游玩……原来这些阔少和闻人，都是我们所“久闻大名”的。我听到这些人的“大名”，觉得眼前这“独擅天然美”的“大好湖山”忽然减色，而那笛声忽然难听起来，丑恶起来，终于变成了恶魔的啸嗽声。这笛声亵渎了这“大好湖山”，污辱了我的耳朵！我用手撩起些西湖水来洗一洗我的耳朵。——这是我回忆旧时代西湖上的“画船”和“笛韵”时所得的印象。

我疏忽了，李先生的西湖歌中涉及人事的，不止上述两处，还有一处，即“又钟声林外起”。打钟的是谁？在李先生的主观中大约是一位大慈大悲、大智大慧的高僧，或者面壁十年的苦行头陀，或者三戒具足的比丘。然而事实上恐怕不见得如此。在那时候，上述的那些高僧，头陀和比丘极少住在西湖上的寺院里，撞钟的可能是以做和尚为业的和尚，或者是公然不守清规的和尚。

李先生作那首西湖歌时，这些人事社会的内情是不想的，是不敢想的。因为一想就破坏西湖风景的美，一想就煞风景。李先生只得摒绝了思索和分辨，而仅用眼睛来看，不谈西湖的内容情状，而仅仅赞美西湖的表面形式。我同情李先生的苦心。我想，如果李先生迟生三十年，能够躬逢解放后的新时代，能够看到人民的西湖，那么他所作的西湖歌一定还要动人得多！

在这里我不免要讲几句题外的话：我记得资本主义社会的美学中，有一个术语叫做“绝缘”，英文是 isolation。所谓绝缘，就是说看到一个物象的时候，断绝了这物象对外界（人事社会）的一切关系，而孤零零地欣赏这物象本身的姿态（形状色彩）。他们认为“美感”是由于“绝缘”而发生的。他们认为：看见一个物象时，倘使想起这物象的内容意义，想起这物象对人类社会的关系、作用和意义，就看不清楚物象本身的姿态，就看不到物象的“美”。必须完全不想物象对人类社会的关系、作用和意义，而仅用视觉来欣赏它的形状和色彩，这才能够从物象获得“美感”。而这种美学学说的由来，现在我明白了：只因为在旧社会中，追究起事物的内容意义来，大都是卑鄙龌龊、不堪闻问的，因此有些御用的学者就造出这种学说来，教人摒绝思索，不论好坏，不分皂白，一味欣赏事物的外表，聊以满足美欲，这实在是可笑、可怜的美学！

闲话少说，言归本题。旧时代的西湖春游，还有一种更切身的苦痛呢。上述那种苦痛还可以用主观强调、自己麻醉等方法来暂时避免，而另有一种苦痛则直接袭击过来，使你身心不安，伤情扫兴，游兴大打折扣。这便是西湖上的社会秩序的混乱。游西湖的主要交通工具是游船。即杭州人所谓“划子”。这种划子一向入诗、入词、入画，真是风雅不过的东西，从红尘万丈的都市里来的人，坐在这种划子里荡漾湖中，真有“春水船如天上坐”的胜慨。于是划划子的人就奇货可居，即杭州人所谓“刨黄瓜儿”。你要坐划子游西湖，先得鼓起勇气来；同划划子的人作一场斗争，然后怀着余怒坐到划子里去“欣赏”西湖景致。划划子的人本来都是清白的劳动者，但因受当时环境的压迫和恶劣作风的影响，一时不得不如此以求生存了。上船之后，照例是在各名胜古迹地点停船：平湖秋月、中山公甲、西泠印社、岳坟、三潭印月，雷峰夕照、刘庄、汪庄……这些名胜古迹的确是环肥燕瘦，各有其美，然而往往不能畅游，不能放心地欣赏。因为这些地方的管理者都特别“客气”，一看到游客，立刻端出茶盘来，倘使看到派头阔绰的游客，就端出果盒来。这种“盛情”，最初领受一二，也还可以，然而再而三，三而四，甚至而五、而六、而七……游客便受宠若惊，看见茶盘连忙逃走，不管后面传来奚落的、讥讽的叫声。若是陪着老年人游玩，处处要坐下来休息，而且逃不快，那就是他们所最欢迎的游客了，便是最倒霉的游客了。

游西湖要会斗争，会逃走——这是我数十年来的“宝贵”经验。直到最近几年，解放后几年，这“宝贵”经验忽然失去了效用。解放后有一年我到杭州，突然觉得西湖有些异样：湖滨栏杆旁边那些馋涎欲滴的划子手忽然不见，讨价还价的斗争也没有了，只看见秩序井然的买票处和和颜悦色的舟子。名胜古迹中逐客的茶盘也不见了，到处明山秀水，任你逍遥盘桓。这一次我才十足地享受了西湖春游的快美之感！

“西子蒙不洁，则人皆掩鼻而过之。”解放前数十年间，我每逢游湖，就想起这两句话。路过湖滨的船埠头时，那种乌烟瘴气竟可使人“掩鼻”。解放之后，这西子“斋戒沐浴”过了。“大好湖山如此”，不但“独擅天然美”，又独擅“人事美”，真可谓尽善尽美了！写到这里，我的心已经飞驰到六桥三竺之间，神游于山明水秀、桃红柳绿之乡，不能再写下去了。

一九五八年春日作

春

春是多么可爱的一个名词！自古以来的人都赞美它，希望它长在人间。诗人，特别是词客，对春爱慕尤深。试翻词选，差不多每一页上都可以找到一个春字。后人听惯了这种话，自然地随喜附和，即使实际上没有理解春的可爱的人，一说起春也会觉得欢喜。这一半是春这个字的音容所暗示的。“春！”你听，这个音读起来何等铿锵而惺忪可爱！这个字的形状何等齐整妥帖而具足对称的美！这么美的名字所隶属的时节，想起来一定很可爱。好比听见名叫“丽华”的女子，想来一定是个美人。然而实际上春不是那么可喜的一个时节。我积三十六年之经验，深知暮春以前的春天，生活上是很不愉快的。

梅花带雪开了，说道是漏泄春的消息。但这完全是精神上的春，实际上雨雪霏霏，北风烈烈，与严冬何异？所谓迎春的人，也只是瑟缩地躲在房栊内，颤栗地站在屋檐下，望望枯枝一般的梅花罢了！

再迟个把月罢，就像现在：惊蛰已过，所谓春将半了。住在都会里的朋友想象此刻的乡村，足有画图一般美丽，连忙写信来催我写春的随笔。好像因为我偎傍着春，惹他们妒忌似的。其实我们住在乡村间的人，并没有感到快乐，却生受了种种的不舒服：寒暑表激烈地升降于三十六度至六十二度之间。一日之内，乍暖乍寒。暖起来可以想起都会里的冰淇淋，寒起来几乎可见天然冰，饱尝了所谓“料峭”的滋味。天气又忽晴忽雨，偶一出门，干燥的鞋子往往拖泥带水归来。

“一春能有几番晴”是真的；“小楼一夜听春雨”其实没有什么好听，单调得很，远不及你们都会里的无线电的花样繁多呢。春将半了，但它并没有给我们一点舒服，只教我们天天愁寒，愁暖，愁风，愁雨。正是“三分春色二分愁，更一分风雨!”

春的景象，只有乍寒、乍暖、忽晴、忽雨是实际而明确的。此外虽有春的美景，但都隐约模糊，要仔细探寻，才可依稀仿佛地见到，这就是所谓“寻春”罢？有的说“春在卖花声里”，有的说“春在梨花”，又有的说“红杏枝头春意闹”，但这种景象在我们这枯寂的乡村里都不易见到。即使见到了，肉眼也不易认识。总之，春所带来的美，少而隐；春所带来的不快，多而确。诗人词客似乎也承认这一点，春寒、春困、春愁、春怨，不是诗词中的常谈么？不但现在如此，就是再过个把月，到了清明时节，也不见得一定春光明媚，令人极乐。倘又是落雨，路上的行人将要“断魂”呢。可知春徒美其名，在实际生活上是很不愉快的。实际，一年中最愉快的时节，是从暮春开始的。就气候上说，暮春以前虽然大体逐渐由寒向暖，但变化多端，始终是乍寒乍暖，最难将息的时候。到了暮春，方才冬天的影响完全消灭，而一路向暖。寒暑表上的水银爬到 temperate（温和）上，正是气候最 temperate（温和、怡人）的时节。就景色上说，春色不须寻找，有广大的绿野青山，慰人心目。古人词云：“杜宇一声春去，树头无数青山。”原来山要到春去的时候方才全青，而惹人注目。我觉得自然景色中，青草与白雪是最伟大的现象。造物者描写“自然”这幅大画图时，对于春红、秋艳，都只是略蘸些胭脂、硃磦，轻描淡写。到了描写白雪与青草，他就毫不吝惜颜料，用刷子蘸了铅粉、藤黄和花青而大块地涂抹，使屋屋皆白，山山皆青。这仿佛是米派山水的点染法，又好像是风景画的“色块”，何等泼辣的画风！而草色青青，连天遍野，尤为和平可亲、大公无私的春色。花木有时被关闭在私人的庭园里，吃了园丁的私刑而献媚于绅士淑女之前。草则到处自生自长，不择贵贱高下。人都以为花是春的作品，其实春工不在花枝，而在于草。看花的能有几人？草则广泛地生长在大地的表面，普遍地受大众的欣赏。这种美景，是早春所见不到的。那时候山野中枯草遍地，满目憔悴之色，看了令人不快。必须到了暮春，枯草尽去，才有真的青山绿野的出现，而天地为之一新。一年好景，无过于此时。自然对人的恩宠，也以此时为最深厚了。

讲求实利的西洋人，向来重视这季节，称之为 May（五月）。May 是一年中最愉快的时节，人间有种种的娱乐，即所谓 May-queen（五月美人）、May-pole（五月彩柱）、May-games（五月游艺）等。May 这一个字，原是“青春”、“盛年”的意思。可知西洋人视一年中的五月，犹如人生中的青年，为最快乐、最幸福、最精彩的时期。这确是名副其实的。但东洋人的看法就与他们不同：东洋人称这时期为暮春，正是留春、送春、惜春、伤春，而感慨、悲叹、流泪的时候，全然说不到乐。东洋人之乐，乃在“绿柳才黄半未匀”的新春，便是那忽晴、忽雨、乍暖、乍寒、最难将息的时候。这时候实际生活上虽然并不舒服，但默察花柳的萌动，静观天地的回春，在精神上是最愉快的。故西洋的“May”相当于东洋的“春”。这两个字读起来声音都很好听，看起来样子都很美丽。不过 May 是物质的、实利的，而春是精神的、艺术的。东西洋文化的判别，在这里也可窥见。

剪网

大娘舅白相了“大世界”回来。把两包良乡栗子在桌子上一放，躺在藤椅子里，脸上现出欢乐的疲倦，摇摇头说：

“上海地方白相真开心！京戏、新戏、影戏、大鼓、说书、变戏法，什么都有；吃茶、吃酒、吃菜、吃点心，由你自选；还有电梯、飞船、飞轮、跑冰……老虎、狮子、孔雀、大蛇……真是无奇不有！唉，白相真开心，但是一想起铜钱就不开心。上海地方用铜钱真容易！倘然白相不要铜钱，哈哈哈哈……”

我也陪他“哈哈哈哈……”

大娘舅的话真有道理！“白相真开心，但是一想起铜钱就不开心”，这种情形我也常常经验。我每逢坐船，乘车，买物，不想起钱的时候总觉得人生很有意义，对于制造者的工人与提供者的商人很可感谢。但是一想起钱的一种交换条件，就减杀了一大半的趣味。教书也是如此：同一班青年或儿童一起研究，为一班青年或儿童讲一点学问，何等有意义，何等欢喜！但是听到命令式的上课铃与下课铃，做到军队式的“点名”，想到商贾式的“薪水”，精神就不快起来，对于“上课”的一事就厌恶起来。这与大娘舅的白相大世界情形完全相同。所以我佩服大娘舅的话有道理，陪他一个“哈哈哈哈……”

原来“价钱”的一种东西，容易使人限制又减小事物的意义。譬如像大娘舅所说：“共和厅里的一壶茶要两角钱，看一看狮子要二十个铜板。”规定了事物的代价，这事物的意义就被限制，似乎吃共和厅里的一壶茶等于吃两只角子，看狮子不外乎是看二十个铜板了。然而实际共和厅里的茶对于饮者的我，与狮子对于看者的我，趣味决不止这样简单。所以倘用估价钱的眼光来看事物，所见的世间就只有钱的一种东西，而更无别的意义，于是一切事物的意义就被减小了。“价钱”，就是使事物与钱发生关系。可知世间其他一切的“关系”，都是足以妨碍事物的本身的存在的真意义的。故我们倘要认识事物的本身的存在的真意义，就非撤去其对于世间的一切关系不可。

大娘舅一定能够常常不想起铜钱而白相大世界，所以能这样开心而赞美。然而他只是撤去“价钱”的一种关系而已。倘能常常不想起世间一切的关系而在这世界里做人，其一生一定更多欢慰。对于世间的麦浪，不要想起是面包的原料；对于盘中的橘子，不要想起是解渴的水果；对于路上的乞丐，不要想起是讨钱的穷人；对于目前的风景，不要想起是某镇某村的郊野。倘能有这种看法，其人在世间就像大娘舅白相大世界一样，能常常开心而赞美了。

我仿佛看见这世间有一个极大而极复杂的网，大大小小的一切事物，都被牢结在这网中，所以我想把握某一种事物的时候，总要牵动无数的线，带出无数的别的事物来，使得本物不能孤独地明晰地显现在我的眼前，因之永远不能看见世界的真相，大娘舅在大世界里，只将其与“钱”相结的一根线剪断，已能得到满足而归来。所以我想找一把快剪刀，把这个网尽行剪破，然后来认识这世界的真相。

艺术，宗教，就是我想找求来剪破这“世网”的剪刀吧！

丁卯（一九二七）年十月

东京某晚的事

我在东京某晚遇见一件很小的事，然而这件事我永远不能忘记，并且常常使我憧憬。

有一个夏夜，初黄昏时分，我们同住在一个“下宿”里的四五个中国人相约到神保町去散步。东京的夏夜很凉快。大家带着愉快的心情出门，穿和服的几个人更是风袂飘飘，徜徉徘徊，态度十分安闲。

一面闲谈，一面踱步，踱到了十字路口的时候，忽然横路里转出一个伛偻的老太婆来。她两手搬着一块大东西，大概是铺在地上的席子，或者是纸窗的架子吧，鞠躬似的转出大路来。她和我们同走一条大路，因为走得慢，跟在我们后面。

我走在最先。忽然听得后面起了一种与我们的闲谈调子不同的日本语声音，意思却听不清楚。我回头看时，原来是老太婆在向我们队里的最后的某君讲什么话。我只看见某君对那老太婆一看，立刻回转头来，露出一颗闪亮的金牙齿，一面摇头，一面笑着说：

“Iyada，iyada！”（不高兴，不高兴！）

似乎趋避后面的什么东西，大家向前挤挨一阵，走在最先的我被他们一推，跨了几脚紧步。不久，似乎已经到了安全地带，大家稍稍回复原来的速度的时候，我方才探问刚才所发生的事情。

原来这老太婆对某君说话，是因为她搬那块大东西搬得很吃力，想我们中间哪一个帮她搬一会。她的话是：

“你们哪一位替我搬一搬，好不好？”

某君大概是因为带了轻松愉快的心情出来散步，实在不愿意替她搬运重物，所以回报她两个“不高兴”。然而说过之后，在她近旁徜徉，看她吃苦，心里大概又觉得过意不去，所以趋避似的快跑几步，务使吃苦的人不在自己眼睛面前。我探问情由的时候，我们已经离开那老太婆十来丈路，颜面已经看不清楚，声音也已听不到了。然而大家的脚步还是有些紧，不像初出门时那么从容安闲。虽然不说话，但各人一致的脚步，分明表示大家都有这样的感觉。

我每次回想起这件事，总觉得很有意味。我从来不曾从素不相识的路人受到这样唐突的要求。那老太婆的话，似乎应该用在家庭里或学校里，决不是在路上可以听到的。这是关系深切而亲爱的小团体中的人们之间所有的话，不适用于“社会”或“世界”的大团体中的所谓“陌路人”之间。这老太婆误把陌路当作家庭了。

这老太婆原是悖事的、唐突的。然而我却在想象，假如真能像这老太婆所希望，有这样的一个世界：天下如一家，人们如家族，互相亲爱，互相帮助，共乐其生活，那时陌路就变成家庭，这老太婆就并不悖事，并不唐突了。这是多么可憧憬的世界！

还我缘缘堂

二月九日天阴，居萍乡暇鸭塘萧祠已经二十多天了，这里四面是田，田外是山，人迹少到，静寂如太古。加之二十多天以来，天天阴雨，房间里四壁空虚，行物萧条，与儿相对枯坐，不啻囚徒。次女林先性最爱美，关心衣饰，闲坐时举起破碎的棉衣袖来给我看，说道：“爸爸，我的棉袍破得这么样了！我想换一件骆驼绒袍子。可是它在东战场的家里——缘缘堂楼上的朝外橱里——不知什么时候可以去拿得来。我们真苦，每人只有身上的一套衣裳！可恶的日本鬼子！”我被她引起很深的同情，心中一番惆怅，继之以一番愤懑。她昨夜睡在我对面的床上，梦中笑了醒来。我问她有什么欢喜。她说她梦中回缘缘堂，看见堂中一切如旧，小皮箱里的明星照片一张也不少，欢喜之余，不觉笑了醒来，今天晨间我代她作了一首感伤的小诗：

儿家住近古钱塘，也有朱栏映粉墙。
三五良宵团聚乐，春秋佳日嬉游忙。
清平未识流离苦，生小偏遭破国殃。
昨夜客窗春梦好，不知身在水萍乡。

平生不曾作过诗，而且近来心中只有愤懑而没有感伤。这首诗是偶被环境逼出来的。我嫌恶此调，但来了也听其自然。

邻家的洪恩要我写对。借了一枝破大笔来。拿着笔，我便想起我家里的一抽斗湖笔，和写对专用的桌子。写好对，我本能伸手向后面的茶几上去取大印子，岂知后面并无茶几，更无印子，但见萧家祠堂前的许多木主，蒙着灰尘站立在神祠里，我心中又起一阵愤懑。

晚快章桂从萍乡城里拿邮信回来，递给我一张明片，严肃地说："新房子烧掉了！"我看那明片是二月四日上海裘梦痕寄发的。信片上有一段说"一月初上海新闻报载石门湾缘缘堂已全部焚毁，不知尊处已得悉否"；下面又说："近来报纸上常有误载，故此消息是否确凿不得而知。"此信传到，全家十人和三个同逃难来的亲戚，齐集在一个房间里聚讼起来，有的可惜橱里的许多衣服，有的可惜堂上新置的桌凳。一个女孩子说：大风琴和打字机最舍不得。一个男孩子说：秋千架和新买的金鸡牌脚踏车最肉痛。我妻独挂念她房中的一箱垫锡器和一箱垫瓷器。她说："早知如此，悔不预先在秋千架旁的空地上掘一个地洞埋藏了，将来还可去发掘。"正在惋惜，丙潮从旁劝慰道："信片上写着'是否确凿不得而知'，那么不见得一定烧掉的。"大约他看见我默默不语，猜度我正在伤心，所以这两句照着我说。我听了却在心中苦笑。他的好意我是感谢的。但他的猜度却完全错误了。我离家后一日在途中闻知石门湾失守，早把缘缘堂置之度外，随后陆续听到这地方四得四失，便想象它已变成一片焦土，正怀念着许多亲戚朋友的安危存亡，更无余暇去怜惜自己的房屋了。况且，沿途看报某处阵亡数千人，某处被敌虐杀数百人，像我们全家逃出战区，比较起他们来已是万幸，身外之物又何足惜！我虽老弱，但只要不转乎沟壑，还可凭五寸不烂之笔来对抗暴敌，我的前途尚有希望，我决不为房屋被焚而伤心，不但如此，房屋被焚了，在我反觉轻快，此犹破釜沉舟，断绝后路，才能一心向前，勇猛精进。丙潮以空言相慰，我感谢之余，略觉嫌恶。

然而黄昏酒醒，灯孤人静，我躺在床上时，也不免想起石门湾的缘缘堂来。此堂成于中华民国二十二年，距今尚未满六岁。形式朴素，不事雕斫而高大轩敞。正南向三开间，中央铺方大砖，供养弘一法师所书《大智度论·十喻赞》，西室铺地板为书房，陈列书籍数千卷。

东室为饮食间，内通平屋三间为厨房、贮藏室，及工友的居室。前楼正寝为我与两儿女的卧室，亦有书数千卷，西间为佛堂，四壁皆经书，东间及后楼皆家人卧室。五年以来，我已同这房屋十分稔熟。现在只要一闭眼睛，便又历历地看见各个房间中的陈设，连某书架中第几层第几本是什么书都看得见，连某抽斗（儿女们曾统计过，我家共有一百二十五只抽斗）中藏着什么东西都记得清楚。现在这所房屋已经付之一炬，从此与我永诀了！

我曾和我的父亲永诀，曾和我的母亲永诀，也曾和我的姐弟及亲戚朋友们永诀，如今和房子永诀，实在值不得感伤悲哀。故当晚我躺在床里所想的不是和房子永诀的悲哀，却是毁屋的火的来源。吾乡于中华民国二十六年十一月六日，吃敌人炸弹十二枚，当场死三十二人，毁房屋数间。我家幸未死人，我屋幸未被毁。后于十一月二十三日失守，失而复得，得而复失，失而复得，得而复失……以至四进四出，那么焚毁我屋的火的来源不定；是暴敌侵略的炮火呢，还是我军抗战的炮火呢？现在我不得而知，但也不外乎这两个来源。

于是我的思想达到了一个结论：缘缘堂已被毁了。倘是我军抗战的炮火所毁，我很甘心！堂倘有知，一定也很甘心，料想它被毁时必然毫无恐怖之色和凄惨之声，应是蓦地参天，蓦地成空，让我神圣的抗战军安然通过，向前反攻的。倘是暴敌侵略的炮火所毁，那我很不甘心，堂倘有知，一定更不甘心。料想它被焚时，一定发出喑呜叱咤之声："我这里是圣迹所在，麟凤所居。尔等狗彘豺狼胆敢肆行焚毁！亵渎之罪，不容于诛！应着尔等赶速重建，还我旧观，再来伏法！"

无论是我军抗战的炮火所毁，或是暴敌侵略的炮火所毁，在最后胜利之日，我定要日本还我缘缘堂来！东战场，西战场，北战场，无数同胞因暴敌侵略所受的损失，大家先估计一下，将来我们一起同他算帐！

一九三八年

告缘缘堂在天之灵

去年十一月中，我被暴寇所逼，和你分手，离石门湾，经杭州，到桐庐小住。后来暴寇逼杭州，我又离桐庐经衢州、常山、上饶、南昌，到萍乡小住。其间两个多月，一直不得你的消息，我非常挂念。直到今天二月九日，上海裘梦痕写信来，说新闻报上登着：石门湾缘缘堂于一月初全部被毁。噩耗传来，全家为你悼惜。我已写了一篇《还我缘缘堂》为你申冤，（登在《文艺阵线》上。）现在离开你的忌辰已有百日，想你死后，一定有知。故今晨虔具清香一支，为尔祷祝，并为此文告你在天之灵：

你本来是灵的存在。中华民国十五年，我同弘一法师住在江湾永义里的租房子里，有一天我在小方纸上写许多我所喜欢而可以互相搭配的字，团成许多小纸球，撒在释迦牟尼画像前的供桌上，拿两次阄，拿起来的都是"缘"字，就给你命名曰"缘缘堂"。当即请弘一法师给你写一横额，付九华堂装裱，挂在江湾的租屋里。这是你的灵的存在的开始，后来我迁居嘉兴，又迁居上海，你都跟着我走，犹似形影相随，至于八年之久。

到了中华民国廿二年春，我方才给你赋形，在我的故乡石门湾的梅纱弄里，吾家老屋的后面，建造高楼三楹，于是你就堕地。弘一法师所写的横额太小，我另请马一浮先生为你题名。马先生给你写三个大字，并在后面题一首偈：

能缘所缘本一体，收入鸿蒙入双眦。
画师观此悟无生，架屋安名聊寄耳。
一色一香尽中道，即此非动止。
不妨彩笔绘虚空，妙用皆从如幻起。

第一句把我给你的无意的命名加了很有意义的解释，我很欢喜，就给你装饰：我办一块数十年陈旧的银杏板，请雕工把字镌上，制成一匾。堂成的一天，我在这匾上挂了彩球，把它高高地悬在你的中央。这时候想你一定比我更加欢喜。后来我又请弘一法师把《大智度论·十喻赞》写成一堂大屏，托杭州翰墨林装裱了，挂在你的两旁。匾额下面，挂着吴昌硕绘的老梅中堂。中堂旁边，又是弘一法师写的一副大对联，文为《华严经》句："欲为诸法本，心如工画师。"大对联的旁边又挂上我自己写的小对联，用杜诗句："暂止飞乌才数子，频来语燕定新巢。"中央间内，就用以上这几种壁饰，此外毫无别的流俗的琐碎的挂物，堂堂庄严，落落大方，与你的性格很是调和。东面间里，挂的都是沈子培的墨迹，和几幅古画。西面一间是我的书房，四壁图书之外，风琴上又挂着弘一法师写的长对，文曰："真观清净观，广大智慧观，梵音海潮音，胜彼世间音。"最近对面又挂着我自己写的小对，用王荆公之妹长安县君的诗句："草草杯盘供语笑，昏昏灯火话平生。"因为我家不装电灯，（因为电灯十一时即熄，且无火表。）用火油灯。我的亲戚老友常到我家闲谈平生，清茶之外，佐以小酌，直至上灯不散。油灯的暗淡和平的光度与你的建筑的亲和力，笼罩了座中人的感情，使他们十分安心，谈话娓娓不倦。故我认为油灯是与你全体很调和的。总之，我给你赋形，非常注意你全体的调和，因为你处在石门湾这个古风的小市镇中，所以我不给你穿洋装，而给你穿最合理的中国装，使你与环境调和。因为你不穿洋装，所以我不给你配置摩登家具，而亲绘图样，请木工特制最合理的中国式家具，使你内外完全调和。记得有一次，上海的友人要买一个木雕的捧茶盘的黑人送我，叫我放在室中的沙发椅子旁边。我婉言谢绝了。因为我觉得这家具与你的全身很不调和，与你的精神更相反对。你的全身简单朴素，坚固合理；这东西却怪异而轻巧。你的精神和平幸福，这东西以黑奴为俑，残忍而非人道。凡类于这东西的东西，皆不容于缘缘堂中。故你是灵肉完全调和的一件艺术品！我同你相处虽然只有五年，这五年的生活，真足够使我回想：

春天，两株重瓣桃戴了满头的花，在你的门前站岗。门内朱栏映着粉墙，蔷薇衬着绿叶。院中的秋千亭亭地站着，檐下的铁马丁东地唱着。堂前有呢喃的燕语，窗中传出弄剪刀的声音。这一片和平幸福的光景，使我永远不忘。

夏天，红了的樱桃与绿了的芭蕉在堂前作成强烈的对比，向人暗示“无常”的至理。葡萄棚上的新叶把室中的人物映成青色，添上了一层画意。垂帘外时见参差的人影，秋千架上常有和乐的笑语。门前刚才挑过一担“新市水蜜桃”，又挑来一担“桐乡醉李”。堂前喊一声“开西瓜了！”霎时间楼上楼下走出来许多兄弟姊妹。傍晚来一个客人，芭蕉阴下立刻摆起小酌的座位。这一种欢喜畅快的生活，使我永远不忘。

秋天，芭蕉的长大的叶子高出墙外，又在堂前盖造一个重叠的绿幕。葡萄棚下的梯子上不断地有孩子们爬上爬下。窗前的几上不断地供着一盆本产的葡萄。夜间明月照着高楼，楼下的水门汀好像一片湖光。四壁的秋虫齐声合奏，在枕上听来浑似管弦乐合奏。这一种安闲舒适的情况，使我永远不忘。

冬天，南向的高楼中一天到晚晒着太阳，温暖的炭炉里不断地煎着茶汤。我们全家一桌人坐在太阳里吃冬春米饭，吃到后来都要出汗解衣裳。廊下堆着许多晒干的芋头，屋角里摆着两三坛新米酒，菜橱里还有自制的臭豆腐干和霉千张。星期六的晚上，孩子们陪我写作到夜深，常在火炉里煨些年糕，洋灶上煮些鸡蛋来充冬夜的饥肠。这一种温暖安逸的趣味，使我永远不忘。

你是我安息之所。你是我的归宿之处。我正想在你的怀里度我的晚年，我准备在你的正寝里寿终。谁知你的年龄还不满六岁，忽被暴敌所摧残，使我流离失所，从此不得与你再见！

犹记得我同你相处的最后的一日：那是去年十一月六日，初冬的下午，芭蕉还未凋零，长长的叶子要同粉墙争高，把浓重的绿影送到窗前。我坐在你的西室中对着蒋坚忍著的《日本帝国主义侵略中国史》，一面阅读，一面札记，准备把日本侵华的无数事件——自明代倭寇扰海岸直至“八一三”的侵略战——一一用漫画写出，编成一册《漫画日本侵华史》，照《护生画集》的办法，以最廉价广销各地，使略识之无的中国人都能了解，使未受教育的文盲也能看懂。你的小主人们因为杭州的学校都迁移了，没有进学，大家围着窗前的方桌，共同自修几何学。你的主母等正在东室里做她们的缝纫。两点钟光景忽然两架敌机在你的顶上出现。飞得很低，声音很响，来而复去，去而复来，正在石门湾的上空兜圈子。我知道情形不好，立刻起身唤家人一齐站在你的墙下。忽然，砰的一声，你的数百块窗玻璃齐声叫喊起来。这分明是有炸弹投在石门湾的市内了，然我还是犹豫未信。我想，这小市镇内只有四五百份人家，都是无辜的平民，全无抗战的设备。即使暴敌残忍如野兽，炸弹也很费钱，料想他们是不肯滥投的，谁知没有想完，又是更响的两声，轰！轰！你的墙壁全部发抖，你的地板统统跳跃，桌子上的热水瓶和水烟筒一齐翻落地上，这两个炸弹投在你后门口数丈之外！这时候我家十人准备和你同归于尽了。因为你在周围的屋子中，个子特别高大，样子特别惹眼，是一个最大的目标。我们也想离开了你，逃到野外去。然而窗外机关枪声不断，逃出去必然是寻死的。

与其死在野外，不如与你同归于尽，所以我们大家站着不动，幸而炸弹没有光降到你身上。东市南市又继续砰砰地响了好几声。两架敌机在市空盘旋了两个钟头，方才离去。事后我们出门探看，东市烧了房屋，死了十余人，中市毁了凉棚，也死了十余人。你的后门口数丈之外，躺着五个我们的邻人。有的脑浆迸出，早已殒命。有的吟呻叫喊，伸起手来向旁人说：“救救我呀！”公安局统计，这一天当时死三十二人，相继而死者共有一百余人。残生的石门湾人疾首蹙额地互相告曰：“一定是乍浦登陆了，明天还要来呢，我们逃避吧！”是日傍晚，全镇逃避一空。有的背了包裹步行入乡，有的扶老携幼，搭小舟入乡。四五百份人家门户严扃，全镇顿成死市。我正求船不得，南沈浜的亲戚蒋氏兄弟一齐赶到并且放了一只船来。我们全家老幼十人就在这一天的灰色的薄暮中和你告别，匆匆入乡。大家以为暂时避乡，将来总得回来的。谁知这是我们相处的最后一日呢？

我犹记得我同你诀别的最后的一夜，那是十一月十五日，我在南沈浜乡间已经避居九天了。九天之中，敌机常常来袭。我们在乡间望见它们从海边飞来，到达石门湾市空，从容地飞下，公然地投弹。幸而全市已空，他们的炸弹全是白费的。因此，我们白天都不敢出市。到了晚上，大家出去搬取东西。这一天我同了你的小主人陈宝，黑夜出市，回家取书，同时就是和你诀别。我走进你的门，看见芭蕉孤危地矗立着，二十余扇玻璃窗紧紧地闭着，全部寂静，毫无声息。缺月从芭蕉间照着你，作凄凉之色。我跨进堂前，看见一只饿瘦了的黄狗躺在沙发椅子上，被我用电筒一照，突然起身，给我吓了一跳。我走上楼梯，楼门边转出一只饿瘦了的老黑猫来，举头向我注视，发出数声悠长而无力的叫声，并且依依在陈宝的脚边，不肯离去。我们找些冷饭残菜喂了猫狗，然后开始取书。我把我所欢喜的，最近有用的，和重价买来的书选出了两网篮，明天饬人送到乡下。为恐敌机再来投烧夷弹，毁了你的全部。但我竭力把这念头遏住，勿使它明显地浮出到意识上来，因为我不忍让你被毁，不愿和你永诀的！我装好两网篮书，已是十一点钟，肚里略有些饥。开开橱门，发见其中一包花生和半瓶玫瑰烧酒，就拿到堂西的书室里放在“草草杯盘供语笑，昏昏灯火话平生”的对联旁边的酒桌子上，两人共食。我用花生下酒，她吃花生相陪。我发见她嚼花生米的声音特别清晰而响亮，各隆，各隆，各隆，各隆……好像市心里演戏的鼓声。我的酒杯放到桌子上，也戛然地振响，满间屋子发出回声。这使我感到环境的静寂，绝对的静寂，死一般的静寂，为我生以来所未有。我拿起电筒，同陈宝二人走出门去，看一看这异常的环境，我们从东至西，从南到北，穿遍了石门湾的街道，不见半个人影，不见半点火光。但有几条饿瘦了的狗躺在巷口，见了我们，勉强站起来，发出几声凄惨的愤懑的叫声。只有下西弄里一家铺子的楼上，有老年人的咳嗽声，其声为环境的寂静所衬托，异常清楚，异常可怕。我们不久就回家。我们在你的楼上的正寝中睡了半夜。天色黎明，即起身入乡，恐怕敌机一早就来。我出门的时候，回头一看，朱栏映着粉墙，樱桃傍着芭蕉，二十多扇玻璃窗紧紧地关闭着，在黎明中反射出惨淡的光辉。我在心中对你告别：“缘缘堂，再会吧！我们将来再见！”谁知这一瞬间正是我们的永诀，我们永远不得再见了！

以上我说了许多往事，似有不堪回首之悲，其实不然！我今谨告你在天之灵，我们现在虽然不得再见，但这是暂时的，将来我们必有更光荣的团聚。因为你是暴敌的侵略的炮火所摧残的，或是我们的神圣抗战的反攻的炮火所焚毁的。倘属前者，你的在天之灵一定同我一样地愤慨，翘盼着最后的胜利为你复仇，决不会悲哀失望的。倘属后者，你的在天之灵一定同我一样地毫不介意；料想你被焚时一定蓦地成空，让神圣的抗战军安然通过，替你去报仇，也决不会悲哀失望的。不但不会悲哀失望，我又觉得非常光荣。因为我们是为公理而抗战，为正义而抗战，为人道而抗战。我们为欲歼灭暴敌，以维持世界人类的和平幸福，我们不惜焦土。你做了焦土抗战的先锋，这真是何等光荣的事。最后的胜利快到了！你不久一定会复活！我们不久一定团聚，更光荣的团聚！

一九三八年《宇宙风》第67期（一九三八年五月一日）

辞缘缘堂

走了五省，经过大小百数十个码头，才知道我的故乡石门湾，真是一个好地方。它位在浙江北部的大平原中，杭州和嘉兴的中间，而离沪杭铁路三十里。这三十里有小轮船可通。每天早晨从石门湾搭轮船，溯运河走两小时，便到了沪杭铁路上的长安车站。由此搭车，南行一小时到杭州；北行一小时到嘉兴，三小时到上海。到嘉兴或杭州的人，倘有余闲与逸兴，可屏除这些近代式的交通工具，而雇客船走运河。这条运河南达杭州，北通嘉兴、上海、苏州、南京，直至河北。经过我们石门湾的时候，转一个大湾。石门湾由此得名。无数朱漆栏杆玻璃窗的客船，聚集在这湾里，等候你去雇。你可挑选最中意的一只。一天到嘉兴，一天半到杭州，船价不过三五圆。倘有三四个人同舟，旅费并不比乘轮船火车贵。胜于乘轮船火车者有三：开船时间由你定，不象轮船火车的要你去恭候。一也。行李不必用力捆扎，用心检点，但把被、褥、枕头、书册、烟袋、茶壶、热水瓶，甚至酒壶、菜……往船舱里送。船家自会给你布置在玻璃窗下的小榻及四仙桌上。你下船时仿佛走进自己的房间一样。二也。经过码头，你可关照船家暂时停泊，上岸去眺瞩或买物。这是轮船火车所办不到的。三也。倘到杭州你可在塘栖一宿，上岸买些本地名产的糖枇杷、糖佛手；再到靠河边的小酒店里去找一个幽静的座位，点几个小盆：冬笋、茭白、荠菜、毛豆、鲜菱、良乡栗子、熟荸荠……烫两碗花雕。你尽管浅斟细酌，迟迟回船歇息。天下雨也可不管，因为塘栖街上全是凉棚，下雨是不相干的。这样，半路上多游了一个码头，而且非常从容自由。这种富有诗趣的旅行，靠近火车站地方的人不易做到，只有我们石门湾的人可以自由享受。因为靠近火车站地方的人，乘车太便当；即使另有水路可通，没有人肯走；因而没有客船的供应。只有石门湾，火车不即不离，而运河躺在身边，方始有这种特殊的旅行法。然客船并非专走长路。往返于相距二三十里的小城市间，是其常业。盖运河两旁，支流繁多，港汊错综。倘从飞机上俯瞰，这些水道正象一个渔网。这个渔网的线旁密密地撒布着无数城市乡镇，“三里一村，五里一市，十里一镇，二十里一县。”用这话来形容江南水乡人烟稠密之状，决不是夸张的。我们石门湾就是位在这网的中央的一个镇。所以水路四通八达，交通运输异常便利。我们不需要用脚走路。下乡，出市，送客，归宁，求神，拜佛，即使三五里的距离，也乐得坐船。倘使要到十八里（我们称为二九）远的崇德城里，每天有两班轮船，还有各种便船，决不要用脚走路。除了赤贫、大俭，以及背纤者之类以外，倘使你“走”到了城里，旁人都得惊讶，家人将怕你伤筋，你自己也要觉得吃力。唉！我的故乡真是安乐之乡！把这些话告诉每天挑着担子走一百几十里崎岖的山路的内地人，恐怕他们不会相信，不能理解，或者笑为神话！孟子曰：“生于忧患，死于安乐。”这回江南的空前浩劫，也许就是这种安乐的报应罢！

然而好逸恶劳，毕竟是人之常情。克服自然，正是文明的进步。不然，内地人为什么要努力造公路，筑铁路，治开垦呢？忧患而不进步，未必能生；安乐而不骄惰，决不致死。所以我对于我们的安乐的故乡，始终是心神向往的。何况天时胜如它的地利呢！石门湾离海边约四五十里，四周是大平原，气候当然是海洋性的。然而因为河道密布如网，水陆的调剂特别均匀，所以寒燠的变化特别缓和。由夏到冬，由冬到夏，渐渐地推移，使人不知不觉。中产以上的人，每人有六套衣服：夏衣、单衣、夹衣、絮袄（木棉的）、小绵袄（薄丝绵）、大绵袄（厚丝绵）。六套衣服逐渐递换，不知不觉之间寒来暑往，循环成岁。而每一回首，又觉得两月之前，气象大异，情景悬殊。盖春夏秋冬四季的个性的表现，非常明显。故自然之美，最为丰富；诗趣画意，俯拾即是。我流亡之后，经过许多地方。有的气候变化太单纯，半年夏而半年冬，脱了单衣换棉衣。有的气候变化太剧烈，一日之内有冬夏，捧了火炉吃西瓜。这都不是和平中正之道，我很不惯。这时候方始知道我的故乡的天时之胜。在这样的天时之下，我们郊外的大平原中没有一块荒地，全是作物。稻麦之外，四时蔬果不绝，风味各殊。尝到一物的滋味，可以联想一季的风光，可以梦见往昔的情景。往年我在上海功德林，冬天吃新蚕豆，一时故乡清明赛会、扫墓、踏青、种树之景，以及绸衫、小帽、酒旗、戏鼓之状，憬然在目，恍如身入其境。这种情形在他乡固然也有，而对故乡的物产特别敏感。倘然遇见桑树和丝绵，那更使我心中涌起乡思来。因为这是我乡一带特有的产物；而在石门湾尤为普遍。除了城市人不劳而获以外，乡村人家，无论贫富，春天都养蚕，称为"看宝宝"。他们的食仰给于田地，衣仰给于宝宝。所以丝绵在我乡是极普通的衣料。古人要五十岁才得衣帛；我们的乡人无论老少都穿丝绵。他方人出重价买了我乡的输出品，请"翻丝绵"的专家特制了，视为狐裘一类的贵重品；我乡则人人会翻，乞丐身上也穿丝绵。"人生衣食真难事"，而我乡人得天独厚，这不可以不感谢，惭愧而且惕励！我以上这一番缕述，并非想拿来夸耀，正是要表示感谢、惭愧、惕励的意思。读者中倘有我的同乡，或许会发生同感。

缘缘堂就建在这富有诗趣画意而得天独厚的环境中。运河大转弯的地方，分出一条支流来。距运河约二三百步，支流的岸旁，有一所染坊店。名曰丰同裕。店里面有一所老屋，名曰敦德堂。敦德堂里面便是缘缘堂。缘缘堂后面是市梢。市梢后面遍地桑麻，中间点缀着小桥、流水、大树、长亭，便是我的游钓之地了。之后就有这染坊店和老屋。这是我父祖三代以来歌哭生聚的地方。直到民国二十二年缘缘堂成，我们才离开这老屋的怀抱。所以它给我的荫庇与印象，比缘缘堂深厚得多。虽然其高只及缘缘堂之半，其大不过缘缘堂的五分之一，其陋甚于缘缘堂的柴间，但在灰烬之后，我对它的悼惜比缘缘堂更深。因为这好比是老树的根，缘缘堂好比是树上的枝叶。枝叶虽然比根庞大而美观，然而都是从这根上生出来的。流亡以后，我每逢在报纸上看到了关于石门湾的消息，晚上就梦见故国平居时的旧事。

而梦的背景，大都是这百年老屋。我梦见我孩提时的光景：夏天的傍晚，祖母穿了一件竹布衣，坐在染坊店门口河岸上的栏杆边吃蟹酒。祖母是善于享乐的人，四时佳兴都很浓厚。但因为屋里太窄，我们姊弟众多，把祖母挤出在河岸上。我梦见父亲中乡试时的光景：几方丈大小的老屋里拥了无数的人，挤得水泄不通。我高高地坐在店伙计祁官的肩头上，夹在人丛中，看父亲拜北阙。我又梦见父亲晚酌的光景：大家吃过夜饭，父亲才从地板间里的鸦片榻上起身，走到厅上来晚酌。桌上照例是一壶酒，一盖碗热豆腐干，一盆麻酱油，和一只老猫。父亲一边看书，一边用豆腐干下酒，时时摘下一粒豆腐干来喂老猫，那时我们得在地板间里闲玩一下。这地板间的窗前是一个小天井，天井里养着乌龟，我们喊它为“臭天井”。

臭天井旁边便是灶间。饭脚水常从灶间里飞出来，哺养臭天井里的乌龟。因此烟气、腥气、臭气，地板间里时有所闻。然而这是老屋里最精华的一处地方了。父亲在室时，我们小孩子是不敢轻易走进去的。我的父亲中了举人之后就丁艰。丁艰后科举就废。他的性情又廉洁而好静，一直闲居在老屋中，四十二岁上患肺病而命终在这地板间里。我九岁上便是这老屋里的一个孤儿了。缘缘堂落成后，我常常想：倘得像缘缘堂的柴间或磨子间那样的一个房间来供养我的父亲，也许他不致中年病肺而早逝。然而我不能供养他！每念及此，便觉缘缘堂的建造毫无意义，人生也毫无意义！我又梦见母亲拿了六尺杆量地皮的情景：母亲早年就在老屋背后买一块地（就是缘缘堂的基地），似乎预知将来有一天造新房子的。我二十一岁就结婚。结婚后得了“子烦恼”，几乎年年生一个孩子。率妻子糊口四方，所收入的自顾不暇。

母亲带着我的次女住在老屋里，染坊店至数十亩薄田所入虽能供养，亦没有余裕。所以造房这念头，一向被抑在心的底层。我三十岁上送妻子回家奉母。老屋抚育了我们三代，伴了我的母亲十年，这时候衰颓得很，门坍壁裂，渐渐表示无力再荫庇我们这许多人了。幸而我的生活渐渐宽裕起来，每年多少有几叠钞票交送母亲。造屋这念头，有一天偷偷地从母亲心底里浮出来，邻家正在请木匠修门窗，母亲借了他的六尺杆，同我两人到后面的空地里去测量一回，计议一回。回来的时候低声关照我："切勿对别人讲!"那时我血气方刚，率然地对母亲说："我们决计造！钱我有准备!"就把收入的预算历历数给她听。这是年轻人的作风，事业的失败往往由此；事业的速成也往往由此。然而老年人脚踏实地，如何肯冒险呢？六尺杆还了木匠。造屋的念头依旧沉淀在母亲的心底里。它不再浮起来。直到两年之后，母亲把这念头交付了我们而长逝。又三年之后，它方才成形具体，而实现在地上。这便是缘缘堂。

犹记得堂成的前几天，全家齐集在老屋里等候乔迁。两代姑母带了孩童仆从，也来挤在老屋里助喜。低小破旧的老屋里挤了二三十个人，肩摩踵接，踢脚绊手，闹得象戏场一般。大家知道未来的幸福紧接在后头，所以故意倾轧。老人家几被小孩子推倒了，笑着喝骂。小脚被大脚踏痛了，笑着叫苦。在这时候，我们觉得苦痛比欢乐更为幸福。低小破旧的老屋比琼楼玉宇更有光彩！我们住新房子的欢喜与幸福，其实以此为极！真个迁入之后，也不过尔尔；况且不久之后，别的渴望与企图就来代替你的欢乐，人世的变故行将妨碍你的幸福了！

只有希望中的幸福，才是最纯粹、最彻底、最完全的幸福。那是我们全家的人都经验了这种幸福。只有最初置办基地，发心建造，而首先用六尺杆测量地皮的人，独自静静地安眠在五里外的长松衰草之下，不来参加我们的欢喜。似乎知道不久将有暴力来摧毁这幸福，所以不屑参加似的。缘缘堂构造用中国式，取其坚固坦白，形式用近世风，取其单纯明快。一切因袭、奢侈、烦琐、无谓的布置与装饰，一概不入。全体正直。（为了这点，工事中我曾费数百圆拆造过，全镇传为奇谈）高大、轩敞、明爽，具有深沉朴素之美。正南向的三间，中央铺大方砖，正中悬挂马一浮先生写的堂额。壁间常悬的是弘一法师写的《大智度论·十喻赞》和"欲为诸法本，心如工画师"的对联。西室是我的书斋，四壁陈列图书数千卷，风琴上常挂弘一法师写的"真观清净观，广大智慧观；梵音海潮音，胜彼世间音"的长联。东室为食堂，内联走廊、厨房、平屋。四壁悬的都是沈寐叟的墨迹。

堂前大天井中种着芭蕉、樱桃和蔷薇。门外种着桃花。后堂三间小室，窗子临着院落，院内有葡萄棚、秋千架、冬青和桂树。楼上设走廊，廊内六扇门，通入六个独立的房间，便是我们的寝室。秋千院落的后面，是平屋、阁楼、厨房和工人的房间。——所谓缘缘堂者，如此而已矣。读者或将见笑：这样简陋的屋子，我却在这里扬眉瞬目，自鸣得意，所见与井底之蛙何异？我要借王禹偁的话作答："彼齐云、落星，高则高矣。井干、丽谯，华则华矣。止于贮妓女，藏歌舞，非骚人之事，吾所不取。"我不是骚人，但确信环境支配文化。我认为这样光明正大的环境，适合我的胸怀，可以涵养孩子们的好真、乐善、爱美的天性。我只费六千金的建筑费，但倘秦始皇要拿阿房宫来同我交换，石季伦愿把金谷园来和我对调，我决不同意。自民国二十二年春日落成，以至二十六年残冬被毁，我们在缘缘堂的怀抱里的日子约有五年。现在回想这五年间的生活，处处足使我憧憬：春天，两株重瓣桃戴了满头的花，在门前站岗。门内朱楼映着粉墙，蔷薇衬着绿叶。院中秋千亭亭地立着，檐下铁马丁东地响着。堂前燕子呢喃，窗内有"小语春风弄剪刀"的声音。这和平幸福的光景，使我难忘。夏天，红了樱桃，绿了芭蕉，在堂前作成强烈的对比，向人暗示"无常"的幻相。葡萄棚上的新叶，把室中人物映成绿色的统调，添上一种画意。垂帘外时见参差人影，秋千架上时闻笑语。门外刚挑过一担"新市水蜜桃"，又来了一担"桐乡醉李"。喊一声"开西瓜了"，忽然从楼上楼下引出许多兄弟姊妹。傍晚来一位客人，芭蕉荫下立刻摆起小酌的座位。这畅适的生活也使我难忘。秋天，芭蕉的叶子高出墙外，又在堂前盖造一个天然的绿幕。葡萄棚上果实累累，时有儿童在棚下的梯子上爬上爬下。夜来明月照高楼，楼下的水门汀映成一片湖光。各处房栊里有人挑灯夜读，伴着秋虫的合奏。这清幽的情况又使我难忘。冬天，屋子里一天到晚晒着太阳，炭炉上时闻普洱茶香。坐在太阳旁边吃冬舂米饭，吃到后来都要出汗解衣服。廊下晒着一堆芋头，屋角里藏着两瓮新米酒，菜橱里还有自制的臭豆腐干和霉千张。星期六的晚上，儿童们伴着坐到深夜，大家在火炉上烘年糕，煨白果，直到北斗星转向。这安逸的滋味也使我难忘。现在飘泊四方，已经两年。有时住旅馆，有时住船，有时住村舍、茅屋、祠堂、牛棚。但凡我身所在的地方，只要一闭眼睛，就看见无处不是缘缘堂。

平生不善守钱。余剩的钞票超过了定数，就坐立不安，非想法使尽它不可。缘缘堂落成后一年，这种钞票作怪，我就在杭州租了一所房子，请两名工人留守，以代替我游杭的旅馆。这仿佛是缘缘堂的支部。旁人则戏称它为我的“行宫”。他们怪我不在杭州赚钱，而无端去作寓公。但我自以为是。古人有言：“不为无益之事，何以遣有涯之生？”我相信这句话，而且想借庄子的论调来加个注解：益就是利。“吾生也有涯，而利也无涯，以有涯遣无涯，殆已！已而为利者，殆而已矣！”所以要遣有涯之生，须为无利之事，杭州之所以能给我尽美的印象者，就为了我对它无利害关系，所见的常是它的艺术方面的原故。那时我春秋居杭州，冬夏居缘缘堂，书笔之余，恣情盘桓，饱尝了两地的风味：西湖好景，尽在于春秋二季。春日浓妆，秋季淡抹，一样相宜。我最喜于无名的地方，游众所不会到的地方，玩赏其胜景。我把三潭印月、岳庙等大名鼎鼎的地方让给别人游。人弃我取，人取我与。这是范蠡致富的秘诀，移用在欣赏上，也大得其宜。西湖春秋佳日的真相，我都欣赏过了。苏东坡说：“毕竟西湖六月中，风光不与四时同。”某雅人说：“晴湖不及雨湖，雨湖不及雪湖。”言之或有其理；但我不敢附和。因为我怕热怕冷。我到夏天必须返缘缘堂。石门湾到处有河水调剂，即使天热，也热得缓和而气爽，不致闷人。缘缘堂南向而高敞，西瓜、凉粉常备，远胜于电风扇、冰淇凌。冬天大家过年，贺岁，饮酴酥酒更非回乡参与不可。我常常往返于石门湾与杭州之间，被别人视为无事忙。那时我读书并不抛废，笔墨也相当地忙；而如此忙里偷闲地热心于游玩与欣赏，今日思之，并非偶然；我似乎预知江南浩劫之将至，故乡不可以久留，所以尽量欣赏，不遗余力的。

“八一三”事起，我们全家在缘缘堂，杭州有空袭，特派人把留守的女工叫了回来，把“行宫”关闭了。城站被炸，杭州人纷纷逃乡，我又派人把“行宫”取消，把其中的书籍、器具装船载回石门湾。两处的器物集中在一处，异常热闹。我们费了好几天的工夫，整理书籍，布置家具。把缘缘堂装潢得面目一新。邻家的妇孺没有坐过沙发，特地来坐坐杭州搬来的沙发。（我不喜欢沙发，因为它不抵抗。这些都是友朋赠送的。）店里的伙计没有见过开关热水壶，当它是个宝鼎。上海南市已成火海了，我们躲在石门湾里自得其乐。今日思之，太不识时务。最初，汉口的朋友写信来，说浙江非安全之地，劝我早日率眷赴汉口。四川的朋友也写信来，说战事必致扩大，劝我早日携眷入川。我想起了白居易的《问友》诗："种兰不种艾，兰生艾亦生。根荄相交长，茎叶相附荣。香茎与臭叶，日夜俱长大。锄艾恐伤兰，溉兰恐滋艾。兰亦未能溉，艾亦未能除。沉吟意不决，问君合何如？"铲除暴徒，以雪百年来浸润之耻，谁曰不愿，糜烂土地，荼毒生灵，去父母之邦，岂人之所乐哉？因此沉吟意不决者累日。终于在方寸中决定了"移兰"之策。种兰而艾生于其旁，而且很近，甚至根荄相交，茎叶相附，可见种兰的地方选得不好。兰既不得其所，用不着锄或溉，只有迁地为良。其法：把兰好好地掘起，慎勿伤根折叶。然后郑重地移到名山胜境，去种在杜衡芳芷所生的地方。然后拿起锄头来，狠命地锄，把那臭叶连根铲尽。或者不必用锄，但须放一把火，烧成一片焦土。将来再种兰时，灰肥倒有用处。这"移兰锄艾"之策，乃不易之论。香山居士死而有知，一定在地下点头。

然而这兰的根，深固得很，一时很不容易掘起！况且近来根上又壅培了许多壤土，使它更加稳固繁荣了。第一：杭州搬回来的家具，把缘缘堂装点得富丽堂皇，个个房间里有明窗净几，屏条对画。古圣人弃天下如弃敝屣；我们真惭愧，一时大家舍不得抛弃这些赘累之物。第二：上海、松江、嘉兴、杭州各地迁来了许多人家。石门湾本地人就误认这是桃源。谈论时局，大家都说这地方远离铁路公路，不会遭兵火。况且镇小得很，全无设防，空袭也决不会来。听的人附和地说道："真的！炸弹很贵。石门湾即使请他来炸，他也不肯来的！"另一人根据了他的军事眼光而发表预言："他们打到了松江、嘉兴，一定向北走苏嘉路，与沪宁路夹攻南京。嘉兴以南，他们不会打过来。杭州不过是风景地点，取得了没有用。所以我们这里是不要紧的。"又有人附和："杭州每年香火无量，西湖底里全是香灰！这佛地是决不

家住夕陽江上邨一灣流水遶柴門種來
松樹高於屋借與春禽養子孫
子愷畫

家住夕阳江上村　一弯流水绕柴门

种来松树高于屋　借与春禽养子孙

会遭殃的。只要杭州无事，我们这里就安。”我虽决定了移兰之策，然而众口铄金，况且谁高兴逃难？于是存了百分之一的幸免之心。第三：我家世居石门湾，亲戚故旧甚多。外面打仗，我家全部迁回了，戚友往来更密。一则要探听一点消息，二则要得到相互的慰藉。讲起逃难，大家都说：“要逃我们总得一起走。”但下文总是紧接着一句：“我们这里总是不要紧的。”后来我流亡各地，才知道每一地方的人，都是这样自慰的。呜呼！

“民之秉夷，好是懿德。”普天之下，凡有血气者，莫不爱好和平，厌恶战争。我们忍痛抗战，是不得已的。而世间竟有以侵略为事，以杀人为业的暴徒，我很想剖开他们的心来看看，是虎的，还是狼的？

阴历九月二十六日，是我四十岁的生辰。这时松江已经失守，嘉兴已经炸得不成样子。我家还是做寿。糕桃寿面，陈列了两桌；远近亲朋，坐满了一堂。堂上高烧红烛，室内开设素筵。屋里充满了祥瑞之色和祝贺之意。而宾朋的谈话异乎寻常：有一人是从上海南站搭火车逃回来的。他说：火车顶上坐满了人，还没有开，忽听得飞机声，火车突然飞奔。顶上的人纷纷坠下，有的坠在轨道旁，手脚被轮子碾断，惊呼嚎啕之声淹没了火车的开动声！又有一人怕乘火车，是由龙华走水道逃回来的。他说上海南市变成火海。无数难民无家可归，聚立在民国路法租界的紧闭的铁栅门边，日夜站着。落雨还是小事，没有吃真惨！法租界里的同胞拿面包隔铁栅抛过去，无数饿人乱抢。有的面包落在地上的大小便中，他们管自挣得去吃！我们一个本家从嘉兴逃回来，他说有一次轰炸，他躲在东门的铁路桥下，看见一个妇人抱着一个婴孩，躲在墙脚边喂奶。忽然车站附近落下一个炸弹。弹片飞来，恰好把那妇人的头削去。在削去后的一瞬间中，这无头的妇人依旧抱着婴孩危坐着，并不倒下；婴孩也依旧吃奶。我听了他的话，想起了一个动人的故事，就讲给人听：从前有一个猎人入山打猎，远远看见一只大熊坐在涧水边，他就对准要害发出一枪。大熊危坐不动。他连发数枪，均中要害，大熊老是危坐不动。他走近去察看，看见大熊两眼已闭，血水从颈中流下，确已命中。但是它两只前脚抱住一块大石头，危坐涧水边，一动也不动。猎人再走近去细看，才看见大石头底下的涧水中，有三四小熊正在饮水。大熊中弹之后，倘倒下了，那大石头落下去，势必压死她的三个小宝贝。她被这至诚的热爱所感，死了也不倒。直待猎人掇去了她手中的石头，她方才倒下。猎人从此改业。(我写到这里，忽把“它”改写为“她”，把“前足”改写为“手”。排字人请勿排错，读者请勿谓我写错。因为我看见这熊其实非兽，已经变人。而有些人反变了禽兽!）呜呼！禽兽尚且如此，何况于人。我讲了这故事，上述的惨剧被显得更惨，满座为之叹息。然而堂前的红烛得了这种惨剧的衬托，显得更加光明，仿佛在对人说：“四座且勿悲，有我在这里！炸弹杀人，我祝人寿。除了极少数的暴徒以外，世界上没有一个人不厌恶惨死而欢喜长寿，没有一个人不好仁而恶暴。仁能克暴，可知我比炸弹力强得多。目前虽有炸弹猖獗，最后胜利一定是我的!”坐客似乎都听见了这番话，大家欣然地散去了。这便是缘缘堂最后一次的聚会。祝寿后一星期，那些炸弹就猖獗到石门湾，促成了我的移兰之计。

民国二十六年十一月六日，即旧历十月初四日，是无辜的石门湾被宣告死刑的日子。古人叹人生之无常，夸张地说：“朝为媚少年，夕暮成丑老。”石门湾在那一天，朝晨依旧是喧阗扰攘，安居乐业，晚快忽然水流云散，阒其无人。真可谓“朝为繁华街，夕暮成死市”。这“朝夕”二字并非夸张，却是写实。那一天我早上起来，并不觉得甚么异常。依旧洗脸，吃粥。上午照例坐在书斋里工作，我正在画一册《漫画日本侵华史》，根据了蒋坚忍著的《日本帝国主义侵略中国史》而作的。我想把每个事件描写为图画，加以简单的说明。一页说明与一页图画相对照，形似《护生画集》。希望文盲也看得懂。再照《护生画集》的办法，照印本贱卖，使小学生都有购买力。这计划是“八一三”以后决定的，这时候正在起稿，尚未完成。我的子女中，陈宝、林先、宁馨、华瞻四人向在杭州各中学肄业，这学期不得上学，都在家自修。上午规定是用功时间。还有二人，元草与一吟，正在本地小学肄业，一早就上学去。所以上午家里很静。只听得玻璃窗震响。我以为是有人在窗棂上碰了一下之故，并不介意。后来又是震响，一连数次。我觉得响声很特别：轻微而普遍。楼上楼下几百块窗玻璃，仿佛同时一齐震动，发出远钟似的声音。心知不妙，出门探问，邻居也都在惊奇。大家猜想，大约是附近的城市被轰炸了。响声停止了以后，就有人说：“我们这小地方，没有设防，决不会来炸的。”别的人又附和说：“请他来炸也不肯来的！”大家照旧安居乐业。后来才知道这天上午崇德被炸。

正午，我们全家十个人围着圆桌正在吃午饭的时候，听见飞机声。不久一架双翼侦察机低低地飞过。我在食桌上通过玻璃窗望去，可以看得清人影。石门湾没有警报设备。以前飞机常常过境，也辨不出是敌机还是自己的。大家跑出去，站在门口或桥上，仰起了头观赏，如同春天看纸鸢，秋天看月亮一样。“请他来炸也不肯来的”这一句话，大约是这种经验所养成的。这一天大家依旧出来观赏。那侦察机果然兜一个圈子给他们看，随后就飞去了。我们并不出去观赏，但也不逃，照常办事。我上午听见震响，这时又看见这侦察机低飞，心知不妙。但犹冀望它是来侦察有无设防。倘发见没有军队驻扎，就不会来轰炸。谁知他们正要选择不设防城市来轰炸，可以放心地投炸弹，可以多杀些人。这侦察机盘旋一周，看见毫无一个军人，纯是民众妇孺，而且都站在门外，非常满意，立刻回去报告，当即派轰炸机来屠杀。

下午二时，我们正在继续工作，又听到飞机声。我本能地立起身，招呼坐在窗下的孩子们都走进来，立在屋的里面。就听见砰的一声，很近。窗门都震动。继续又是砰的一声。家里的人都集拢来，站在东室的扶梯下，相对无言。但听得墙外奔走呼号之声。我本能地说：“不要紧！”说过之后，才觉得这句话完全虚空。在平常，生活中遇到问题，我以父亲、家主、保护者的资格说这句话，是很有力的，很可以慰人的。但在这时候，我这保护者已经失却了说这句话的资格，地面上无论哪一个人的生死之权都操在空中的刽子手手里了！忽然一阵冰雹似的声音在附近的屋瓦上响过，接着沉重地一声震响。墙壁摆动，桌椅跳跃，热水瓶、水烟袋翻落地上，玻璃窗齐声大叫。我们这一群人集紧一步，挤成一堆，默然不语，但听见墙外奔走呼号之声比前更急。忽想起了上学的两个孩子没有回家，生死不明，大家担心得很。然而飞机还在盘旋，炸弹、机关枪还在远近各处爆响。我们是否可以免死，尚未可知，也顾不得许多了。忽然九岁的一吟哭着逃进门来。大家问她“阿哥呢?”她不知道，但说学校近旁落了一个炸弹，响得很，学校里的人都逃光，阿哥也不知去向。她独自逃回来，将近后门，离身不远之处，又是一个炸弹，一阵机关枪。她在路旁的屋宇下躲了一下，幸未中弹，等到飞机过了，才哭着逃回家来。这时候飞机声远了些，紧张渐渐过去。我看见自己跟一群人站在扶梯底下，头上共戴一条丝绵被（不知是何时何人拿来的)，好似元宵节迎龙灯模样，觉得好笑；又觉得这不过骗骗自己而已，不是安全的办法。定神一想，知道刚才的大震响，是落在后门外的炸弹所发。一吟在路上遇见的也就是这个炸弹。推想这炸弹大约是以我家为目标而投的。因为在这环境中，我们的房子最高大，最触目，犹如鹤立鸡群。那刽子手意欲毁坏它；可惜手段欠高明。但飞机还没离去，大有再来的可能，非预防不可。于是有人提议，钻进桌子底下，而把丝绵被覆在桌上。立刻实行。我在三十余年前的幼童时代，曾经作此游戏。以后永没有钻过桌底。现在年已过半，却效儿戏；又看见七十岁的老太太也效儿戏。这情状实在可笑。且男女老幼共钻桌底，大类穴居野处的禽兽生活，这行为又实在可耻。这可说是二十世纪物质文明时代特有的盛况！

我们在桌子底下坐了约一小时，飞机声始息。时钟已指四时。在学的孩子元草，这时候方始回来。他跟了人逃出学校，奔向野外，幸未被难。邻居友朋都来慰问，我也出去调查损失。才知道这两小时内共投炸弹大小十余枚，机关枪无算。东市炸毁一屋，全家四人压死在内。医生魏达三躲在晒着的稻穗下面，被弹片切去右臂，立刻殒命。我家后门外五六丈之处，有五人躺在地上，有的已死，脑浆迸出。有的还在喊“扶我起来!”（但我不忍去看，听人说如此。）其余各处都有死伤。后来始知当场炸死三十余人，伤无算。数日内陆续死去又三十余人。犹记那天我调查了回家的时候，途中被一个邻妇拉住。她告诉我，她的丈夫和儿子都被难。“小的不中用了，大的还可救。请你进去看。”她说时脸孔苍白，语调异常，分明神经已是错乱了。我不懂医法，又不忍看这惨状，终于没有进去看。也没有给她任何帮助。只是劝她赶快请医生，就匆匆回家。两年以来，我每念此事，总觉得异常抱歉。悔不当时代她去请医生，或送她医药费。她丈夫是做小贩的，家里未必藏有医药费，以待炸弹的来杀伤。我虽受了惊吓，未被伤害，终是不幸中之幸者。

我的妹夫蒋茂春家住在三四里外的村子南沈浜里。听见炸弹声，立刻同他的弟弟继春摇一只船来，邀我们迁乡。我们收拾衣物，于傍晚的细雨中匆匆辞别缘缘堂，登舟入乡。沿河但见家家闭户，处处锁门。石门湾顿成死市，河中船行如织，都是迁乡去的。我们此行，大家以为是暂避，将来总有一日仍回缘缘堂的。谁知其中只有四人再来取物一二次，其余的人都在这潇潇暮雨之中与堂永诀，而开始流离的生活了。

舟抵南沈浜，天已黑，雨未止。雪雪（我妹）擎了一盏洋油灯，一双小脚踮着湿地，到河岸上来迎接。我们十个人——岳老太太（此时适在我家作客，不料从此加入流亡团体，一直同到广西）、满哥（我姊）、我们夫妇，以及陈宝、林先、宁馨、华瞻、元草、一吟——闯入她家，这一回寒暄，真是有声有色。吾母生雪雪后患大病，不能抚育；雪雪从小归蒋家。虽是至戚，近在咫尺，我自雪雪结婚时来此"吊烟囱"（吾乡俗称阿舅望三朝为吊烟囱）之后，一直没有再访。一则为了茂春和雪雪常来吾家，二则为了我历年糊口四方，归家就懒于走动。这一天穷无所归，而暮夜投奔，我初见雪雪时脸上着实有些忸怩。这农家一门忠厚，一味殷勤招待，实使我更增愧感！后门外有新建楼屋两楹，乃其族人蒋金康家业。金康自有老屋，此新星一向空着，仅为农忙时堆积谷物之用。这时候楼上全空，我们就与之暂租，当夜迁入。雪雪就像"嫁比邻"一样。大家喜不自胜。流亡之后，虽离故居，但有许多平时不易叙首的朋友亲戚得以相聚，不可谓非"因祸得福"。当夜我们在楼上席地而卧。日间的浩劫的回忆，化成了噩梦而扰每个人的睡眠。

次日大雨。僮仆昨天已经纷纷逃回家去，今后在此生活都得自理。诸儿习劳，自此开始。又次日，天晴。上午即见飞机两架自东来，至石门湾市空，又盘旋投弹。我们离市五里之遥，历历望见，为之胆战。幸市中已空，没有人再做它们的牺牲者，此后它们遂不再来。我家自迁乡后，虽在一方面对于后事忧心悄悄；但在他方面另有一副心目来享受乡村生活的风味，饱尝田野之趣，而在儿童尤甚。他们都生长在城市中，大部分的生活在上海、杭州度过。菽麦不辨，五谷不分。现在正值农人收稻、采茶菊的时候。他们跟了茂春姑夫到田中去，获得不少宝贵的经验。离村半里，有萧王庙。庙后有大银杏树，高不可仰。我十一二岁时来此村蒋五伯（茂春同族）家作客，常在这树下游戏。匆匆三十年，树犹如昔，而人事已数历沧桑，不可复识。我奄卧大树下，仰望苍天，缅怀今古。又觉得战争、逃难等事，藐小无谓，不足介意了。

访蒋五伯旧居，室庐尚在，圮坏不堪。其同族超三伯居之。超三伯亦无家族，孑然一身，以乞食为业。邮信不通，我久不看报，遂托超三伯走练市镇（离村十五里），向周氏姊丈家借报，每日给工资大洋五角。每次得报，先看嘉兴有否失守。我实在懒得去乡国，故抱定主意：嘉兴失守，方才出走；嘉兴不失，决计不走。报载我有重兵驻嘉兴，金城汤池，万无一虑，我很欢喜，每天把重要消息抄出来，贴在门口，以代壁报。镇上的人尽行迁乡，疏散在附近各村中。闻得我这里有壁报，许多人来看。不久我的逃难所传遍各村，亲故都来探望。幼时的业师沈蕙荪先生年老且病，逃避在离我一里许的村中，派他的儿子来探询我的行止。我也亲去叩访，慰藉。染坊店被炸弹解散，店员各自分飞，这时都来探望老板。这是百年老店，这些人都是数十年老友。十年以来，我开这店全为维持店员五人的生活，非为自己图利，但亦惠而不费。因此这店在同业中有“家养店”之名。我极愿养这店，因为我小时是靠这店养活的。然而现在无法维持了。我把店里的余金分发各人，以备不虞之需。若得重见天日，我一定依旧维持。我的族叔云滨，正直清廉，而长年坎坷，办小学维持八口之家。炸弹解散他的小学。这一天来访，皇皇如丧家之狗。我爱莫能助。七十余岁的老姑母也从崇德城中逃来。她最初客八字桥王蔚奎（我的姊丈）家，后来也到南沈浜来依我们。姑母适崇德徐氏。家富，夫子俱亡，朱门深院，内有寡媳孤孙。今此七十者于患难中孑然来归，我对她的同情实深！超三伯赴练市周氏姊丈家取报纸，带回镜涵的信。她说倘然逃难，要通知她，她要跟我们同走。我的二姊，就是她的母亲，适练市周氏。家中富有产业及骂声。二姊幸患耳聋，未尽听见，即已早死。镜涵有才，为小学校长；适张氏一年而寡。孑然一身，寄居父家，明知我这娘舅家累繁重，而患难中必欲相依，其环境可想而知。凡此种种，皆有强大的力系缠我心，使我非万不得已不去其乡。

村居旬日，嘉兴仍不失守。然而抗战军开到了。他们在村的前面掘壕布防。一位连长名张四维的，益阳人，常来我的楼下坐谈。有一次他告诉我说："为求最后胜利，贵处说不定要放弃。"我心中忐忑。晚上，就同陈宝和店员章桂三人走到缘缘堂去取物。先几天吾妻已来取衣一次。这一晚我是来取书的。黑夜，像做贼一样，架梯子爬进墙去。揭开堂窗，一只饿狗躺在沙发上，被我用电筒一照，站了起来，给我们一吓。上楼，一只饿猫从不知哪里转出来，依着陈宝的脚边哀鸣。我们向菜橱里找些食物喂了它。室中一切如旧。环境同死一样静。我们向各书架检书，把心爱的、版本较佳的、新买而尚未读过的书，收拾了两网篮，交章桂明晨设法运乡。别的东西我都不拿。一则拿不胜拿；二则我心中，不知根据甚么理由，始终确信缘缘堂不致被毁，我们总有一天回来的。检好书已是夜深，我们三人出门巡行石门湾全市，好似有意向它告别。全市黑暗。寂静，不见人影，但闻处处有狗作不平之鸣。它们世世代代在这繁荣的市镇中为人看家，受人给养，从未挨饿。今忽丧家失主，无所依归，是谁之咎？忽然一家店楼上，发出一阵肺病者的咳嗽声，全市为之反响，凄惨逼人。我悄然而悲，肃然而恐，返家就寝。破晓起身，步行返乡。出门时我回首一望，看见百多块窗玻璃在黎明中发出幽光。这是我与缘缘堂最后的一面。

邮局迁在我的邻近，这时又要迁新市了。最后送来一封信，是马一浮先生从桐庐寄来的。上言先生已由杭迁桐庐，住迎熏坊十三号。下询石门湾近况如何，可否安居，并附近作诗一首。诗是油印的，笔致遒劲，疑是马先生亲自执钢笔在蜡纸上写的。不然，必是其门人张立民君所书。因为张的笔迹酷似其师。无论如何，此油印品异常可爱。我把油印藏在身边，而把诗铭在心中，至今还能背诵：

礼闻处灾变，大者亡邑国。奈何弃坟墓，在士亦可式。
妖寇今见侵，天地为改色。遂令陶唐人，坐饱虎狼食。
伊谁生厉阶，讵独异含识？竭彼衣养资，殉此机械力。
铿翟竟何裨，蒙羿递相贼。生存岂无道，奚乃矜战克？
嗟哉一切智，不救天下惑。飞鸢蔽空下，遇者亡其魄。
全城为之摧，万物就磔轹。海陆尚有际，不仁于此极。
余生恋松楸，未敢怨逼迫。蒸黎信何辜，胡为罹锋镝？
吉凶同民患，安得殊欣戚？衡门不复完，书史随荡析。
落落平生交，遁处各岩穴。我行自兹迈，回首增怆恻。
临江多悲风，水石相荡激。逝从大泽钓，忍数犬戎阨？
登高望九州，几地犹禹域？儒冠廿世弃，左衽伤耄及。
甲兵甚终偃，腥羶如可涤。遗诗谢故人，尚相三代直。

——将避兵桐庐，留别杭州诸友这信和诗，有一种伟大的力，把我的心渐渐地从故乡拉开了。然而动身的机缘未到，因循了数日，十一月二十日下午，机缘终于到了：族弟平玉带了他的表亲周丙潮来，问我行止如何。周向我表示，他家有船可以载我。他和一妻一子已有经济准备，也想跟我同走。丙潮住在离此九里外，吴兴县属的悦鸿村。我同他虽是亲戚，一向没有见面过。但见其人年约二十余，眉目清秀，动止端雅。交谈之后，始知其家素丰，其性酷爱书画，早是我的私淑者。只因往日我常在外，他亦难得来石门湾，未曾相见。我窃喜机缘的良好。当日商定避难的方针：先走杭州，溯江而上，至于桐庐，投奔马先生，再定行止。于是相约明日下午放船来此，载我家人到他家一宿，次日开船赴杭。丙潮去后，我家始见行色。先把这消息告知关切的诸亲友，征求他们的意见。老姑母不堪跋涉之苦，不愿跟我们走，决定明日仍回八字桥。雪雪有翁姑在堂，亦未便离去。镜涵远在十五里外，当日天晚，未便通知，且待明朝派人去约。章桂自愿相随，我亦喜其干练，决令同行。其实，在这风声鹤唳之中，有许多人想同我们一样地走，为环境所阻，力不从心，其苦心常在语言中表露出来。这使我伤心！我恨不得有一只大船，尽载了石门湾及世间一切众生，开到永远太平的地方。

这晚上检点行物，发现走路最重要的东西没有准备：除了几张用不得的公司银行存票外，家里所余的只有数十圆的现款，奈何奈何！六个孩子说："我们有。"他们把每年生日我所送给的红纸包统统打开，凑得四百余圆。其中有数十圆硬币，我嫌笨重，给了雪雪。其余钞票共得约四百圆，不知从哪一年开始，我每逢儿童生日，送他一个红纸包，上写"长命康乐"四个字，内封银数如其岁数。他们得了，照例不拆。不料今日一齐拆开，充作逃难之费！又不料积成了这样可观的一个数目：我真糊涂，家累如此，时局如彼，曾不乘早领出些存款以备万一，直待仓皇出走时才计议及此。幸有这笔意外之款，维持了逃难的初步，侥幸之至！平生有轻财之习，这种侥幸势将长养我这习性，永不肯改了。当夜把四百金分藏在各人身边，然后就睡。辗转反侧间，忽闻北方震响，其声动地而来，使我们的床铺格格作声！如是者数次。我心知这是夜战的大炮声。火线已逼近了！但不知从哪里来的。只要明日上午无变，我还可免于披发左衽。这一晚不知如何睡去。

次日，十一月二十一日上午，阿康（染坊里的司务）从镇上奔来，用绍兴白仓皇报道："我家门口架机关枪，桥堍下摆大炮了！听说桐乡已经开火了！"我恍然大悟，他们不直接打嘉兴；却从北面迂回，取濮院、桐乡、石门湾，以包围嘉兴。我要看嘉兴失守才走，谁知石门湾失守在先。想派人走练市叫镜涵，事实已不可能；沿途要拉夫，乡下人都不敢去；昨夜的炮声从北方来，练市这一路更无人肯去，即使有人肯去，镜涵已经迁居练市乡下，此去不止十五里路，况且还要摒挡，当天不得转回；而我们的出走，已经间不容发，势不能再缓一天，只得管自走了。幸而镜涵最近来信，在乡无恙。但我至今还负疚于心。上午向村人告别。自十一月六日至此，恰好在这村里住了半个月，常与村人往来馈赠，情谊正好。今日告别，后会难知！心甚惆怅。送蒋金康家房租四圆，强而后受。又将所余家具日用品之类，尽行分送村人。丙潮的船于正午开到。我们胡乱吃了些饭，匆匆下船。茂春、雪雪夫妇送到船埠上。我此时心如刀割！但脸上强自镇定，叮嘱他们“赶快筑防空壕，后会不远。”不能再说下去了。

此去辗转流徙，曾歇足于桐庐、萍乡、长沙、桂林、宜山。为避空袭，最近又从宜山迁居思恩。不知何日方得还乡也。

扬州梦

在格致中学高中三年级肄业的新枚患了不很重的肺病，遵医嘱停学在家疗养。生活寂寞，自己发心乘此机会读些诗词，我就做了他的教师，替他讲解《唐诗三百首》和《白香词谱》，每星期一二次。暮春有一天，我教他读姜白石的《扬州慢》：

> 淮左名都，竹西佳处，解鞍少驻初程。过春风十里，尽荠麦青青。自胡马窥江去后，废池乔木，犹厌言兵。渐黄昏，清角吹寒，都在空城。
>
> 杜郎俊赏，算而今、重到须惊。纵豆蔻词工，青楼梦好，难赋深情。二十四桥仍在，波心荡、冷月无声。念桥边红药，年年知为谁生？

这孩子兴味在于词律，一味讲究平平仄仄。我却怀古多情，神游于古代的淮扬胜地，缅想当年烟花三月，十里春风之盛。念到“二十四桥仍在”，我忽然发心游览久闻大名而无缘拜识的扬州，立刻收拾《白香词谱》，叫他到八仙桥去买明天到镇江的火车票，傍晚他拿了三张火车票回来。同去的是他和他的姐姐一吟。当夜各自准备行囊。

第二天下午，一行三人到达镇江。我们在镇江投宿，下午游览了焦山寺，认识了镇江的市容。下一天上午在江边搭轮船，渡江换乘公共汽车，不消两小时已经到达扬州。向车站里的人问询，他们介绍我们一所新开的公园旅馆。我们乘车投奔这旅馆，果然看见一所新造房子，里面的家具和被褥都是新的。盥洗既毕，斟一杯茶，坐下来休息一下。定神一想：现在我身已在扬州，然而我在一路上所见和在旅馆中所感，全然没有一点古色，但觉这是一个精小的近代都市，清静整洁，男女老幼熙攘往来，怡然操作，悉如他处，其中并无李白、张祜、杜牧、郑板桥、金冬心之类的面影。旅馆的招待员介绍我们到富春去吃中饭。富春是扬州有名的茶点酒菜馆，深藏在巷子里，而入门豁然开朗，范围甚广。点心和肴馔都极精美，虽然大都是荤的，我只能用眼睛来欣赏，但素菜也做得很好，别有风味。我觉得扬州只是一个小上海、小杭州，并无特殊之处。这在我似乎觉得有些失望，我决定下午去访大名鼎鼎的二十四桥。我预期这二十四桥能够满足我的怀古欲。

到大街上雇车子，说“到二十四桥”。然而年青的驾车人都不知道，摇摇头。有一个年纪较大的人表示知道，然而他忠告我们：“这地方很远，而且很荒凉，你们去做什么？”我不好说“去凭吊”，只得撒一个谎，说“去看朋友”。那人笑着说：“那边不大有人家呢！”我很狼狈，支吾地回答：“不瞒你说，我们就想看看那个桥。”驾车的人都笑起来。这时候旁边的铺子里走出一位老者来，笑着对驾车人说：“你们拉他们去吗，在西门外，他们是来看看这小桥的。”又转向我说：“这条桥从前很有名，可是现在荒凉了，附近没有什么东西。”我料想这位老者是读过唐诗，知道“二十四桥明月夜”的。他的笑容很特别，隐隐地表示着：“这些傻瓜！”

车子走了半小时以上，方才停息在田野中间跨在一条沟渠似的小河上的一爿小桥边。驾车人说：“到了，这是二十四桥。”我们下车，大家表示大失所望的样子，除了“啊哟！”以外没有别的话。一吟就拿出照相机来准备摄影。驾车的人看见了，打着土白交谈：“来照相的。”“要修桥吧？”“要开河吗？”我不辩解，我就冒充了工程师，倒是省事。驾车人到树荫下去休息吸烟了。我有些不放心：这小桥到底是否二十四桥。为欲考证确实，我跑到附近田野里一位正在工作的农人那里，向他叩问：“同志，这是什么桥？”他回答说：“二十四桥。”

我还不放心，又跑到桥旁一间小屋子门口，望见里面一位白头老婆婆坐着做针线，我又问："请问老婆婆，这是什么桥?"老婆婆干脆地说："廿四桥。"这才放心，我们就替二十四桥拍照。桥下水涸，最狭处不过七八尺，新枚跨了过去，嘴里念着"波心荡冷月无声"，大家不觉失笑。

车子背着夕阳回城去的时候，我耽于冥想了。我首先想到李白"烟花三月下扬州"的名句，觉得正是这个时候。接着想起杜牧的诗："青山隐隐水迢迢，秋尽江南草未凋；二十四桥明月夜，玉人何处教吹箫?""落魄江湖载酒行，楚腰纤细掌中轻。十年一觉扬州梦，赢得青楼薄幸名。""娉娉袅袅十三余，豆蔻梢头二月初；春风十里扬州路，卷上珠帘总不如。"又想起徐凝的诗句："天下三分明月夜，二分无赖是扬州。"又想起王建的诗句："夜市千灯照碧云，高楼红袖客纷纷。"又想起张祜的诗："十里长街市井连，月明桥上看神仙；人生只合扬州死，禅智山光好墓田。"我在吟哦之下，梦见唐朝时候扬州的繁华。我又想起清人所作的《扬州画舫录》，这书中记述着乾隆年间扬州的繁盛景象，十分详尽。我又记起清朝的所谓"扬州八怪"，想象郑板桥、金冬心、罗聘、李方膺、汪士慎、高翔、黄慎、李鲜等潇洒不羁的文人画家寓居扬州时的风流韵事，最后想到描写清兵屠城的《扬州十日记》，打一个寒噤，不再想下去了。

回到旅馆里，询问账房先生，知道扬州有素菜馆。我们就去吃夜饭。这素菜馆名叫小觉林，位在电影院对面。我们在一个小楼上占据了一个雅座。一吟和新枚吃饱了饭，到对面看电影去了。我在小楼中独酌，凭窗闲眺，"十里长街""夜市千灯"，却全无一点古风。只见许多穿人民装的男男女女，熙攘往来，怡然共乐，比较起上海的市街来，特别富有节日的欢乐气象。这是什么原故呢?我想了好久，恍然大悟：原来扬州市内晚上没有汽车，马路上很安全，所有的行人都在马路中央幢幢往来，和上海节日电车停驶时的光景相似，所以在我看来特别富有欢乐的气象。我一方面觉得高兴，一方面略感失望。因为我抱着怀古之情而到这淮左名都来巡礼，所见的却是一个普通的现代化城市。

晚餐后我独自在街上徜徉了一会，回到旅馆已经九点多钟。舟车劳顿，观感纷忙，心身略觉疲倦，倒身在床，立刻睡去。忽然听见有人敲门。拭目起床，披衣开门，但见一个端庄而壮健的中年妇人站在门口，满面笑容，打起道地扬州白说："扰你清梦，非常抱歉！"我说："请进来坐，请教贵姓大名。"她从容地走进房间来，在桌子旁边坐下，侃侃而言："我姓扬名州，号广陵，字邗江，别号江都，是本地人氏。知道你老人家特地来访问我，所以前来答拜。我今天曾经到火车站迎接你，又陪伴你赴二十四桥，陪伴你上酒楼，不过没有让你察觉，你的一言一动，一思一想，我都知道。我觉得你对我有些误解，所以特地来向你表白。你不远千里而枉驾惠临，想必乐于听取我的自述吧？"我说："久慕大名，极愿领教！"她从容地自述如下：

"你憧憬于唐朝时代、清朝时代的我，神往于'烟花三月''十里春风'的'繁华'景象，企慕'扬州八怪'的'风流韵事'，认为这些是我过去的光荣幸福，你完全误解了！我老实告诉你：在1949年以前，一千多年的长时期间，我不断地被人虐待，受尽折磨，备尝苦楚，经常是身患痼疾，体无完肤，畸形发育，半身不遂；古人所赞美我的，都是虚伪的幸福、耻辱的光荣、忍痛的欢笑、病态的繁荣。你却信以为真，心悦神往地吟赏他们的诗句，真心诚意地想象古昔的盛况，不远千里地跑来凭吊过去的遗迹，不堪回首地痛惜往事的飘零。你真大上其当了！我告诉你：过去千余年间，我吃尽苦头。他们压迫我，毒害我，用残酷的手段把我周身的血液集中在我的脸面上，又给我涂上脂粉，加上装饰，使得我面子上绚焕灿烂，富丽堂皇，而内部和别的部分百病丛生，残废瘫痪，贫血折骨，臃肿腐烂。你该知道：士大夫们在二十四桥明月下听玉人吹箫，在明桥上看神仙，干风流韵事，其代价是我全身的多少血汗！"

"我忍受苦楚，直到1949年方才翻身。人民解除了我的桎梏，医治我的创伤，疗养我的疾病，替我沐浴，给我营养，使我全身正常发育，恢复健康。我有生以来不曾有过这样快乐的生活，这才是我的真正的光荣幸福！你在酒楼上看见我富有节日的欢乐气象，的确，七八年来我天天在过节日似的欢乐生活，所以现在我的身体这么壮健，精神这么愉快，生活这么幸福！你以前没有和我会面，没有看到过我的不幸时代，你也是幸福的人！欢迎你多留几天，我们多多叙晤，你会更了解我的光荣幸福，欢喜满足地回上海去，这才不负你此行的跋涉之劳呢！时候不早，你该休息了。我来扰你清梦，很对不起！”她说着就站起身来告辞。

我听了她的一番话，恍然大悟，正想慰问她，感谢她，她已经夺门而出，回头对我说一声“明天会！”就在门外消失了。

我走出门去送她，不料在门槛上绊了一下，跌了一交，猛然醒悟，原来身在旅馆里的簇新的床铺上簇新的被窝里！啊，原来是一个“扬州梦”！这梦比元人乔梦符的《扬州梦》和清人嵇留山的《扬州梦》有意思得多，不可以不记。

大帐簿

我幼年时，有一次坐了船到乡间去扫墓。正靠在船窗口出神观看船脚边层出不穷的波浪的时候，手中拿着的不倒翁失足翻落河中。我眼看它跃入波浪中，向船尾方面滚腾而去，一刹那间形影俱杳，全部交付与不可知的渺茫的世界了。我看看自己的空手，又看看窗下的层出不穷的波浪，不倒翁失足的伤心地，再向船后面的茫茫白水怅望了一会，心中黯然地起了疑惑与悲哀。我疑惑不倒翁此去的下落与结果究竟如何，又悲哀这永远不可知的命运。它也许随了波浪流去，搁住在岸滩上，落入于某村童的手中；也许被鱼网打去，从此做了渔船上的不倒翁；又或永远沉沦在幽暗的河底，岁久化为泥土，世间从此不再见这个不倒翁。我晓得这不倒翁现在一定有个下落，将来也一定有个结果，然而谁能去调查呢？谁能知道这不可知的命运呢？这种疑惑与悲哀隐约地在我心头推移。终于我想：父亲或者知道这究竟，能解除我这种疑惑与悲哀。不然，将来我年纪长大起来，总有一天能知道这究竟，能解除这疑惑与悲哀。

后来我的年纪果然长大起来。然而这种疑惑与悲哀，非但依旧不能解除，反而随了年纪的长大而增多增深了。我偕了小学校里的同学赴郊外散步，偶然折取一根树枝，当手杖用了一会，后来抛弃在田间的时候，总要对它回顾好几次，心中自问自答：“我不知几时得再见它？它此后的结果不知究竟如何？我永远不得再见它了！它的后事永远不可知了！”倘是独自散步，遇到这种事的时候我更要依依不舍地留连一会。有时已经走了几步，又回转身去，把所抛弃的东西重新拾起来，郑重地道个诀别，然后硬着头皮抛弃它，再向前走。过后我也曾自笑这痴态，而且明明晓得这些是人生中惜不胜惜的琐事，然而那种悲哀与疑惑确实地充塞在我的心头，使我不得不然！

在热闹的地方，忙碌的时候，我这种疑惑与悲哀也会被压抑在心的底层，而安然地支配取舍各种事物，不复作如前的痴态。间或在动作中偶然浮起一点疑惑与悲哀来，然而大众的感化与现实的压迫的力非常伟大，立刻把它压制下去，它只在我的心头一闪而已。一到静僻的地方，孤独的时候，最是夜间，它们又全部浮出在我的心头了。灯下，我推开算术演草簿，提起笔来在一张废纸上信手涂写日间所谙诵的诗句：“春蚕到死丝方尽，蜡炬成灰……”没有写完，就拿向灯火上，烧着了纸的一角。我眼看见火势孜孜地蔓延过来，心中又忙着和个个字道别。完全变成了灰烬之后，我眼前忽然分明现出那张字纸的完全的原形。俯视地上的灰烬，又感到了暗淡的悲哀：假定现在我要再见一见一分钟以前分明存在的那张字纸，无论托绅董、县官、省长、大总统，仗世界一切皇帝的势力，或尧舜、孔子、苏格拉底、基督等一切古代圣哲复生，大家协力帮我设法，也是绝对不可能的事了！——但这种奢望我决计没有。我只是看看那堆灰烬，想在没有区别的微尘中认识各个字的死骸，找出哪一点是春字的灰，哪一点是蚕字的灰……又想象它明天朝晨被此地的仆人扫除出去，不知结果如何：倘然散入风中，不知它将分飞何处？春字的灰飞入谁家，蚕字的灰飞入谁家？……倘然混入泥土中，不知它将滋养哪几株植物？……都是渺茫不可知的千古的大疑问了。

吃饭的时候，一颗饭粒从碗中翻落在我的衣襟上。我顾视这颗饭粒，不想则已，一想又惹起一大篇的疑惑与悲哀来：不知哪一天哪一个农夫在哪一处田里种下一批稻，就中有一株稻穗上结着煮成这颗饭粒的谷。这粒谷又不知经过了谁的刈、谁的磨、谁的舂、谁的粜，而到了我们的家里，现在煮成饭粒，而落在我的衣襟上。这种疑问都可以有确实的答案；然而除了这颗饭粒自己晓得以外，世间没有一个人能调查，回答。

袋里摸出来一把铜板，分明个个有复杂而悠长的历史。钞票与银洋经过人手，有时还被打一个印，但铜板的经历完全没有痕迹可寻。它们之中，有的曾为街头的乞丐的哀愿的目的物，有的曾为劳动者的血汗的代价，有的曾经换得一碗粥，救济一个饿夫的饥肠，有的曾经变成一粒糖，塞住一个小孩的啼哭，有的曾经参与在盗贼的赃物中，有的曾经安眠在富翁的大腹边，有的曾经安闲地隐居在茅厕的底里，有的曾经忙碌地兼备上述的一切的经历。且就中又有的恐怕不是初次到我的袋中，也未可知。这些铜板倘会说话，我一定要尊它们为上客，恭听它们历述其漫游的故事。倘然它们会纪录，一定每个铜板可著一册比《鲁宾逊飘流记》更奇离的奇书。但它们都像死也不肯招供的犯人，其心中分明秘藏着案件的是非曲直的实情，然而死也不肯泄漏它们的秘密。

现在我已行年三十，做了半世的人。那种疑惑与悲哀在我胸中，分量日渐增多；但刺激日渐淡薄，远不及少年时代以前的新鲜而浓烈了。这是我用功的结果。因为我参考大众的态度，看他们似乎全然不想起这类的事，饭吃在肚里，钱进入袋里，就天下太平，梦也不做一个。这在生活上的确大有实益，我就拼命以大众为师，学习他们的幸福。学到现在三十岁，还没有毕业。所学得的，只是那种疑惑与悲哀的刺激淡薄了一点，然其分量仍是跟了我的经历而日渐增多。我每逢辞去一个旅馆，无论其房间何等坏，臭虫何等多，临去的时候总要低徊一下子，想起“我有否再住这房间的一日？”又慨叹“这是永远的诀别了！”每逢下火车，无论这旅行何等劳苦，邻座的人何等可厌，临走的时候总要发生一种特殊的感想：“我有否再和这人同座的一日？恐怕是对他永诀了！”但这等感想的出现非常短促而又模糊，像飞鸟的黑影在池上掠过一般，真不过数秒间在我心头一闪，过后就全无其事。我究竟已有了学习的功夫了。然而这也全靠在老师——大众——面前，方始可能。一旦不见了老师，而离群索居的时候，我的故态依然复萌。现在正是其时：春风从窗中送进一片白桃花的花瓣来，落在我的原稿纸上。这分明是从我家的院子里的白桃花树上吹下来的，然而有谁知道它本来生在哪一枝头的哪一朵花上呢？窗前地上白雪一般的无数的花瓣，分明各有其故枝与故萼，谁能一一调查其出处，使它们重归其故萼呢？疑惑与悲哀又来袭击我的心了。

总之，我从幼时直到现在，那种疑惑与悲哀不绝地袭击我的心，始终不能解除。我的年纪越大，知识越富，它的袭击的力也越大。大众的榜样的压迫越严，它的反动也越强。倘一一记述我三十年来所经验的此种疑惑与悲哀的事例，其卷帙一定可同《四库全书》《大藏经》争多。然而也只限于我一个人在三十年的短时间中的经验；较之宇宙之大，世界之广，物类之繁，事变之多，我所经验的真不啻恒河中的一粒细沙。

我仿佛看见一册极大的大帐簿，簿中详细记载着宇宙间世界上一切物类事变的过去、现在、未来三世的因因果果。自原子之细以至天体之巨，自微生虫的行动以至混沌的大劫，无不详细记载其来由、经过与结果，没有万一的遗漏。于是我从来的疑惑与悲哀，都可解除了。不倒翁的下落，手杖的结果，灰烬的去处，一一都有记录；饭粒与铜板的来历，一一都可查究；旅馆与火车对我的因缘，早已注定在项下；片片白桃花瓣的故萼，都确凿可考。连我所屡次叹为永不可知的、院子里的沙堆的沙粒的数目，也确实地记载着，下面又注明哪几粒沙是我昨天曾经用手掬起来看过的。倘要从沙堆中选出我昨天曾经掬起来看过的沙，也不难按这帐簿而探索。——凡我在三十年中所见、所闻、所为的一切事物，都有极详细的记载与考证，其所占的地位只有书页的一角，全书的无穷大分之一。

我确信宇宙间一定有这册大帐簿。于是我的疑惑与悲哀全部解除了。

一九二九年清明过了写于石门湾

车厢社会

我第一次乘火车，是在十六七岁时，即距今二十余年前。虽然火车在其前早已通行，但吾乡离车站有三十里之遥，平时我但闻其名，却没有机会去看火车或乘火车。十六七岁时，我毕业于本乡小学，到杭州去投考中等学校，方才第一次看到又乘到火车。以前听人说："火车厉害得很，走在铁路上的人，一不小心，身体就被碾做两段。"又听人说："火车快得邪气，坐在车中，望见窗外的电线木如同栅栏一样。"我听了这些话而想象火车，以为这大概是炮弹流星似的凶猛唐突的东西，觉得可怕。但后来看到了，乘到了，原来不过尔尔。天下事往往如此。

自从这一回乘了火车之后，二十余年中，我与火车不断地发生关系。至少每年乘三四次，有时每月乘三四次，至多每日乘三四次（不过这是从江湾到上海的小火车）。一直到现在，乘火车的次数已经不可胜计了。每乘一次火车，总有种种感想。倘得每次下车后就把乘车时的感想记录出来，记到现在恐怕不止数百万言，可以出一大部乘火车全集了。然而我哪有工夫和能力来记录这种感想呢？只是回想过去乘火车时的心境，觉得可分三个时期，现在记录出来，半为自娱，半为世间有乘火车的经验的读者谈谈，不知他们在人背中是否作如是想的？

第一个时期，是初乘火车的时期。那时候乘火车这件事在我觉得非常新奇而有趣。自己的身体被装在一个大木箱中，而用机械拖了这大木箱狂奔，这种经验是我向来所没有的，怎不教我感到新奇而有趣呢？那时我买了车票，热烈地盼望车子快到。上了车，总要拣个靠窗的好位置坐。因此可以眺望窗外旋转不息的远景，瞬息万变的近景，和大大小小的车站。一年四季住在看惯了的屋中，一旦看到这广大而变化无穷的世间，觉得兴味无穷。我巴不得乘火车的时间延长，常常嫌它到得太快，下车时觉得可惜。我欢喜乘长途火车，可以长久享乐。最好是乘慢车，在车中的时间最长，而且各站都停，可以让我尽情观赏。我看见同车的旅客个个同我一样地愉快，仿佛个个是无目的地在那里享乐乘火车的新生活的。我看见各车站都美丽，仿佛个个是桃源仙境的入口。其中汗流满背地扛行李的人，喘息狂奔的赶火车的人，急急忙忙地背着箱笼下车的人，拿着红绿旗子指挥开车的人，在我看来仿佛都干着有兴味的游戏，或者在那里演剧。世间真是一大欢乐场，乘火车真是一件愉快不过的乐事！可惜这时期很短促，不久乐事就变为苦事。

第二个时期，是老乘火车的时期。一切都看厌了，乘火车在我就变成了一桩讨厌的事。以前买了车票热烈地盼望车子快到。现在也盼望车子快到，但不是热烈地而是焦灼地。意思是要它快些来载我赴目的地。以前上车总要拣个靠窗的好位置，现在不拘，但求有得坐。以前在车中不绝地观赏窗内窗外的人物景色，现在都不要看了，一上车就拿出一册书来，不顾环境的动静，只管埋头在书中，直到目的地的到达。为的是老乘火车，一切都已见惯，觉得这些千篇一律的状态没有什么看头。不如利用这冗长无聊的时间来用些功。但并非欢喜用功，而是无可奈何似的用功。每当看书疲倦起来，就埋怨火车行得太慢，看了许多书才走得两站！这时候似觉一切乘车的人都同我一样，大家焦灼地坐在车厢中等候到达。看到凭在车窗上指点谈笑的小孩子，我鄙视他们，觉得这班初出茅庐的人少见多怪，其浅薄可笑。有时窗外有飞机驶过，同车的人大家立起来观望，我也不屑从众，回头一看立刻埋头在书中。总之，那时我在形式上乘火车，而在精神上仿佛遗世独立，依旧笼闭在自己的书斋中。那时候我觉得世间一切枯燥无味，无可享乐，只有沉闷、疲倦和苦痛，正同乘火车一样。这时期相当地延长，直到我深入中年时候而截止。

第三个时期，可说是惯乘火车的时期。乘得太多了，讨嫌不得许多，还是逆来顺受吧。心境一变，以前看厌了的东西也会重新有起意义来，仿佛"温故而知新"似的。最初乘火车是乐事，后来变成苦事，最后又变成乐事，仿佛"返老还童"似的。最初乘火车欢喜看景物，后来埋头看书，最后又不看书而欢喜看景物了。不过这回的欢喜与最初的欢喜性状不同：前者所见都是可喜的，后者所见却大多数是可惊的、可笑的、可悲的。不过在可惊可笑可悲的发见上，感到一种比埋头看书更多的兴味而已。故前者的欢喜是真的"欢喜"，若译英语可用 happy 或 merry。后者却只是 like 或 fond of，不是真心的欢乐。实际，这原是比较而来的；因为看书实在没有许多好书可以使我集中兴味而忘却乘火车的沉闷。而这车厢社会里的种种人间相倒是一部活的好书，会时时向我展出新颖的 page（篇页）来。惯乘火车的人，大概对我这话多少有些儿同感的吧！

不说车厢社会里的琐碎的事，但看各人的座位，已够使人惊叹了。同是买一张票的，有的人老实不客气地躺着，一人占有了五六个人的位置。看见找寻座位的人来了，把头向着里，故作鼾声，或者装作病人，或者举手指点那边，对他们说："前面很空，前面很空。"和平谦虚的乡下人大概会听信他的话，让他安睡，背着行李向他所指点的前面去另找"很空"的位置。有的人教行李分占了自己左右的两个位置，当作自己的卫队。若是方皮箱，又可当作自己的茶几。看见找座位的人来了，拼命埋头看报。对方倘不客气地向他提出："对不起，先生，请你的箱子放在上面了，大家坐坐！"他会指着远处打官话拒绝他："那边也好坐，你为什么一定要坐在这里？"说过管自看报了。和平谦虚的乡下人大概不再请求，让他坐在行李的护卫中看报，抱着孩子向他指点的那边去另找"好坐"的地方了。有的人没有行李，把身子扭转来，教一个屁股和一支大腿占据了两个人的座位，而悠闲地凭在窗中吸烟。他把大乌龟壳似的一个背部向着他的右邻，而用一支横置的左大腿来拒远他的左邻。这大腿上面的空间完全归他所有，可在其中从容地抽烟，看报。逢到找寻座位的人来了，把报纸堆在大腿上，把头钻出窗外，只作不闻不见。还有一种人，不取大腿的策略，而用一册书和一个帽子放在自己身旁的座位上。找座位的人倘来请他拿开，就回答他说“这里有人”。和平谦虚的乡下人大概会听信他，留这空位给他那“人”坐，扶着老人向别处去另找座位了。找不到座位时，他们就把行李放在门口，自己坐在行李上，或者抱了小孩，扶了老人站在 W. C. 的门口。查票的来了，不干涉躺着的人，以及用大腿或帽子占座位的人，却埋怨坐在行李上的人和抱了小孩扶了老人站在 W. C. 门口的人阻碍了走路，把他们骂了几声。

我看到这种车厢社会里的状态，觉得可惊，又觉得可笑、可悲。可惊者，大家出同样的钱，购同样的票，明明是一律平等的乘客，为什么会演出这般不平等的状态？可笑者，那些强占座位的人，不惜装腔、撒谎，以图一己的苟安，而后来终得舍去他的好位置。可悲者，在这乘火车的期间中，苦了那些和平谦虚的乘客，他们始终只得坐在门口的行李上，或者抱了小孩，扶了老人站在 W. C. 的门口，还要被查票者骂了几声。

在车厢社会里，但看座位这一点，已足使我惊叹了。何况其他种种的花样。总之，凡人间社会里所有的现状，在车厢社会中都有其缩图。故我们乘火车不必看书，但把车厢看作人间世的模型，足够消遣了。

回想自己乘火车的三时期的心境，也觉得可惊、可笑，又可悲。可惊者，从初乘火车经过老乘火车，而至于惯乘火车，时序的递交太快！可笑者，乘火车原来也是一件平常的事。幼时认为“电线木同栅栏一样”，车站同桃源一样，固然可笑，后来那样地厌恶它而埋头于书中，也一样地可笑。可悲者，我对于乘火车不复感到昔日的欢喜，而以观察车厢社会里的怪状为消遣，实在不是我所愿为之事。

于是我憧憬于过去在外国时所乘的火车。记得那车厢中很有秩序，全无现今所见的怪状。那时我们在车厢中不解众苦，只觉旅行之乐。但这原是过去已久的事，在现今的世间恐怕不会再见这种车厢社会了。前天同一位朋友从火车下来，出车站后他对我说了几句新诗似的东西，我记忆着。现在抄在这里当做结尾：

人生好比乘车：
有的早上早下，
有的迟上迟下，
有的早上迟下，
有的迟上早下。
上了车纷争座位，
下了车各自回家。
在车厢中留心保管你的车票，
下车时把车票原物还他。

廿四（一九三五）年三月廿六日

元帅菩萨

石门湾南市梢有一座庙，叫做元帅庙。香火很盛。正月初一日烧头香的人，半夜里拿了香烛，站在庙门口等开门。据说烧得到头香，菩萨会保佑的。每年五月十四日，元帅菩萨迎会。排场非常盛大！长长的行列，开头是夜叉队，七八个人脸上涂青色，身穿青衣，手持钢叉，锵锵振响。随后是一盆炭火，由两人扛着，不时地浇上烧酒，发出青色的光，好似鬼火。随后是臂香队和肉身灯队。臂香者，一只锋利的铁钩挂在左臂的皮肉上，底下挂一只廿几斤重的锡香炉，皮肉居然不断。肉身灯者，一个赤膊的人，腰间前后左右插七八根竹子，每根竹子上挂一盏油灯，竹子的一端用钩子钉在人的身体上。据说这样做，是为了“报娘恩”。随后是犯人队。（作者故乡的风习，认为生病是自身的罪孽所致，病人常在神前许愿：如果病愈，就在元帅菩萨会上扮作犯人以示赎罪。）许多人穿着犯人衣服，背上插一白旗，上写“斩犯一名”。再后面是拈香队，许多穿长衫的人士，捧着长香，踱着方步。然后是元帅菩萨的轿子，八人扛着，慢慢地走。

后面是细乐队，香亭。众人望见菩萨轿子，大家合掌作揖。我五六岁时，看见菩萨，不懂得作揖，却喊道：“元帅菩萨的眼睛会动的！”大人们连忙掩住我的口，教我作揖。第二天，我生病了，眼睛转动。大家说这是昨天喊了那句话的原故。我的母亲连忙到元帅庙里去上香叩头，并且许愿。父亲请医生来看病，医生说我是发惊风。吃了一颗丸药就好了。但店里的人大家说不是丸药之功，是母亲去许愿，菩萨原谅了之故。

后来办了猪头三牲，去请菩萨。

为此，这元帅庙里香火极盛，每年收入甚丰。庙里有两个庙祝，贪得无厌，想出一个奸计来扩大做生意。某年迎会前一天，照例祭神。庙祝预先买嘱一流氓，教他在祭时大骂“菩萨无灵，泥塑木雕”，同时取食神前的酒肉，然后假装肚痛，伏地求饶。如此，每月来领银洋若干元。流氓同意了，一切照办。岂知酒一下肚，立刻七孔流血，死在神前。原来庙祝已在酒中放入砒霜，有意毒死这流氓来大做广告。远近闻讯，都来看视，大家宣传菩萨的威灵。于是元帅庙的香火大盛，两个庙祝大发其财。后来为了分赃不均，两人争执起来，泄露了这阴谋，被官警捉去法办，两人都杀头。我后来在某笔记小说中看到一个故事，与此相似。

有一农民入市归来，在一古墓前石凳上小坐休息。他把手中的两个馒头放在一个石翁仲的头上，以免蚂蚁侵食。临走时，忘记了这两个馒头。附近有两个老婆子，发见了这馒头，便大肆宣传，说石菩萨有灵，头上会生出馒头来，就在当地搭一草棚，摆设神案香烛，叩头礼拜。远近闻讯，都来拜祷。老婆子将香灰当作仙方，卖给病人。偶然病愈了，求仙方的人越来越多，老婆子大发其财。有一流氓看了垂涎，向老婆子敲竹杠。老婆子教他明日当众人来求仙方时，大骂石菩萨无灵，取食酒肉，然后假装肚痛，倒在神前。如此，每月分送银洋若干。流氓照办。岂知酒中有毒，流氓当场死在神前。此讯传出，石菩萨威名大震，仙方生意兴隆，老婆子大发其财。后来为了分赃不均，两个老婆子闹翻了，泄露阴谋，被官警捉去正法。元帅庙的事件，与此事完全相似，也可谓“智者所见皆同”。

一九七二年

暂时脱离尘世

夏目漱石的小说《旅宿》（日本名《草枕》）中有一段话：“苦痛、愤怒、叫嚣、哭泣，是附着在人世间的。我也在三十年间经历过来，此中况味尝得够腻了。腻了还要在戏剧、小说中反复体验同样的刺激，真吃不消。我所喜爱的诗，不是鼓吹世俗人情的东西，是放弃俗念，使心地暂时脱离尘世的诗。”

夏目漱石真是一个最像人的人。今世有许多人外貌是人，而实际很不像人，倒像一架机器。这架机器里装满着苦痛、愤怒、叫嚣、哭泣等力量，随时可以应用，即所谓“冰炭满怀抱”也。他们非但不觉得吃不消，并且认为做人应当如此，不，做机器应当如此。

我觉得这种人非常可怜，因为他们毕竟不是机器，而是人。他们也喜爱放弃俗念，使心地暂时脱离尘世。不然，他们为什么也喜欢休息，喜欢说笑呢？苦痛、愤怒、叫嚣、哭泣，是附着在人世间的，人当然不能避免。但请注意“暂时”这两个字，“暂时脱离尘世”，是快适的，是安乐的，是营养的。

陶渊明的《桃花源记》，大家知道是虚幻的，是乌托邦，但是大家喜欢一读，就为了他能使人暂时脱离尘世。《山海经》是荒唐的，然而颇有人爱读。陶渊明读后还咏了许多诗。这仿佛白日做梦，也可暂时脱离尘世。

铁工厂的技师放工回家，晚酌一杯，以慰尘劳。举头看见墙上挂着一大幅《冶金图》，此人如果不是机器，一定感到刺目。军人出征回来，看见家中挂着战争的画图。此人如果不是机器，也一定感到厌烦。从前有一科技师向我索画，指定要画儿童游戏。有一律师向我索画，指定要画西湖风景。此种些微小事，也竟有人萦心注目。二十世纪的人爱看表演千百年前故事的古装戏剧，也是这种心理。人生真乃意味深长！这使我常常怀念夏目漱石。

伯豪之死

伯豪是我十六岁时在杭州师范学校的同班友。他与我同年被取入这师范学校。这一年取入的预科新生共八十余人，分为甲乙两班。不知因了什么妙缘，我与他被同编在甲班。那学校全体学生共有四五百人，共分十班。其自修室的分配，不照班次，乃由舍监先生的旨意而混合编排，故每一室二十四人中，自预科至四年级的各班学生都含有。这是根据了联络感情、切磋学问等教育方针而施行的办法。

我初入学校，颇有人生地疏，举目无亲之慨。我的领域限于一个被指定的坐位。我的所有物尽在一只抽斗内。此外都是不见惯的情形与不相识的同学——多数是先进山门的老学生。他们在纵谈、大笑，或吃饼饵。有时用奇妙的眼色注视我们几个新学生，又向伴侣中讲几句我们所不懂的、暗号的话，似讥讽又似嘲笑。我枯坐着觉得很不自然。望见斜对面有一个人也枯坐着，看他的模样也是新生。我就开始和他说话，他是我最初相识的一个同学，他就是伯豪，他的姓名是杨家俊，他是余姚人。

自修室的楼上是寝室。自修室每间容二十四人，寝室每间只容十八人，而人的分配上顺序相同。这结果，犹如甲乙丙丁的天干与子丑寅卯的地支的配合，逐渐相差，同自修室的人不一定同寝室。我与伯豪便是如此，我们二人的眠床隔一堵一尺厚的墙壁。当时我们对于眠床的关系，差不多只限于睡觉的期间。因为寝室的规则，每晚九点半钟开了总门，十点钟就熄灯。学生一进寝室，须得立刻攒进眠床中，明天六七点钟寝室总长就吹着警笛，往来于长廊中，把一切学生从眠床中吹出，立刻锁闭总门。自此至晚间九点半的整日间，我们的归宿之处，只有半只书桌（自修室里两人合用一书桌）和一只板椅子的坐位。所以我们对于这甘美的休息所的眠床，觉得很可恋；睡前虽然只有几分钟的光明，我们不肯立刻攒进眠床中，而总是凑集几个朋友来坐在床檐上谈笑一回，宁可暗中就寝。我与伯豪不幸隔断了一堵墙壁，不能联榻谈话，我们常常走到房门外面的长廊中，靠在窗檐上谈话。有时一直谈到熄灯之后，周围的沉默显著地衬出了我们的谈话声的时候，伯豪口中低唱着“众人皆睡，而我们独醒”而和我分手，各自暗中就寝。

伯豪的年龄比我稍大一些，但我已记不清楚。我现在回想起来，他那时候虽然只有十七八岁，已具有深刻冷静的脑筋与卓绝不凡的志向，处处见得他是一个头脑清楚而个性强明的少年。我那时候真不过是一个年幼无知的小学生，胸中了无一点志向，眼前没有自己的路，只是因袭与传统的一个忠仆，在学校中犹之一架随人运转的用功的机器。我的攀交伯豪，并不是能赏识他的器量，仅为了他是我最初认识的同学。他的不弃我，想来也是为了最初相识的原故，决不是有所许于我——至多他看我是一个本色的小孩子，还肯用功，所以欢喜和我谈话而已。

这些谈话使我们的交情渐渐深切起来了。有一次我曾经对他说起我的投考的情形。我说：“我此次一共投考了三只学校，第一中学、甲种商业和这只师范学校。”他问我：“为什么考了三只？”我率然地说道：“因为我胆小呀！恐怕不取，回家不是倒霉？我在小学校里是最优等第一名毕业的；但是到这种大学校里来考，得知取不取呢？幸而还好，我在商业取第一名，中学取第八名，此地取第三名。”“那么你为什么终于进了这里？”“我的母亲去同我的先生商量，先生说师范好，所以我就进了这里。”伯豪对我笑了。我不解他的意思，反而自己觉得很得意。后来他微微表示轻蔑的神气，说道：“这何必呢！你自己应该抱定宗旨！那么你的来此不是诚意的，不是自己有志向于师范而来的。”我没有回答。实际，当时我心中只知道有母命、师训、校规；此外全然不曾梦到什么自己的宗旨、诚意、志向。他的话刺激了我，使我忽然悟到了自己，最初是惊悟自己的态度的确不诚意，其次是可怜自己的卑怯，最后觉得刚才对他夸耀我的应试等第，何等可耻！我究竟已是一个应该自觉的少年了。他的话促成了我的自悟。从这一天开始，我对他抱了畏敬之念。

他对于学校所指定而全体学生所服从的宿舍规则，常抱不平之念。他有一次对我说：“我们不是人，我们是一群鸡或鸭。朝晨放出场，夜里关进笼。”又当晚上九点半钟，许多学生挤在寝室总门口等候寝室总长来开门的时候，他常常说“放犯人了！”但当时我们对于寝室的启闭，电灯的开关，都视同天的晓夜一般，是绝对不容超越的定律；寝室总长犹之天使，有不可侵犯的威权，谁敢存心不平或口出怨言呢？所以他这种话，不但在我只当作笑话，就是公布于全体四五百同学中，也决不会有什么影响。我自己尤其是一个绝对服从的好学生。有一天下午我身上忽然发冷，似乎要发疟了。但这是寝室总门严闭的时候，我心中连“取衣服”的念头都不起，只是倦伏在座位上。伯豪询知了我的情形，问我：“为什么不去取衣？”我答道：“寝室总门关着！”他说：“哪有此理！这里又不真果是牢狱！”他就代我去请求寝室总长开门，给我取出了衣服、棉被，又送我到调养室去睡。在路上他对我说：“你不要过于胆怯而只管服从，凡事只要有道理。我们认真是兵或犯人不成？”

有一天上课，先生点名，叫到“杨家俊”，下面没有人应到，变成一个休止符。先生问级长：“杨家俊为什么又不到？”级长说“不知。”先生怒气冲冲地说：“他又要无故缺课了，你去叫他。”级长像差役一般，奉旨去拿犯了。我们全体四十余人肃静地端坐着，先生脸上保住了怒气，反绑了手，立在讲台上，满堂肃静地等候着要犯的拿到。不久，级长空手回来说：“他不肯来。”四十几对眼睛一时射集于先生的脸上，先生但从鼻孔中落出一个“哼”字，拿铅笔在点名册上恨恨地一圈，就翻开书，开始授课。我们间的空气愈加严肃，似乎大家在猜虑这“哼”字中含有什么法宝。

下课以后，好事者都拥向我们的自修室来看杨伯豪。大家带着好奇的又怜悯的眼光，问他："为什么不上课?"伯豪但翻弄桌上的《昭明文选》，笑而不答。有一个人真心地忠告他："你为什么不说生病呢?"伯豪按住了《文选》回答道："我并不生病，哪里可以说诳?"大家都一笑走开了。后来我去泡茶，途中看见有一簇人包围着我们的级长，在听他说什么话。我走近人丛旁边，听见级长正在说："点名册上一个很大的圈饼……"又说："学监差人来叫他去……"有几个听者伸一伸舌头。后来我听见又有人说："将来……留级，说不定开除……"另一个声音说："还要追缴学费呢……"我不知道究竟"哼"有什么作用，大圈饼有什么作用，但看了这舆论纷纷的情状，心中颇为伯豪担忧。

这一天晚上我又同他靠在长廊中的窗槛上说话了。我为他担了一天心，恳意地劝他："你为什么不肯上课?听说点名册上你的名下划了一个大圈饼。说不定要留级、开除、追缴学费呢!"他从容地说道："那先生的课，我实在不要上了。其实他们都是怕点名册上的圈饼和学业分数操行分数而勉强去上课的，我不会干这种事。由他什么都不要紧。""你这怪人，全校找不出第二个!""这正是我之所以为我!""……"

杨家俊的无故缺课，不久名震于全校，大家认为这是一大奇特的事件，教师中也个个注意到。伯豪常常受舍监学监的召唤和训叱。但是伯豪怡然自若。每次被召唤，他就决然而往，笑嘻嘻地回来。只管向藏书楼去借《史记》《汉书》等，凝神地诵读。只有我常常替他担心。不久，年假到了，学校对他并没有表示什么惩罚。

第二学期，伯豪依旧来校，但看他初到时似乎很不高兴。我们在杭州地方已渐渐熟悉。时值三春，星期日我同他二人常常到西湖的山水间去游玩。他的游兴很好，而且办法也特别。他说："我们游西湖，应该无目的地漫游，不必指定地点。疲倦了就休息。"又说："游西湖一定要到无名的地方!众人所不到的地方。"他领我到保俶塔旁边的山巅上，雷峰塔后面的荒野中。我们坐在无人迹的地方，一面看云，一面嚼面包。临去的时候，他拿出两个铜板来放在一块大岩石上，说

折得荷花渾忘却
空將荷葉蓋頭歸
子愷

折得荷花浑忘却　空将荷叶盖头归

下次来取它。过了两三星期，我们重游其地，看见铜板已经发青，照原状放在石头上，我们何等喜欢赞叹！他对我说："这里是我们的钱库，我们以天地为室庐。"我当时虽然仍是一个庸愚无知的小学生，自己没有一点的创见，但对于他这种奇特、新颖而卓拔不群的举止言语，亦颇有鉴赏的眼识，觉得他的一举一动对我都有很大的吸引力，使我不知不觉地倾向他、追随他。然而命运已不肯再延长我们的交游了。

我们的体操先生似乎是一个军界出身的人，我们校里有百余支很重的毛瑟枪。负了这种枪而上兵式体操课，是我所最怕而伯豪所最嫌恶的事。关于这兵式体操，我现在回想起来背脊上还可以出汗。特别因为我的腿构造异常，臀部不能坐在脚踵上，跪击时竭力坐下去，疼痛得很，而相差还有寸许，——后来我到东京时，也曾吃这腿的苦，我坐在席上时不能照日本人的礼仪，非箕踞不可。——那体操先生虽然是兵官出身，幸而不十分凶。看我真果跪不下去，颇能原谅我，不过对我说："你必须常常练习，跪击是很重要的。"后来他请了一个助教来，这人完全是一个兵，把我们都当作兵看待。说话都是命令的口气，而且凶得很。他见我跪击时比别人高出一段，就不问情由，走到我后面，用腿垫住了我的背部，用两手在我的肩上尽力按下去。我痛得当不住，连枪连人倒在地上。又有一次他叫"举枪"，我正在出神想什么事，忘记听了号令，并不举枪。他厉声叱我："第十三！耳朵不生？"我听了这叱声，最初的冲动想拿这老毛瑟枪的柄去打脱这兵的头；其次想抛弃了枪跑走；但最后终于举了枪。"第十三"这称呼我已觉得讨厌，"耳朵不生？"更是粗恶可憎。但是照当时的形势，假如我认真打了他的头或投枪而去，他一定和我对打，或用武力拦阻我，而同学中一定不会有人来帮我。因为这虽然是一个兵，但也是我们的师长，对于我们也有扣分、记过、开除、追缴学费等权柄。这样太平的世界，谁肯为了我个人的事而犯上作乱，冒自己的险呢！我充分看出了这形势，终于忍气吞声地举了枪，幸而伯豪这时候已久不上体操课了，没有讨着这兵的气。

不但如此，连别的一切他所不欢喜的课都不上了。同学的劝导，先生的查究，学监舍监的训诫，丝毫不能动他。他只管读自己的《史记》《汉书》。于是全校中盛传“杨家俊神经病了”。窗外经过的人，大都停了足，装着鬼脸，窥探这神经病者的举动。我听了大众的舆论，心中也疑虑，“伯豪不要真果神经病了？”不久暑假到了。散学前一天，他又同我去跑山。归途上突然对我说：“我们这是最后一次的游玩了。”我惊异地质问这话的由来，才知道他已决心脱离这学校，明天便是我们的离别了。我的心绪非常紊乱：我惊讶他的离去的匆遽，可惜我们的交游的告终，但想起了他在学校里的境遇，又庆幸他从此可以解脱了。

是年秋季开学，校中不复有伯豪的影踪了。先生们少了一个赘累，同学们少了一个笑柄，学校似乎比前安静了些。我少了一个私塾的同学，虽然仍旧战战兢兢地度送我的恐惧而服从的日月，然而一种对于学校的反感，对于同学的嫌恶，和对于学生生活的厌倦，在我胸中日渐堆积起来了。

此后十五年间，伯豪的生活大部分是做小学教师。我对他的交情，除了我因谋生之便而到余姚的小学校里去访问他一二次之外，止于极疏的通信，信中也没有什么话，不过略叙近状，及寻常的问候而已。我知道在这十五年间，伯豪曾经结婚，有子女，为了家庭的负担而在小学教育界奔走求生，辗转任职于余姚各小学校中。中间有一次曾到上海某钱庄来替他们写信，但不久仍归于小学教师。我二月十二日结婚的那一年，他做了几首贺诗寄送我。我还记得其第一首是“花好花朝日，月圆月半天。鸳鸯三日后，浑不羡神仙。”抵制日本的那一年，他有喻扶桑的《叱蚊》四言诗寄送我，其最初的四句是“嗟尔小虫，胡不自量？人能伏龙，尔乃与抗！……”又记得我去访问他的时候，谈话之间，我何等惊叹他的志操的弥坚与风度的弥高，此外又添上了一层沉着！我心中涌起种种的回想，不期地说出：“想起从前你与我同学的一年中的情形，……真是可笑！”他摇着头微笑，后来他叹一口气，说道：“现在何尝不可笑呢；我总是这个我。……”他下课后，陪我去游余姚的山。途中他突然对我说道：“我们再来无目的地漫跑？”他的脸上忽然现出一种梦幻似的笑容。我也努力唤回儿时的心情，装作欢喜赞成。然而这热烈的兴采的出现真不过片刻，过后仍旧只有两条为尘劳所伤的疲乏的躯干，极不自然地移行在山脚下的小路上。仿佛一只久已死去而还未完全冷却的鸟，发出一个最后的颤动。

今年的暮春，我忽然接到育初寄来的一张明片。“子恺兄：杨君伯豪于十八年三月十二日上午四时半逝世。特此奉闻。范育初白。”后面又有小字附注：“初以其夫人分娩，雇一佣妇，不料此佣妇已患喉痧在身，转辗传染，及其子女。以致一女（九岁）一子（七岁）相继死亡。伯豪忧伤之余，亦罹此疾，遂致不起。痛战！知兄与彼交好，故为缕述之。又及。”我读了这明片，心绪非常紊乱：我惊讶他的死去的匆遽；可惜我们的尘缘的告终；但想起了在世的境遇，又庆幸他从此可以解脱了。

后来舜五也来信，告诉我伯豪的死耗，并且发起为他在余姚教育会开追悼会，征求我的吊唁。泽民从上海回余姚去办伯豪的追悼会。我准拟托他带一点挽祭的联额去挂在伯豪的追悼会中，以结束我们的交情。但这实在不能把我的这紊乱的心绪整理为韵文或对句而作为伯豪的灵前的装饰品，终于让泽民空手去了。伯豪如果有灵，我想他不会责备我的不吊，也许他嫌恶这追悼会，同他学生时代的嫌恶分数与等第一样。

世间不复有伯豪的影踪了。自然界少了一个赘累，人类界少了一个笑柄，世间似乎比从前安静了些。我少了这个私淑的朋友，虽然仍旧战战兢兢地在度送我的恐惧与服从的日月，然而一种对于世间的反感，对于人类的嫌恶，和对于生活的厌倦，在我胸中日渐堆积起来了。

实行的悲哀

寒假中，诸儿齐集缘缘堂，任情游戏，笑语喧阗。堂前好像每日做喜庆事。有一儿玩得疲倦，欹藤床少息，随手翻检床边柱上日历，愀然改容叫道："寒假只有一星期了！假期作业还未动手呢！"游戏的热度忽然为之降低。另一儿接着说："我看还是未放假时快乐，一放假就觉得不过如此，现在反觉得比未放时不快了。"这话引起了许多人的同情。

我虽不是学生，并不参预他们的假期游戏，但也是这话的同情者之一人。我觉得在人的心理上，预想往往比实行快乐。西人有"胜利的悲哀"之说。我想模仿他们，说"实行的悲哀"，由预想进于实行，由希望变为成功，原是人生事业展进的正道。但在人心的深处，奇妙地存在着这种悲哀。

现在就从学生生活着想，先举星期日为例。凡做过学生的人，谁都能首肯，星期六比星期日更快乐。星期六的快乐的原因，原是为了有星期日在后头；但是星期日的快乐的滋味，却不在其本身，而集中于星期六。星期六午膳后，课业未了，全校已充满着一种弛缓的空气。有的人预先作归家的准备；有的人趁早做出游的计划！更有性急的人，已把包裹洋伞整理在一起，预备退课后一拿就走了。最后一课毕，退出教室的时候，欢乐的空气更加浓重了。有的唱着歌出来，有的笑谈着出来，年幼的跳舞着出来。先生们为环境所感，在这些时候大都暂把校规放宽，对于这等骚乱佯作不见不闻。其实他们也是真心地爱好这种弛缓的空气的。星期六晚上，学校中的空气达到了弛缓的极度。这晚上不必自修，也不被严格地监督。学生可以三三五五，各行其游息之乐。出校夜游一会也不妨，买些茶点回到寝室里吃也不妨，迟一点儿睡觉也不妨。这一黄昏，可说是星期日的快乐的最中了。过了这最中，弛缓的空气便开始紧张起来。因为到了星期日早晨，昨天所盼望的佳期已实际地达到，人心中已开始生出那种“实行的悲哀”来了。这一天，或者天气不好，或者人事不巧，昨日所预定的游约没有畅快地遂行，于是感到一番失望。即使天气好，人事巧，到了兴尽归校的时候，也不免尝到一种接近于“乐尽哀来”的滋味。明日的课业渐渐地挂上了心头，先生的脸孔隐约地出现在脑际，一朵无形的黑云，压迫在各人的头上了。而在游乐之后重新开始修业，犹似重新挑起曾经放下的担子来走路，起初觉得分量格外重些。于是不免懊恨起来，觉得还是没有这星期日好，原来星期日之乐是决不在星期日的。

其次，毕业也是“实行的悲哀”之一例。学生入学，当然是希望毕业的。照事理而论，毕业应是学生最快乐的时候。但人的心情却不然：毕业的快乐，常在于未毕业之时；一毕业，快乐便消失，有时反而来了悲哀。只有将毕业而未毕业的时候，学生才能真正地，浓烈地尝到毕业的快乐的滋味。修业期只有几个月了，在校中是最高级的学生了，在先生眼中是出山的了，在同学面前是老前辈了。这真是学生生活中最光荣的时期。加之毕业后的新世界的希望，“云路”“鹏程”等词所暗示的幸福，隐约地出现在脑际，无限地展开在预想中。这时候的学生，个个是前程远大的新青年，个个是有作有为的好国民。不但在学生生活中，恐怕在人生中，这也是最光荣的时期了。然而果真毕了业怎样呢？告辞良师，握别益友，离去母校，先受了一番感伤且不去说它。出校之后，有的升学未遂，有的就职无着。即使升了学，就了职，这些新世界中自有种种困难与苦痛，往往与未毕业时所预想者全然不符。在这时候，他们常常要羡慕过去，回想在校时何等自由，何等幸福，巴不得永远做未毕业的学生了。原来毕业之乐是决不在毕业上的。

进一步看，爱的欢乐也是如此。男子欲娶未娶，女子欲嫁未嫁的时候，其所感受的欢喜最为纯粹而十全。到了实行娶嫁之后，前此之乐往往消减，有时反而来了不幸。西人言“结婚是恋爱的坟墓”，恐怕就是这“实行的悲哀”所使然的罢？富贵之乐也是如此。欲富而刻苦积金，欲贵而努力钻营的时候，是其人生活兴味最浓的时期。到了既富既贵之后，若其人的人性未曾完全丧尽，有时会感懊丧，觉得富贵不如贫贱乐了。《红楼梦》里的贾政拜相，元春为贵妃，也算是极人间荣华富贵之乐了。但我读了大观园省亲时元妃隔帘对贾政说的一番话，觉得人生悲哀之深，无过于此了。

人事万端，无从一一细说。忽忆从前游西湖时的一件小事，可以旁证一切。前年早秋，有一个风清日丽的下午，我与两位友人从湖滨泛舟，向白堤方面荡漾而进。俯仰顾盼，水天如镜，风景如画，为之心旷神怡。行近白堤，远远望见平湖秋月突出湖中，几与湖水相平。旁边围着玲珑的栏杆，上面覆着参差的杨柳。杨柳在日光中映成金色，清风摇摆它们的垂条，时时拂着树下游人的头。游人三三两两，分列在树下的茶桌旁，有相对言笑者，有凭栏共眺者，有翘首遐观者，意甚自得。我们从船中望去，觉得这些人尽是画中人，这地方正是仙源。我们原定绕湖兜一圈子的，但看见了这般光景，大家眼热起来，痴心欲身入这仙源中去做画中人了。就命舟人靠平湖秋月停泊，登岸选择坐位。以前翘首遐观的那个人就跟过来，垂手侍立在侧，叩问“先生，红的？绿的？”我们命他泡三杯绿茶。其人受命而去。不久茶来，一只苍蝇浮死在茶杯中，先给我们一个不快。邻座相对言笑的人大谈麻雀经，又给我们一种罗唣。凭栏共眺的一男一女鬼鬼祟祟，又使我们感到肉麻。最后金色的垂柳上落下几个毛虫来，就把我们赶走。匆匆下船回湖滨，连绕湖兜圈子的兴趣也消失了。在归舟中相与谈论，大家认为风景只宜远看，不宜身入其中。现在回想，世事都同风景一样。世事之乐不在于实行而在于希望，犹似风景之美不在其中而在其外。身入其中，不但美即消失，还要生受苍蝇、毛虫、罗唣与肉麻的不快。世间苦的根本就在于此。

杨柳

因为我的画中多杨柳树，就有人说我欢喜杨柳树；因为有人说我欢喜杨柳树，我似觉自己真与杨柳树有缘。但我也曾问心，为什么欢喜杨柳树？到底与杨柳树有什么深缘？其答案了不可得。原来这完全是偶然的：昔年我住在白马湖上，看见人们在湖边种柳，我向他们讨了一小株，种在寓屋的墙角里。因此给这屋取名为“小杨柳屋”，因此常取见惯的杨柳为画材，因此就有人说我欢喜杨柳，因此我自己似觉与杨柳有缘。假如当时人们在湖边种荆棘，也许我会给屋取名为“小荆棘屋”，而专画荆棘，成为与荆棘有缘，亦未可知。天下事往往如此。

但假如我存心要和杨柳结缘，就不说上面的话，而可以附会种种的理由上去。或者说我爱它的鹅黄嫩绿，或者说我爱它的如醉如舞，或者说我爱它像小蛮的腰，或者说我爱它是陶渊明的宅边所种，或者还可引援“客舍青青”的诗，“树犹如此”的话，以及“王恭之貌”“张绪之神”等种种古典来，作为自己爱柳的理由。即使要找三百个冠冕堂皇、高雅深刻的理由，也是很容易的。天下事又往往如此。

也许我曾经对人说过“我爱杨柳”的话。但这话也是随缘的。仿佛我偶然买一双黑袜穿在脚上，逢人问我“为什么穿黑袜”时，就对他说“我喜欢穿黑袜”一样。实际，我向来对于花木无所爱好；即有之，亦无所执着。这是因为我生长穷乡，只见桑麻、禾黍、烟片、棉花、小麦、大豆，不曾亲近过万花如绣的园林。只在几本旧书里看见过“紫薇”“红杏”“芍药”“牡丹”等美丽的名称，但难得亲近这等名称的所有者。并非完全没有见过，只因见时它们往往使我失望，不相信这便是曾对紫薇郎的紫薇花，曾使尚书出名的红杏，曾傍美人醉卧的芍药，或者象征富贵的牡丹。我觉得它们也只是植物中的几种，不过少见而名贵些，实在也没有什么特别可爱的地方，似乎不配在诗词中那样地受人称赞，更不配在花木中占据那样高尚的地位。因此我似觉诗词中所赞叹的名花是另外一种，不是我现在所看见的这种植物。我也曾偶游富丽的花园，但终于不曾见过十足地配称“万花如绣”的景象。

假如我现在要赞美一种植物，我仍是要赞美杨柳。但这与前缘无关，只是我这几天的所感，一时兴到，随便谈谈，也不会像信仰宗教或崇拜主义地毕生皈依它。为的是昨日天气佳，埋头写作到傍晚，不免走到西湖边的长椅子里坐了一会。看见湖岸的杨柳树上，好像挂着几万串嫩绿的珠子，在温暖的春风中飘来飘去，飘出许多弯度微微的S线来，觉得这一种植物实在美丽可爱，非赞它一下不可。

听人说，这种植物是最贱的。剪一根枝条来插在地上，它也会活起来，后来变成一株大杨柳树。它不需要高贵的肥料或工深的壅培，只要有阳光、泥土和水，便会生活，而且生得非常强健而美丽。牡丹花要吃猪肚肠，葡萄藤要吃肉汤，许多花木要吃豆饼，杨柳树不要吃人家的东西，因此人们说它是“贱”的，大概“贵”是要吃的意思。越要吃得多，越要吃得好，就是越“贵”。吃得很多很好而没有用处，只供观赏的，似乎更贵。例如牡丹比葡萄贵，是为了牡丹吃了猪肚肠只供观赏而葡萄吃了肉汤有结果的原故。杨柳不要吃人的东西，且有木材供人用，因此被人看作“贱”的。

我赞杨柳美丽，但其美与牡丹不同，与别的一切花木都不同。杨柳的主要的美点，是其下垂。花木大都是向上发展的，红杏能长到“出墙”，古木能长到“参天”。向上原是好的，但我往往看见枝叶花果蒸蒸日上，似乎忘记了下面的根，觉得其样子可恶；你们是靠他养活的，怎么只管高踞上面，绝不理睬他呢？你们的生命建设在他上面，怎么只管贪图自己的光荣，而绝不回顾处在泥土中的根本呢？花木大都如此。甚至下面的根已经被砍，而上面的花叶还是欣欣向荣，在那里作最后一刻的威福，真是可恶而又可怜！杨柳没有这般可恶可怜的样子：它不是不会向上生长。它长得很快，而且很高；但是越长得高，越垂得低。千万条陌头细柳，条条不忘记根本，常常俯首顾着下面，时时借了春风之力，向处在泥土中的根本拜舞，或者和它亲吻。好像一群活泼的孩子环绕着他们的慈母而游戏，但时时依傍到慈母的身边去，或者扑进慈母的怀里去，使人看了觉得非常可爱。杨柳树也有高出墙头的，但我不嫌它高，为了它高而能下，为了它高而不忘本。

自古以来，诗文常以杨柳为春的一种主要题材。写春景曰“万树垂杨”，写春色曰“陌头杨柳”，或竟称春天为“柳条春”。我以为这并非仅为杨柳当春抽条的原故，实因其树有一种特殊的姿态，与和平美丽的春光十分调和的原故。这种姿态的特殊点，便是“下垂”。不然，当春发芽的树木不知凡几，何以专让柳条作春的主人呢？只为别的树木都凭仗了春之力而拼命向上，一味求高，忘记了自己的根本。其贪婪之相不合于春的精神。最能象征春的神意的，只有垂杨。

这是我昨天看了西湖边上的杨柳而一时兴起的感想。但我所赞美的不仅是西湖上的杨柳。在这几天的春光之下，乡村处处的杨柳都有这般可赞美的姿态。西湖似乎太高贵了，反而不适于栽植这种“贱”的垂杨呢。

廿四（一九三五）年三月四日于杭州

白鹅

抗战胜利后八个月零十天，我卖脱了三年前在重庆沙坪坝庙湾地方自建的小屋，迁居城中去等候归舟。

除了托庇三年的情感以外，我对这小屋实在毫无留恋。因为这屋太简陋了，这环境太荒凉了；我去屋如弃敝屣。倒是屋里养的一只白鹅，使我恋恋不忘。

这白鹅，是一位将要远行的朋友送给我的。这朋友住在北碚，特地从北碚把这鹅带到重庆来送给我。我亲自抱了这雪白的大鸟回家，放在院子内。它伸长了头颈，左顾右盼，我一看这姿态，想道："好一个高傲的动物！"凡动物，头是最主要部分。这部分的形状，最能表明动物的性格。例如狮子、老虎，头都是大的，表示其力强。麒麟、骆驼，头都是高的，表示其高超。狼、狐、狗等，头都是尖的，表示其刁奸猥鄙。猪猡、乌龟等，头都是缩的，表示其冥顽愚蠢。鹅的头在比例上比骆驼更高，与麒麟相似，正是高超性格的表示。而在它的叫声、步态、吃相中，更表示出一种傲慢之气。

鹅的叫声，与鸭的叫声大体相似，都是"轧轧"然的。但音调上大不相同。鸭的"轧轧"，其音调琐碎而愉快，有小心翼翼的意味；鹅的"轧轧"，其音调严肃郑重，有似厉声呵斥。它的旧主人告诉我：养鹅等于养狗，它也能看守门户。后来我看到果然：凡有生客进来，鹅必然厉声叫嚣；甚至篱笆外有人走路，也要它引吭大叫，其叫声的严厉，不亚于狗的狂吠。狗的狂吠，是专对生客或宵小用的；见了主人，狗会摇头摆尾，呜呜地乞怜。鹅则对无论何人，都是厉声呵斥；要求饲食时的叫声，也好像大爷嫌饭迟而怒骂小使一样。

鹅的步态，更是傲慢了。这在大体上也与鸭相似。但鸭的步调急速，有局促不安之相。鹅的步调从容，大模大样的，颇像平剧（京剧）里的净角出场，这正是它的傲慢性格的表现。我们走近鸡或鸭，这鸡或鸭一定让步逃走，这是表示对人惧怕，所以我们要捉住鸡或鸭，颇不容易。那鹅就不然，它傲然地站着，看见人走来简直不让，有时非但不让，竟伸过颈子来咬你一口，这表示它不怕人，看不起人。但这傲慢终归是狂妄的。我们一伸手，就可一把抓住它的项颈，而任意处置它。家畜之中，最傲人的无过于鹅。同时最容易捉住的也无过于鹅。

鹅的吃饭，常常使我们发笑。我们的鹅是吃冷饭的，一日三餐。它需要三样东西下饭：一样是水，一样是泥，一样是草。先吃一口冷饭，次吃一口水，然后再到某地方去吃一口泥及草。这地方是它自己选定的，选的目标，我们做人的无法知道。大约泥和草也有各种滋味，它是依着它的胃口而选定的。这食料并不奢侈；但它的吃法，三眼一板，丝毫不苟。譬如吃了一口饭，倘水盆偶然放在远处，它一定从容不迫地踏大步走上前去，饮水一口，再踏大步走到一定的地方去吃泥，吃草。吃过泥和草再回来吃饭。这样从容不迫的吃饭，必须有一个人在旁侍候，像饭馆里的侍者一样。因为附近的狗，都知道我们这位鹅老爷的脾气，每逢它吃饭的时候，狗就躲在篱边窥伺。等它吃过一口饭，踱着方步去吃水、吃泥、吃草的当儿，狗就敏捷地跑上来，努力地吃它的饭。没有吃完，鹅老爷偶然早归，伸颈去咬狗，并且厉声叫骂，狗立刻逃往篱边，蹲着静候；看它再吃了一口饭，再走开去吃水、吃草、吃泥的时候，狗又敏捷地跑上来，这回就把它的饭吃完，扬长而去了。等到鹅再来吃饭的时候，饭罐已经空空如也。鹅便昂首大叫，似乎责备人们供养不周。这时我们便替它添饭，并且站着侍候。因为邻近狗很多，一狗方去，一狗又来蹲着窥伺了。邻近的鸡也很多，也常蹑手蹑脚地来偷鹅的饭吃。我们不胜其烦，以后便将饭罐和水盆放在一起，免得它走远去，让鸡、狗偷饭吃。然而它所必须的盛馔泥和草，所在的地点远近无定。为了找这盛馔，它仍是要走远去的。因此鹅的吃饭，非有一人侍候不可。真是架子十足的！

鹅，不拘它如何高傲，我们始终要养它，直到房子卖脱为止。因为它对我们，物质上和精神上都有贡献，使主母和主人都欢喜它。物质上的贡献，是生蛋。它每天或隔天生一个蛋，篱边特设一堆稻草，鹅蹲伏在稻草中了，便是要生蛋了。家里的小孩子更兴奋，站在它旁边等候。它分娩毕，就起身，大踏步走进屋里去，大声叫开饭。这时候孩子们把蛋热热地捡起，藏在背后拿进屋子来，说是怕鹅看见了要生气。鹅蛋真是大，有鸡蛋的四倍呢！主母的蛋篓子内积得多了，就拿来制盐蛋，炖一个盐鹅蛋，一家人吃不了的！工友上街买菜回来说："今天菜市上有卖鹅蛋的，要四百元一个，我们的鹅每天挣四百元，一个月挣一万二，比我们做工还好呢。哈哈哈哈。"大家陪他"哈哈哈哈"。望望那鹅，它正吃饱了饭，昂胸凸肚地，在院子里踱方步，看野景，似乎更加神气活现了。但我觉得，比吃鹅蛋更好的，还是它的精神的贡献。因为我们这屋实在太简陋，环境实在太荒凉，生活实在太岑寂了。赖有这一只白鹅，点缀庭院，增加生气，慰我寂寞。

且说我这屋子，真是简陋极了：篱笆之内，地皮二十方丈，屋所占的只六方丈，其余算是庭院。这六方丈上，建着三间"抗建式"平屋，每间前后划分为二室，共得六室，每室平均一方丈。中央一间，前室特别大些，约有一方丈半弱，算是食堂兼客堂；后室就只有半方丈强，比公共汽车还小，作为家人的卧室。西边一间，平均划分为二，算是厨房及工友室。东边一间，也平均划分为二，后室也是家人的卧室，前室便是我的书房兼卧房。三年以来，我坐卧写作，都在这一方丈内。归熙甫《项脊轩记》中说："室仅方丈，可容一人居。"又说："雨泽下注，每移案，顾视无可置者。"我只有想起这些话的时候，感觉得自己满足。我的屋虽不上漏，可是墙是竹制的，单薄得很。夏天九点钟以后，东墙上炙手可热，室内好比开放了热水汀。这时候反教人希望警报，可到六七丈深的地下室去凉快一下呢。

竹篱之内的院子，薄薄的泥层下面尽是岩石，只能种些番茄、蚕豆、芭蕉之类，却不能种树木。竹篱之外，坡岩起伏，尽是荒郊。因此这小屋赤裸裸的，孤零零的，毫无依蔽；远远望来，正像一个亭子。我长年坐守其中，就好比一个亭长。这地点离街约有里许，小径迂回，不易寻找，来客极稀。杜诗“幽栖地僻经过少”一句，这屋可以受之无愧。风雨之日，泥泞载途，狗也懒得走过，环境荒凉更甚。这些日子岑寂的滋味，至今回想还觉得可怕。

自从这小屋落成之后，我就辞绝了教职，恢复了战前的闲居生活。我对外间绝少往来，每日只是读书作画，饮酒闲谈而已。我的时间全部是我自己的。这是我的性格的要求，这在我是认为幸福的。然而这幸福必需两个条件：在太平时，在都会里。如今在抗战期，在荒村里，这幸福就伴着一种苦闷——岑寂。为避免这苦闷，我便在读书、作画之余，在院子里种豆、种菜、养鸽、养鹅。而鹅给我的印象最深。因为它有那么庞大的身体，那么雪白的颜色，那么雄壮的叫声，那么轩昂的态度，那么高傲的脾气，和那么可笑的行为。在这荒凉岑寂的环境中，这鹅竟成了一个焦点。凄风苦雨之日，手酸意倦之时，推窗一望，死气沉沉，惟有这伟大的雪白的东西，高擎着琥珀色的喙，在雨中昂然独步，好像一个武装的守卫，使得这小屋有了保障，这院子有了主宰，这环境有了生气。

我的小屋易主的前几天，我把这鹅送给住在小龙坎的朋友人家。送出之后的几天内，颇有异样的感觉。这感觉与诀别一个人的时候所发生的感觉完全相同，不过分量较为轻微而已。原来一切众生，本是同根，凡属血气，皆有共感。所以这禽鸟比这房屋更是牵惹人情，更能使人留恋。现在我写这篇短文，就好比为一个永诀的朋友立传，写照。

这鹅的旧主人姓夏名宗禹，现在与我邻居着。

卅五（一九四六）年四月二十五日于重庆

吃瓜子

从前听人说：中国人人人具有三种博士的资格：拿筷子博士、吹煤头纸博士、吃瓜子博士。

拿筷子，吹煤头纸，吃瓜子，的确是中国人独得的技术。其纯熟深造，想起了可以使人吃惊。这里精通拿筷子法的人，有了一双筷，可抵刀锯叉瓢一切器具之用，爬罗剔抉，无所不精。这两根毛竹仿佛是身体上的一部分，手指的延长，或者一对取食的触手。用时好像变戏法者的一种演技，熟能生巧，巧极通神。不必说西洋了，就是我们自己看了，也可惊叹。至于精通吹煤头纸法的人，首推几位一天到晚捧水烟筒的老先生和老太太。他们的"要有火"比上帝还容易，只消向煤头纸上轻轻一吹，火便来了。他们不必出数元乃至数十元的代价去买打火机，只要有一张纸，便可临时在膝上卷起煤头纸来，向铜火炉盖的小孔内一插，拔出来一吹，火便来了。我小时候看见我们染坊店里的管帐先生，有种种吹煤头纸的特技。我把煤头纸高举在他的额旁边了，他会把下唇伸出来，使风向上吹；我把煤头纸放在他的胸前了，他会把上唇伸出来，使风向下吹；我把煤头纸放在他的耳旁了，他会把嘴歪转来，使风向左右吹；我用手按住了他的嘴，他会用鼻孔吹，都是吹一两下就着火的。中国人对于吹煤头纸技术造诣之深，于此可以窥见。所可惜者，自从卷烟和火柴输入中国而盛行之后，水烟这种"国烟"竟被冷落，吹煤头纸这种"国技"也很不发达了。生长在都会里的小孩子，有的竟不会吹，或者连煤头纸这东西也不曾见过。在努力保存国粹的人看来，这也是一种可虑的现象。近来国内有不少人努力于国粹保存。国医、国药、国术、国乐，都有人在那里提倡。也许水烟和煤头纸这种国粹，将来也有人起来提倡，使之复兴。

但我以为这三种技术中最进步最发达的，要算吃瓜子。近来瓜子大王的畅销，便是其老大的证据。据关心此事的人说，瓜子大王一类的装纸袋的瓜子，最近市上流行的有许多牌子。最初是某大药房"用科学方法"创制的，后来有什么"好吃来公司""顶好吃公司"等种种出品陆续产出。到现在差不多无论那个穷乡僻处的糖食摊上，都有纸袋装的瓜子陈列而倾销着了。现代中国人的精通吃瓜子术，由此盖可想见。我对于此道，一向非常短拙，说出来有伤于中国人的体面，但对自家人不妨谈谈。我从来不曾自动地找求或买瓜子来吃。但到人家作客，受人劝诱时；或者在酒席上、杭州的茶楼上，看见桌上现成放着瓜子盆时，也便拿起来咬。我必须注意选择，选那较大、较厚，而形状平整的瓜子，放进口里，用臼齿"格"地一咬，再吐出来，用手指去剥。幸而咬得恰好，两瓣瓜子壳各向两旁扩张而破裂，瓜仁没有咬碎，剥起来就较为省力。若用力不得其法，两瓣瓜子壳和瓜仁叠在一起而折断了，吐出来的时候我就担忧。那瓜子已纵断为两半，两半瓣的瓜仁紧紧地装塞在两半瓣的瓜子壳中，好像日本版的洋装书，套在很紧的厚纸函中，不容易取它出来。这种洋装书的取出法，现在都已从日本人那里学得，不要把指头塞进厚纸函中去力挖，只要使函口向下，两手扶着函，上下振动数次，洋装书自会脱壳而出。然而半瓣瓜子的形状太小了，不能应用这个方法，我只得用指爪细细地剥取。有时因为练习弹琴，两手的指爪都剪平，和尚头一般的手指对它简直毫无办法。我只得乘人不见把它抛弃了。在痛感困难的时候，我本拟不再吃瓜子了。但抛弃了之后，觉得口中有一种非甜非咸的香味，会引逗我再吃。我便不由得伸起手来，另选一粒，再送交臼齿去咬。不幸而这瓜子太燥，我的用力又太猛，"格"地一响，玉石不分，咬成了无数的碎块，事体就更糟了。我只得把粘着唾液的碎块尽行吐出在手心里，用心挑选，剔去壳的碎块，然后用舌尖舐食瓜仁的碎块。然而这挑选颇不容易，因为壳的碎块的一面也是白色的，与瓜仁无异，我误认为全是瓜仁而舐进口中去嚼，其味虽非嚼蜡，却等于嚼砂。壳的碎片紧紧地嵌进牙齿缝里，找不到牙签就无法取出。碰到这种钉子的时候，我就下个决心，从此戒绝瓜子。戒绝之法，大抵是喝一口茶来漱一漱口，点起一支香烟，或者把瓜子盆推开些，把身体换个方向坐了，以示不再对它发生关系。然而过了几分钟，与别人谈了几句话，不知不觉之间，会跟了别人而伸手向盆中摸瓜子来咬。等到自己觉察破戒的时候，往往是已经咬过好几粒了。这样，吃了非戒不可，戒了非吃不可；吃而复戒，戒而复吃，我为它受尽苦痛。这使我现在想起了瓜子觉得害怕。

但我看别人，精通此技的很多。我以为中国人的三种博士才能中，咬瓜子的才能最可叹佩。常见闲散的少爷们，一只手指间夹着一支香烟，一只手握着一把瓜子，且吸且咬，且咬且吃，且吃且谈，且谈且笑。从容自由，真是“交关写意!”他们不须拣选瓜子，也不须用手指去剥。一粒瓜子塞进了口里，只消“格”地一咬，“呸”地一吐，早已把所有的壳吐出，而在那里嚼食瓜子的肉了。那嘴巴真像一具精巧灵敏的机器，不绝地塞进瓜子去，不绝地“格”“呸”“格”“呸”……全不费力，可以永无罢休。女人们、小姐们的咬瓜子，态度尤加来得美妙：她们用兰花似的手指摘住瓜子的圆端，把瓜子垂直地塞在门牙中间，而用门牙去咬它的尖端。“的，的”两响，两瓣壳的尖头便向左右绽裂。然后那手敏捷地转个方向，同时头也帮着了微微地一侧，使瓜子水平地放在门牙口，用上下两门牙把两瓣壳分别拨开，咬住了瓜子肉的尖端而抽它出来吃。这吃法不但“的，的”的声音清脆可听，那手和头的转侧的姿势窈窕得很，有些儿妩媚动人。连丢去的瓜子壳也模样姣好，有如朵朵兰花。由此看来，咬瓜子是中国少爷们的专长，而尤其是中国小姐、太太们的拿手戏。

在酒席上、茶楼上，我看见过无数咬瓜子的圣手。近来瓜子大王畅销，我国的小孩子们也都学会了咬瓜子的绝技。我的技术，在国内不如小孩子们远甚，只能在外国人面前占胜。记得从前我在赴横滨的轮船中，与一个日本人同舱。偶检行箧，发见亲友所赠的一罐瓜子。

旅途寂寥，我就打开来和日本人共吃。这是他平生没有吃过的东西，他觉得非常珍奇。在这时候，我便老实不客气地装出内行的模样，把吃法教导他，并且示范地吃给他看。托祖国的福，这示范没有失败。但看那日本人的练习，真是可怜得很！他如法将瓜子塞进口中，“格”地一咬，然而咬时不得其法，将唾液把瓜子的外壳全部浸湿，拿在手里剥的时候，滑来滑去，无从下手，终于滑落在地上，无处寻找了。他空咽一口唾液，再选一粒来咬。这回他剥时非常小心，把咬碎了的瓜子陈列在舱中的食桌上，俯伏了头，细细地剥，好像修理钟表的样子。约莫一二分钟之后，好容易剥得了些瓜仁的碎片，郑重地塞进口里去吃。我问他滋味如何，他点点头连称 umai，umai！（好吃，好吃！）我不禁笑了出来。我看他那阔大的嘴里放进一些瓜仁的碎屑，犹如沧海中投以一粟，亏他辨出 umai 的滋味来。但我的笑不仅为这点滑稽，本由于骄矜自夸的心理。我想，这毕竟是中国人独得的技术，像我这样对于此道最拙劣的人，也能在外国人面前占胜，何况国内无数精通此道的少爷、小姐们呢？

发明吃瓜子的人，真是一个了不起的天才！这是一种最有效的“消闲”法。要“消磨岁月”，除了抽鸦片以外，没有比吃瓜子更好的方法了。其所以最有效者，为了它具备三个条件：一、吃不厌；二、吃不饱；三、要剥壳。

俗语形容瓜子吃不厌，叫做“勿完勿歇”。为了它有一种非甜非咸的香味，能引逗人不断地要吃。想再吃一粒不吃了，但是嚼完吞下之后，口中余香不绝，不由你不再伸手向盆中或纸包里去摸。我们吃东西，凡一味甜的，或一味咸的，往往易于吃厌。只有非甜非咸的，可以久吃不厌。瓜子的百吃不厌，便是为此。有一位老于应酬的朋友告诉我一段吃瓜子的趣话：说他已养成了见瓜子就吃的习惯。有一次同了朋友到戏馆里看戏，坐定之后，看见茶壶的旁边放着一包打开的瓜子，便随手向包里掏取几粒，一面咬着，一面看戏。咬完了再取，取了再咬。如是数次，发见邻席的不相识的观剧者也来掏取，方才想起了这包瓜子的所有权。低声问他的朋友：“这包瓜子是你买来的吗？”那朋友说“不”，他才知道刚才是擅吃了人家的东西，便向邻座的人道歉。邻座的人很漂亮，付之一笑，索性正式地把瓜子请客了。由此可知瓜子这样东西，对中国人有非常的吸引力，不管三七二十一，见了瓜子就吃。

俗语形容瓜子吃不饱，叫做“吃三日三夜，长个屎尖头。”因为这东西分量微小，无论如何也吃不饱，连吃三日三夜，也不过多排泄一粒屎尖头。为消闲计，这是很重要的一个条件。倘分量大了，一吃就饱，时间就无法消磨。这与赈饥的粮食，目的完全相反。赈饥的粮食求其吃得饱，消闲的粮食求其吃不饱。最好只尝滋味而不吞物质。最好越吃越饿，像罗马亡国之前所流行的“吐剂”一样，则开筵大嚼，醉饱之后，咬一下瓜子可以再来开筵大嚼，一直把时间消磨下去。

要剥壳也是消闲食品的一个必要条件。倘没有壳，吃起来太便当，容易饱，时间就不能多多消磨了。一定要剥，而且剥的技术要有声有色，使它不像一种苦工，而像一种游戏，方才适合于有闲阶级的生活，可让他们愉快地把时间消磨下去。

具足以上三个利于消磨时间的条件的，在世间一切食物之中，想来想去，只有瓜子。所以我说发明吃瓜子的人是了不起的天才。而能尽量地享用瓜子的中国人，在消闲一道上，真是了不起的积极的实行家！试看糖食店、南货店里的瓜子的畅销，试看茶楼、酒店、家庭中满地的瓜子壳，便可想见中国人在“格，呸”“的，的”的声音中消磨去的时间，每年统计起来为数一定可惊。将来此道发展起来，恐怕是全中国也可消灭在“格，呸”“的，的”的声音中呢。

我本来见瓜子害怕，写到这里，觉得更加害怕了。

廿三（一九三四）年四月廿日

清明

清明例行扫墓。扫墓照理是悲哀的事。所以古人说：“鸦啼雀噪昏乔木，清明寒食谁家哭。”又说：“佳节清明桃李笑，野田荒冢只生愁。”然而在我幼时，清明扫墓是一件无上的乐事。人们借佛游春，我们是“借墓游春”。我父亲有八首《扫墓竹枝词》：

别却春风又一年，梨花似雪柳如烟。
家人预理上坟事，五日前头折纸钱。

风柔日丽艳阳天，老幼人人笑口开。
三岁玉儿娇小甚，也教抱上画船来。

双双画桨荡轻波，一路春风笑语和。
望见坟前堤岸上，松阴更比去年多。

壶榼纷陈拜跪忙，闲来坐憩树阴凉。
村姑三五来窥看，中有谁家新嫁娘。

周围堤岸视桑麻，剪去枯藤只剩花。
更有儿童知算计，松球拾得去煎茶。

荆榛坡上试跻攀，极目云烟杳霭闲，
恰得村夫遥指处，如烟如雾是含山。

纸灰扬起满林风，杯酒空浇奠已终。
却觅儿童归去也，红裳遥在菜花中。

解将锦缆趁斜晖，水上蜻蜓逐队飞。
赢受一番春色足，野花载得满船归。

这里的“三岁玉儿”，就是现在执笔写此文的七十老翁。我的小名叫做“慈玉”。

清明三天，我们每天都去上坟。第一天，寒食，下午上“杨庄坟”。杨庄坟离镇五六里路，水路不通，必须步行。老幼都不去，我七八岁就参加。茂生大伯挑了一担祭品走在前面，大家跟他走，一路上采桃花，偷新蚕豆，不亦乐乎。到了坟上，大家息足，茂生大伯到附近农家去，借一只桌子和两只条凳来，于是陈设祭品，依次跪拜。拜过之后，自由玩耍。有的吃甜麦塌饼，有的吃粽子，有的拔蚕豆梗来作笛子。蚕豆梗是方形的，在上面摘几个洞，作为笛孔。然后再摘一段豌豆梗来，装在这笛的一端，笛便做成。指按笛孔，口吹豌豆梗，发音竟也悠扬可听。可惜这种笛寿命不长。拿回家里，第二天就枯干，吹不响了。祭扫完毕，茂生大伯去还桌子凳子，照例进两个甜麦塌饼和一串粽子，作为酬谢。然后诸人一同在夕阳中回去。杨庄坟上只有一株大松树，临着一个池塘。父亲说这叫做“美人照镜”。现在，几十年不去，不知美人是否还在照镜。闭上眼睛，情景宛在目前。

正清明那天，上“大家坟”。这就是去上同族公共的祖坟。坟共有五六处，须用两只船，整整上一天。同族共有五家，轮流作主。白天上坟，晚上吃上坟酒。这笔费用由祭田开销。祖宗们心计长，恐怕子孙不肖，上不起坟，叫他们变成饿鬼。因此特置几亩祭田，租给农民。轮到谁家主持上坟，由谁家收租。雇船办酒之外，费用总有余裕。

因此大家高兴作主。而小孩子尤其高兴，因为可以整天在乡下游玩，在草地上吃午饭。船里烧出来的饭菜，滋味特别好。因为，据老人们说，家里有灶君菩萨，把饭菜的好滋味先尝了去；而船里没有灶君菩萨，所以船里烧出来的饭菜滋味特别好。孩子们还有一件乐事，是抢鸡蛋吃。每到一个坟上，除对祖宗的一桌祭品以外，必定还有一只小匾，内设小鱼、小肉、鸡蛋、酒和香烛，是请地主吃的，叫做拜坟墓土地。孩子们中，谁先向坟墓土地叩头，谁先抢得鸡蛋。我难得抢到，觉得这鸡蛋的确比平常的好吃。上了一天坟回来，晚上是吃上坟酒。酒有四五桌，因为出嫁姑娘也都来吃。吃酒时，长辈总要训斥小辈，被训斥的，主要是乐谦、乐生和月生。因为乐谦盗卖坟树，乐生、月生作恶为非，上坟往往不到而吃上坟酒必到。

第三天上私房坟。我家的私房坟，又称为旗杆坟。去上的就是我们一家人，父母和我们姐弟数人。吃了早中饭，雇一只客船，慢吞吞地荡去。水路五六里，不久就到。祭扫期间，附近三竺庵里的和尚来问讯，送我们些春笋。我们也到这庵里去玩，看见竹林很大，身入其中，不见天日。我们终年住在那市井尘嚣中的低小狭窄的百年老屋里，一朝来到乡村田野，感觉异常新鲜，心情特别快适，好似遨游五湖四海。因此我们把清明扫墓当作无上的乐事。我的父亲孜孜兀兀地在穷乡僻壤的蓬门败屋之中度送短促的一生，我想起了感到无限的同情。

美与同情

有一个儿童，他走进我的房间里，便给我整理东西。他看见我的挂表的面合覆在桌子上，给我翻转来。看见我的茶杯放在茶壶的环子后面，给我移到口子前面来。看见我床底下的鞋子一顺一倒，给我掉转来。看见我壁上的立幅的绳子拖出在前面，搬了凳子，给我藏到后面去。我谢他：

"哥儿，你这样勤勉地给我收拾！"

他回答我说：

"不是，因为我看了那种样子，心情很不安适。"是的，他曾说："挂表的面合覆在桌子上，看它何等气闷！""茶杯躲在它母亲的背后，教它怎样吃奶奶？""鞋子一顺一倒，教它们怎样谈话？""立幅的辫子拖在前面，像一个鸦片鬼。"我实在钦佩这哥儿同情心的丰富。从此我也着实留意于东西的位置，体谅东西的安适了。它们的位置安适，我们看了心情也安适。于是我恍然悟到，这就是美的心境，就是文学的描写中所常用的手法，就是绘画的构图上所经营的问题。这都是同情心的发展。普通人的同情只能及于同类的人，或至多及于动物，但艺术家的同情非常深广，与天地造化之心同样深广，能普及于有情、非有情的一切物类。

我次日到高中艺术科上课，就对她们作这样的一番讲话：

世间的物有各种方面，各人所见的方面不同。譬如一株树，在博物家，在园丁，在木匠，在画家，所见各人不同。博物家见其性状，园丁见其生息，木匠见其材料，画家见其姿态。

但画家所见的，与前三者又根本不同。前三者都有目的，都想起树的因果关系，画家只是欣赏目前的树本身的姿态，而别无目的。所以画家所见的方面，是形式的方面，不是实用的方面。换言之，是美的世界，不是真善的世界。美的世界中的价值标准，与真善的世界中全然不同，我们仅就事物的形状、色彩、姿态而欣赏，更不顾问其实用方面的价值了。

所以，一枝枯木，一块怪石，在实用上全无价值，而在中国画家是很好的题材。无名的野花，在诗人的眼中异常美丽。故艺术家所见的世界，可说是一视同仁的世界，平等的世界。艺术家的心，对于世间一切事物都给以热诚的同情。

故普通世间的价值与阶级，入了画中便全部撤销了。画家把自己的心移入于儿童的天真的姿态中而描写儿童，又同样地把自己的心移入于乞丐的病苦的表情中而描写乞丐。画家的心，必常与所描写的对象相共鸣共感，共悲共喜，共泣共笑。倘不具备这种深广的同情心，而徒事手指的刻画，决不能成为真的画家。即使他能描画，所描的至多仅抵一幅照相。

画家须有这种深广的同情心，故同时又非有丰富而充实的精神力不可。倘其伟大不足与英雄相共鸣，便不能描写英雄；倘其柔婉不足与少女相共鸣，便不能描写少女。故大艺术家必是大人格者。

艺术家的同情心，不但及于同类的人物而已，又普遍地及于一切生物、无生物。犬马花草，在美的世界中均是有灵魂而能泣能笑的活物了。诗人常常听见子规的啼血，秋虫的促织，看见桃花的笑东风，蝴蝶的送春归。用实用的头脑看来，这些都是诗人的疯话。其实我们倘能身入美的世界中，而推广其同情心，及于万物，就能切实地感到这些情景了。画家与诗人是同样的，不过画家注重其形式姿态的方面而已。没有体得龙马的活力，不能画龙马；没有体得松柏的劲秀，不能画松柏。中国古来的画家都有这样的明训。西洋画何独不然？我们画家描一个花瓶，必其心移入于花瓶中，自己化作花瓶，体得花瓶的力，方能表现花瓶的精神。我们的心要能与朝阳的光芒一同放射，方能描写朝阳；能与海波的曲线一同跳舞，方能描写海波。这正是“物我一体”的境涯，万物皆备于艺术家的心中。

为了要有这点深广的同情心，故中国画家作画时先要焚香默坐，涵养精神，然后和墨伸纸，从事表现。其实西洋画家也需要这种修养，不过不曾明言这种形式而已。不但如此，普通的人，对于事物的形色姿态，多少必有一点共鸣共感的天性。房屋的布置装饰，器具的形状色彩，所以要求其美观者，就是为了要适应天性的缘故。眼前所见的都是美的形色，我们的心就与之共感而觉得快适；反之，眼前所见的都是丑恶的形色，我们的心也就与之共感而觉得不快。不过共感的程度有深浅高下不同而已。对于形色的世界全无共感的人，世间恐怕没有；有之，必是天资极陋的人，或理智的奴隶，那些真是所谓“无情”的人了。

在这里我们不得不赞美儿童了。因为儿童大都是最富于同情的。且其同情不但及于人类，又自然地及于猫犬、花草、鸟蝶、鱼虫、玩具等一切事物，他们认真地对猫犬说话，认真地和花接吻，认真地和人像（doll）玩耍，其心比艺术家的心真切而自然得多！他们往往能注意大人们所不能注意的事，发现大人们所不能发现的点。所以儿童的本质是艺术的。

换言之，即人类本来是艺术的，本来是富于同情的。只因长大起来受了世智的压迫，把这点心灵阻碍或销磨了。惟有聪明的人，能不屈不挠，外部即使饱受压迫，而内部仍旧保藏着这点可贵的心。这种人就是艺术家。

西洋艺术论者论艺术的心理，有“感情移入”之说。所谓感情移入，就是说我们对于美的自然或艺术品，能把自己的感情移入于其中，没入于其中，与之共鸣共感，这时候就经验到美的滋味。我们又可知这种自我没入的行为，在儿童的生活中为最多。他们往往把兴趣深深地没入在游戏中，而忘却自身的饥寒与疲劳。《圣经》中说：“你们不像小孩子，便不得进入天国。”小孩子真是人生的黄金时代！我们的黄金时代虽然已经过去，但我们可以因了艺术的修养而重新面见这幸福、仁爱而和平的世界。

一九二九年九月八日

作客者言

有一位天性真率的青年，赴亲友家作客，归家的晚上，垂头丧气地跑进我的房间来，躺在藤床上，不动亦不语。看他的样子很疲劳，好像做了一天苦工而归来似的。我便和他问答：

“你今天去作客，喝醉了酒吗？”

“不，我不喝酒，一滴儿也不喝。”

“那么为什么这般颓丧？”

“因为受了主人的异常优礼的招待。”

我惊奇地笑道：“怪了！作客而受主人优待，应该舒服且高兴，怎的反而这般颓丧？倒好像被打翻了似的。”

他苦笑地答道：“我宁愿被打一顿，但愿以后不再受这种优待。”

我知道他正在等候我去打开他的话匣子来。便放下笔，推开桌上的稿纸，把坐着的椅子转个方向，正对着他。点起一支烟来，津津有味地探问他：

“你受了怎样异常优礼的招待？来！讲点给我听听看！”

他抬起头来看看我桌上的稿件，说：“你不是忙写稿吗？我的话说来长呢！”

我说：“不，我准备一黄昏听你谈话。并且设法慰劳你今天受优待的辛苦呢。”

他笑了，从藤床上坐起身来，向茶盘里端起一杯菊花茶来喝了一口，慢慢地、一五一十地把这一天赴亲友家作客而受异常优礼的招待的经过情形描摹给我听。

以下所记录的便是他的话。

我走进一个幽暗的厅堂，四周阒然无人。我故意把脚步走响些，又咳嗽几声，里面仍然没有人出来，外面的厢房里倒走进一个人来。这是一个工人，好像是管门的人。他两眼钉住我，问我有什么事。我说访问某先生。他说“片子!”我是没有名片的，回答他说：“我没有带名片，我姓某名某，某先生是知道我的，烦你去通报吧。”他向我上下打量了一会，说一声“你等一等”，怀疑似的进去了。

我立着等了一会，望见主人缓步地从里面的廊下走出来。走到望得见我的时候，他的缓步忽然改为趋步，拱起双手，口中高呼“劳驾，劳驾!”一步紧一步地向我赶将过来，其势急不可当，我几乎被吓退了。因为我想，假如他口中所喊的不是“劳驾，劳驾”而换了“捉牢，捉牢”，这光景定是疑心我是窃了他家厅上的宣德香炉而赶出来提我去送公安局。幸而他赶到我身边，并不提牢我，只是连连地拱手、弯腰，几乎要拜倒在地。我也只得模仿他拱手、弯腰，弯到几乎拜倒在地，作为相当的答礼。

大家弯好了腰，主人袒开了左手，对着我说：“请坐，请坐!”他的袒开的左手所照着的，是一排八仙椅子。每两只椅子夹着一只茶几，好像城头上的一排女墙。我选择最外口的一只椅子坐了。一则贪图近便。二则他家厅上光线幽暗，除了这最外口的一只椅子看得清楚以外，里面的椅子都埋在黑暗中，看不清楚；我看见最外边的椅子颇有些灰尘，恐怕里面的椅子或有更多的灰尘与龌龊，将污损我的新制的淡青灰哔叽长衫的屁股部分，弄得好像被摩登破坏团射了镪水一般。三则我是从外面来的客人，像老鼠钻洞一般地闯进人家屋里深暗的内部去坐，似乎不配。四则最外面的椅子的外边，地上放着一只痰盂，丢香烟头时也是一种方便。我选定了这个好位置，便在主人的“请，请，请”声中捷足先登地坐下了。但是主人表示反对，一定要我“请上坐”。请上坐者，就是要我坐到里面的、或许有更多的灰尘与龌龊、而近旁没有痰盂的椅子上去。我把屁股深深地埋进我所选定的椅子里，表示不肯让位。他便用力拖我的臂，一定要夺我的位置。我终于被他赶走了，而我所选定的位置就被他自己占据了。

当此夺位置的时间，我们二人在厅上发出一片相骂似的声音，演出一种打架似的举动。我无暇察看我的新位置上有否灰尘或龌龊，且以客人的身份，也不好意思俯下头去仔细察看椅子的干净与否。我不顾一切地坐下了。然而坐下之后，很不舒服。我疑心椅子板上有什么东西，一动也不敢动。我想，这椅子至少同外面的椅子一样地颇有些灰尘，我是拿我的新制的淡青灰哔叽长衫来给他揩抹了两只椅子。想少沾些龌龊，我只得使个劲儿，将屁股摆稳在椅子板上，绝不转动摩擦。宁可费些气力，扭转腰来对主人谈话。

正在谈话的时候，我觉得屁股上冷冰冰起来。我脸上强装笑容——因为这正是“应该”笑的时候——心里却在叫苦。我想用手去摸摸看，但又逡巡不敢，恐怕再污了我的手。我作种种猜想，想象这是梁上挂下来的一只蜘蛛，被我坐扁，内脏都流出来了。又想象这是一朵鼻涕，一朵带血的痰。我浑身难过起来，不敢用手去摸。后来终于偷偷地伸手去摸了。指尖触着冷冰冰的湿湿的一团，偷偷摸出来一看，色彩很复杂，有白的，有黑的，有淡黄的，有蓝的，混在一起，好像五色的牙膏。我不辨这是何物，偷偷地丢在椅子旁边的地上了。但心里疑虑得很，料想我的新制的淡青灰哔叽长衫上一定染上一块五色了。但主人并不觉察我的心事，他正在滥用各种的笑声，把他近来的得意事件讲给我听。我记念着屁股底下的东西，心中想皱眉头，然而不好意思用颦蹙之颜来听他的得意事件，只得强颜作笑。我感到这种笑很费力。硬把嘴巴两旁的筋肉吊起来，久后非常酸痛。须得乘个空隙用手将脸上的筋肉用力揉一揉，然后再装笑脸听他讲。其实我没有仔细听他所讲的话，因为我听了很久，已能料知他的下文了。我只是顺口答应着，而把眼睛偷看环境中，凭空地研究我屁股底下的究竟是什么东西。我看见他家梁上筑着燕巢，燕子飞进飞出，遗弃一朵粪在地上，其颜色正同我屁股底下的东西相似。我才知道，我新制的淡青灰哔叽长衫上已经沾染一朵燕子粪了。

外面走进来一群穿长衫的人。他们是主人的亲友和邻居。主人因为我是远客，特地邀他们来陪我。大部分的人是我所未认识的，主人便立起身来为我介绍。他的左手臂伸直，好像一把刀。他用这把刀把新来的一群人一个一个地切开来，同时口中说着：

“这位是某某先生，这位是某某君……”等到他说完的时候，我已把各人的姓名统统忘却了。因为当他介绍时，我只管在那里看他那把刀的切法，不曾用心听着。我觉得很奇怪，为什么介绍客人姓名时不用食指来点，必用刀一般的手来切？又觉得很妙，为什么用食指来点似乎侮慢，而用刀一般的手来切似乎客气得多？这也许有造形美术上的根据：五指并伸的手，样子比单伸一根食指的手美丽、和平而恭敬得多。这是合掌礼的一半。合掌是作个揖，这是作半个揖，当然客气得多。反之，单伸一根食指的手，是指示路径的牌子上或“小便在此”的牌子上所画的手。若用以指客人，就像把客人当作小便所，侮慢太甚了！我当时忙着这样的感想，又叹佩我们的主人的礼貌，竟把他所告诉我的客人的姓名统统忘记了。但觉姓都是百家姓所载的，名字中有好几个“生”字和“卿”字。

主人请许多客人围住一张八仙桌坐定了。这回我不自选座位，一任主人发落，结果被派定坐在左边，独占一面。桌上已放着四只盆子，内中两盆是糕饼，一盆是瓜子，一盆是樱桃。

仆人送到一盘茶，主人立起身来，把盘内的茶一一端送客人。客人受茶时，有的立起身来，伸手遮住茶杯，口中连称“得罪，得罪”。有的用中央三个指头在桌子边上敲击：“答，答，答，答，”口中连称“叩头，叩头”。其意仿佛是用手代表自己的身体，把桌子当作地面，而伏在那里叩头。我是第一个受茶的客人，我点一点头，应了一声。与别人的礼貌森严比较之下，自觉太过傲慢了。我感觉自己的态度颇不适合于这个环境，局促不安起来。第二次主人给我添茶的时候，我便略略改变态度，也伸手挡住茶杯。我以为这举动可以表示两种意思，一种是“够了，够了”的意思，还有一种是用此手作半个揖道谢的意思，所以可取。但不幸技巧拙劣，把手遮隔了主人的视线，在幽暗的厅堂里，两方大家不易看见杯中的茶。他只管把茶注下来，直到泛滥在桌子上，滴到我的新制的淡青灰哔叽长衫上，我方才觉察，动手拦阻。于是找抹桌布，揩拭衣服，弄得手忙脚乱。主人特别关念我的衣服，表示十分抱歉的样子，要亲自给我揩拭。我心中很懊恼，但脸上只得强装笑容，连说“不要紧，没有什么”；其实是“有什么”的！我的新制的淡青灰哔叽长衫上又染上了芭蕉扇大的一块茶渍！

主人以这事件为前车，以后添茶时逢到伸手遮住茶杯的客人，便用开诚布公似的语调说：“不要客气，大家老实来得好！”客人都会意，便改用指头敲击桌子：“答，答，答，答。”这办法的确较好，除了不妨碍视线的好处外，又是有声有色，郑重得多。况且手的样子活像一个小形的人：中指像头，食指和无名指像手，大指和小指像足，手掌像身躯，口称“叩头”而用中指“答，答，答，答”地敲击起来，俨然是“五体投地”而“捣蒜”一般叩头的模样。

主人分送香烟，座中吸烟的人，连主人共有五六人，我也在内。主人划一根自来火，先给我的香烟点火。自来火在我眼前烧得正猛，匆促之间我真想不出谦让的方法来，便应了一声，把香烟凑上去点着了。主人忙把已经烧了三分之一的自来火给坐在我右面的客人的香烟点火。这客人正在咬瓜子，便伸手推主人的臂，口里连叫“自来，自来。”“自来”者，并非“自来火”的略语，是表示谦让，请主人“自”己先“来”（就是点香烟）的意思。主人坚不肯“自来”，口中连喊“请，请，请，”定要隔着一张八仙桌，拿着已剩二分之一弱的火柴杆来给这客人点香烟。我坐在两人中间，眼看那根不知趣的火柴杆越烧越短，而两人的交涉尽不解决，心中替他们异常着急。主人又似乎不大懂得燃烧的物理，一味把火头向下，因此火柴杆烧得很快。幸而那客人不久就表示屈服，丢去正咬的瓜子，手忙脚乱地向茶杯旁边捡起他那枝香烟，站起来，弯下身子，就火上去吸。这时候主人手中的火柴杆只剩三分之一弱，火头离开他的指爪只有一粒瓜子的地位了。

出乎我意外的，是主人还要撮着这一粒火柴杆，去给第三个客人点香烟。第三个客人似乎也没有防到这一点，不曾预先取烟在手。他看见主人有“燃指之急”，特地不取香烟，摇手喊道：“我自来，我自来。”主人依然强硬，不肯让他自来。这第三个客人的香烟的点火，终于像救火一般惶急万状地成就了。他在匆忙之中带翻了一只茶杯，幸而杯中盛茶不多，不曾作再度的泛滥。我屏息静观，几乎发呆了，到这时候才抽一口气。主人把拿自来火的手指用力地搓了几搓，再划起一根自来火来，为第四个客人的香烟点火。在这事件中，我顾怜主人的手指烫痛，又同情于客人的举动的仓皇。觉得这种主客真难做：吸烟，原是一件悠闲畅适的事；但在这里变成救火一般惶急万状了。

这一天，我和别的几位客人在主人家里吃一餐饭，据我统计，席上一共闹了三回事：第一次闹事，是为了争座位。所争的是朝里的位置。这位置的确最好：别的三面都是两人坐一面的，朝里可以独坐一面；别的位置都很幽暗，朝里的位置最亮。且在我更有可取之点，我患着羞明的眼疾，不耐对着光源久坐，最喜欢背光而坐。我最初看中这好位置，曾经一度占据；但主人立刻将我一把拖开，拖到左边的里面的位置上，硬把我的身体装进在椅子里去。这位置最黑暗，又很狭窄，但我只得忍受。因为我知道这座位叫做“东北角”，是最大的客位；而今天我是远客，别的客人都是主人请来陪我的。主人把我驱逐到“东北”之后，又和别的客人大闹一场：坐下去，拖起来；装进去，逃出来；约莫闹了五分钟，方才坐定。“请，请，请，”大家“请酒”“用菜”。

第二次闹事，是为了灌酒。主人好像是开着义务酿造厂的，多多益善地劝客人饮酒。他有时用强迫的手段，有时用欺诈的手段。客人中有的把酒杯藏到桌子底下，有的拿了酒杯逃开去。结果有一人被他灌醉，伏在痰盂上呕吐了。主人一面照料他，一面劝别人再饮。好像已经“做脱”了一人，希望再麻翻几个似的。我幸而以不喝酒著名，当时以茶代酒，没有卷入这风潮的旋涡中，没有被麻翻的恐慌。但久作壁上观，也觉得厌倦了，便首先要求吃饭。后来别的客人也都吃饭了。

第三次闹事，便是为了吃饭问题。但这与现今世间到处闹着的吃饭问题性质完全相反。这是一方强迫对方吃饭，而对方不肯吃。起初两方各提出理由来互相辩论；后来是夺饭碗——一方硬要给他添饭，对方决不肯再添；或者一方硬要他吃一满碗，对方定要减少半碗。粒粒皆辛苦的珍珠一般的白米，在这社会里全然失却其价值，几乎变成狗子也不要吃的东西了。我没有吃酒，肚子饿着，照常吃两碗半饭。在这里可说是最肯负责吃饭的人，没有受主人责备。因此我对于他们的争执，依旧可作壁上观。我觉得这争执状态真是珍奇；尤其是在到处闹着没饭吃的中国社会里，映成强烈的对比。可惜这种状态的出现，只限于我们这主人的客厅上，又只限于这一餐的时间。若得因今天的提倡与励行而普遍于全人类，永远地流行，我们这主人定将在世界到处的城市被设立生祠，死后还要在世界到处的城市中被设立铜像呢。我又因此想起了以前在你这里看见过的日本人描写乌托邦的几幅漫画：在那漫画的世界里，金银和钞票是过多而没有人要的，到处被弃掷在垃圾桶里。清道夫满满地装了一车子钞票，推到海边去烧毁。半路里还有人开了后门，捧出一畚箕金镑来，硬要倒进他的垃圾车中去，却被清道夫拒绝了。马路边的水门汀上站着的乞丐，都提着一大筐子的钞票，在那里哀求苦告地分送给行人，行人个个远而避之。我看今天座上为拒绝吃饭而起争执的主人和客人们，足有列入那种漫画人物中的资格。请他们侨居到乌托邦去，再好没有了。

我负责地吃了两碗半白米饭，虽然没有受主人责备，但把胃吃坏，积滞了。因为我是席上第一个吃饭的人，主人命一仆人站在我身旁，伺候添饭。这仆人大概受过主人的训练，伺候异常忠实：当我吃到半碗饭的时候，他就开始鞠躬如也地立在我近旁，监督我的一举一动，注视我的饭碗，静候我的吃完。等到我吃剩三分之一的时候，他站立更近，督视更严，他的手跃跃欲试地想来夺我的饭碗。在这样的监督之下，我吃饭不得不快。吃到还剩两三口的时候，他的手早已搭在我的饭碗边上，我只得两三口并作一口地吞食了，让他把饭碗夺去。这样急急忙忙地装进了两碗半白米饭，我的胃就积滞，隐隐地作痛，连茶也喝不下去。但又说不出来。忍痛坐了一会，又勉强装了几次笑颜，才得告辞。我坐船回到家中，已是上灯时分，胃的积滞还没有消，吃不进夜饭。跑到药房里去买些苏打片来代夜饭吃了，便倒身在床上。直到黄昏，胃里稍觉松动些，就勉强起身，跑到你这里来抽一口气。

但是我的身体、四肢还是很疲劳，连脸上的筋肉，也因为装了一天的笑，酸痛得很呢。我但愿以后不再受人这种优礼的招待！

他说罢，又躺在藤床上了。我把香烟和火柴送到他手里，对他说："好，待我把你所讲的一番话记录出来。倘能卖得稿费，去买许多饼干、牛奶、巧格力和枇杷来给你开慰劳会吧。"

廿三（一九三五）年五月旅中

不畏浮雲遮望眼
自緣身在最高層
子愷

不畏浮云遮望眼　自缘身在最高层

怀李叔同先生

距今二十九年前，我十七岁的时候，最初在杭州的浙江省立第一师范学校里见到李叔同先生，即后来的弘一法师。那时我是预科生，他是我们的音乐教师。我们上他的音乐课时，有一种特殊的感觉：严肃。摇过预备铃，我们走向音乐教室，推进门去，先吃一惊：李先生早已端坐在讲台上。以为先生总要迟到而嘴里随便唱着、喊着、或笑着、骂着而推进门去的同学，吃惊更是不小。他们的唱声、喊声、笑声、骂声以门槛为界限而忽然消灭。接着是低着头，红着脸，去端坐在自己的位子里。端坐在自己的位子里偷偷地抑起头来看看，看见李先生的高高的瘦削的上半身穿着整洁的黑布马褂，露出在讲桌上，宽广得可以走马的前额，细长的凤眼，隆正的鼻梁，形成威严的表情。扁平而阔的嘴唇两端常有深涡，显示和爱的表情。这副相貌，用“温而厉”三个字来描写，大概差不多了。讲桌上放着点名簿、讲义，以及他的教课笔记簿、粉笔。钢琴衣解开着，琴盖开着，谱表摆着，琴头上又放着一只时表，闪闪的金光直射到我们的眼中。黑板（是上下两块可以推动的）上早已清楚地写好本课内所应写的东西（两块都写好，上块盖着下块，用下块时把上块推开）。在这样布置的讲台上，李先生端坐着。坐到上课铃响出（后来我们知道他这脾气，上音乐课必早到。故上课铃响时，同学早已到齐），他站起身来，深深地一鞠躬，课就开始了。这样地上课，空气严肃得很。

有一个人上音乐课时不唱歌而看别的书，有一个人上音乐课时吐痰在地板上，以为李先生不看见的，其实他都知道。但他不立刻责备，等到下课后，他用很轻而严肃的声音郑重地说："某某等一等出去。"于是这位某某同学只得站着。等到别的同学都出去了，他又用轻而严肃的声音向这某某同学和气地说："下次上课时不要看别的书。"或者："下次痰不要吐在地板上。"说过之后他微微一鞠躬，表示"你出去罢。"出来的人大都脸上发红。又有一次下音乐课，最后出去的人无心把门一拉，碰得太重，发出很大的声音。他走了数十步之后，李先生走出门来，满面和气地叫他转来。等他到了，李先生又叫他进教室来。进了教室，李先生用很轻而严肃的声音向他和气地说："下次走出教室，轻轻地关门。"就对他一鞠躬，送他出门，自己轻轻地把门关了。最不易忘却的，是有一次上弹琴课的时候。我们是师范生，每人都要学弹琴，全校有五六十架风琴及两架钢琴。风琴每室两架，给学生练习用；钢琴一架放在唱歌教室里，一架放在弹琴教室里。上弹琴课时，十数人为一组，环立在琴旁，看李先生范奏。有一次正在范奏的时候，有一个同学放一个屁，没有声音，却是很臭。钢琴及李先生十数同学全部沉浸在亚莫尼亚气体中。同学大都掩鼻或发出讨厌的声音。李先生眉头一皱，管自弹琴（我想他一定屏息着）。弹到后来，亚莫尼亚气散光了，他的眉头方才舒展。教完以后，下课铃响了。李先生立起来一鞠躬，表示散课。散课以后，同学还未出门，李先生又郑重地宣告："大家等一等去，还有一句话。"大家又肃立了。李先生又用很轻而严肃的声音和气地说："以后放屁，到门外去，不要放在室内。"接着又一鞠躬，表示叫我们出去。同学都忍着笑，一出门来，大家快跑，跑到远处去大笑一顿。

李先生用这样的态度来教我们音乐，因此我们上音乐课时，觉得比上其他一切课更严肃。同时对于音乐教师李叔同先生，比对其他教师更敬仰。那时的学校，首重的是所谓"英、国、算"，即英文、国文和算学。在别的学校里，这三门功课的教师最有权威；而在我们这师范学校里，音乐教师最有权威，因为他是李叔同先生的原故。

李叔同先生为甚么能有这种权威呢？不仅为了他学问好，不仅为了他音乐好，主要的还是为了他态度认真。李先生一生的最大特点是“认真”。他对于一件事，不做则已，要做就非做得彻底不可。

他出身于富裕之家，他的父亲是天津有名的银行家。他是第五位姨太太所生。他父亲生他时，年已七十二岁。他堕地后就遭父丧，又逢家庭之变，青年时就陪了他的生母南迁上海。在上海南洋公学读书奉母时，他是一个翩翩公子。当时上海文坛有著名的沪学会，李先生应沪学会征文，名字屡列第一。从此他就为沪上名人所器重，而交游日广，终以“才子”驰名于当时的上海。所以后来他母亲死了，他赴日本留学的时候，作一首《金缕曲》，词曰：“披发佯狂走。莽中原，暮鸦啼彻，几株衰柳。破碎河山谁收拾，零落西风依旧。便惹得，离人消瘦。行矣临流重太息，说相思，刻骨双红豆。愁黯黯，浓于酒。漾情不断淞波溜。恨年年，絮飘萍泊，遮难回首。二十文章惊海内，毕竟空谈何有！听匣底，苍龙狂吼。长夜凄风眠不得，度群生，那惜心肝剖。是祖国，忍孤负。”读这首词，可想见他当时豪气满胸，爱国热情炽盛。他出家时把过去的照片统统送我，我曾在照片中看见过当时在上海的他：丝绒碗帽，正中缀一方白玉，曲襟背心，花缎袍子，后面挂着胖辫子，底下缎带扎脚管，双梁厚底鞋子，头抬得很高，英俊之气，流露于眉目间。真是当时上海一等的翩翩公子。这是最初表示他的特性：凡事认真。他立意要做翩翩公子，就彻底地做一个翩翩公子。

后来他到日本，看见明治维新的文化，就渴慕西洋文明。他立刻放弃了翩翩公子的态度，改做一个留学生。他入东京美术学校，同时又入音乐学校。这些学校都是模仿西洋的，所教的都是西洋画和西洋音乐。李先生在南洋公学时英文学得很好；到了日本，就买了许多西洋文学书。他出家时曾送我一部残缺的原本《莎士比亚全集》，他对我说：“这书我从前细读过，有许多笔记在上面，虽然不全，也是纪念物。”由此可想见他在日本时，对于西洋艺术全面进攻，绘画、音乐、文学、戏剧都研究。后来他在日本创办春柳剧社，纠集留学同志，并演当时西洋著名的悲剧《茶花女》（小仲马著）。他自己把腰束小，扮作茶花女，粉墨登场。这照片，他出家时也送给我，一向归我保藏；

直到抗战时为兵火所毁。现在我还记得这照片：卷发，白的上衣，白的长裙拖着地面，腰身小到一把，两手举起托着后头，头向右歪侧，眉峰紧蹙，眼波斜睇，正是茶花女自伤命薄的神情。另外还有许多演剧的照片，不可胜记。这春柳剧社后来迁回中国，李先生就脱出，由另一班人去办，便是中国最初的"话剧"社。由此可以想见，李先生在日本时，是彻头彻尾的一个留学生。我见过他当时的照片：高帽子、硬领、硬袖、燕尾服、史的克、尖头皮鞋，加之长身、高鼻，没有脚的眼镜夹在鼻梁上，竟活像一个西洋人。这是第二次表示他的特性：凡事认真。学一样，像一样。要做留学生，就彻底地做一个留学生。

他回国后，在上海太平洋报社当编辑。不久，就被南京高等师范请去教图画、音乐。后来又应杭州师范之聘，同时兼任两个学校的课，每月中半个月住南京，半个月住杭州。两校都请助教，他不在时由助教代课。我就是杭州师范的学生。这时候，李先生已由留学生变为"教师"。这一变，变得真彻底：漂亮的洋装不穿了，却换上灰色粗布袍子、黑布马褂、布底鞋子。金丝边眼镜也换了黑的钢丝边眼镜。他是一个修养很深的美术家，所以对于仪表很讲究。虽然布衣，却很称身，常常整洁。他穿布衣，全无穷相，而另具一种朴素的美。你可想见，他是扮过茶花女的，身材生得非常窈窕。穿了布衣，仍是一个美男子。"淡妆浓沫总相宜"，这诗句原是描写西子的，但拿来形容我们的李先生的仪表，也很适用。今人侈谈"生活艺术化"，大都好奇立异，非艺术的。李先生的服装，才真可称为生活的艺术化。他一时代的服装，表出着一时代的思想与生活。各时代的思想与生活判然不同，各时代的服装也判然不同。布衣布鞋的李先生，与洋装时代的李先生、曲襟背心时代的李先生，判若三人。这是第三次表示他的特性：认真。

我二年级时，图画归李先生教。他教我们木炭石膏模型写生。同学一向描惯临画，起初无从着手。四十余人中，竟没有一个人描得像样的。后来他范画给我们看。画毕把范画揭在黑板上。同学们大都看着黑板临摹。只有我和少数同学，依他的方法从石膏模型写生。我对于写生，从这时候开始发生兴味。我到此时，恍然大悟：那些粉本原是别人看了实物而写生出来的。我们也应该直接从实物写生入手，何必临摹他人，依样画葫芦呢？于是我的画进步起来。此后李先生与我接近的机会更多。因为我常去请他教画，又教日本文，以后的李先生的生活，我所知道的较为详细。他本来常读性理的书，后来忽然信了道教，案头常常放着道藏。那时我还是一个毛头青年，谈不到宗教。李先生除绘事外，并不对我谈道。但我发见他的生活日渐收敛起来，仿佛一个人就要动身赴远方时的模样。他常把自己不用的东西送给我。他的朋友日本画家大野隆德、河合新藏、三宅克己等到西湖来写生时，他带了我去请他们吃一次饭，以后就把这些日本人交给我，叫我引导他们（我当时已能讲普通应酬的日本话）。他自己就关起房门来研究道学。有一天，他决定入大慈山去断食，我有课事，不能陪去，由校工闻玉陪去。数日之后，我去望他。见他躺在床上，面容消瘦，但精神很好，对我讲话，同平时差不多。他断食共十七日，由闻玉扶起来，摄一个影，影片上端由闻玉题字："李息翁先生断食后之像，侍子闻玉题。"这照片后来制成明信片分送朋友。像的下面用铅字排印着："某年月日，入大慈山断食十七日，身心灵化，欢乐康强——欣欣道人记。"李先生这时候已由"教师"一变而为"道人"了。

学道就断食十七日，也是他凡事"认真"的表示。

但他学道的时候很短。断食以后，不久他就学佛。他自己对我说，他的学佛是受马一浮先生指示的。出家前数日，他同我到西湖玉泉去看一位程中和先生。这程先生原来是当军人的，现在退伍，住在玉泉，正想出家为僧。李先生同他谈得很久。此后不久，我陪大野隆德到玉泉去投宿，看见一个和尚坐着，正是这位程先生。我想称他"程先生"，觉得不合。想称他法师，又不知道他的法名（后来知道是弘伞）。一时周章得很。我回去对李先生讲了，李先生告诉我，他不久也要出家为僧，就做弘伞的师弟。我愕然不知所对。过了几天，他果然辞职，要去出家。出家的前晚，他叫我和同学叶天瑞、李增庸三人到他的房间里，把房间里所有的东西送给我们三人。第二天，我们三人送他到虎跑。我们回来分得了他的"遗产"，再去望他时，他已光着头皮，穿着僧衣，俨然一位清癯的法师了。我从此改口，称他为"法师"。法师的僧腊二十四年。这二十四年中，我颠沛流离，他一贯到底，而且修行功夫愈进愈深。当初修净土宗，后来又修律宗。律宗是讲究戒律的，一举一动，都有规律，严肃认真之极。这是佛门中最难修的一宗。数百年来，传统断绝，直到弘一法师方才复兴，所以佛门中称他为“重兴南山律宗第十一代祖师”。他的生活非常认真。举一例说：有一次我寄一卷宣纸去，请弘一法师写佛号。宣纸多了些，他就来信问我，余多的宣纸如何处置？又有一次，我寄回件邮票去，多了几分。他把多的几分寄还我。以后我寄纸或邮票，就预先声明：余多的送与法师。有一次他到我家。我请他藤椅子里坐。他把藤椅子轻轻摇动，然后慢慢地坐下去。起先我不敢问。后来看他每次都如此，我就启问。法师回答我说：“这椅子里头，两根藤之间，也许有小虫伏着。突然坐下去，要把它们压死，所以先摇动一下，慢慢地坐下去，好让它们走避。”读者听到这话，也许要笑。但这正是做人极度认真的表示。

如上所述，弘一法师由翩翩公子一变而为留学生，又变而为教师，三变而为道人，四变而为和尚。每做一种人，都做得十分像样。好比全能的优伶：起青衣像个青衣，起老生像个老生，起大面又像个大面……都是“认真”的原故。

现在弘一法师在福建泉州圆寂了。噩耗传到贵州遵义的时候，我正在束装，将迁居重庆。我发愿到重庆后替法师画像一百帧，分送各地信善，刻石供养。现在画像已经如愿了。我和李先生在世间的师弟尘缘已经结束，然而他的遗训——认真——永远铭刻在我心头。

悼夏丏尊先生

我从重庆郊外迁居城中，候船返沪。刚才迁到，接得夏丏尊老师逝世的消息。记得三年前，我从遵义迁重庆，临行时接得弘一法师往生的电报。我所敬爱的两位教师的最后消息，都在我行旅倥偬的时候传到。这偶然的事，在我觉得很是蹊跷。因为这两位老师同样的可敬可爱，昔年曾经给我同样宝贵的教诲。如今噩耗传来，也好比给我同样的最后训示。这使我感到分外的哀悼与警惕。

我早已确信夏先生是要死的，同确信任何人都要死的一样。但料不到如此其速。八年违教，快要再见，而终于不得再见！真是天实为之，谓之何哉！

犹忆二十六年秋，芦沟桥事变之际，我从南京回杭州，中途在上海下车，到梧州路去看夏先生。先生满面忧愁，说一句话，叹一口气。我因为要乘当天的夜车返杭，匆匆告别。我说：“夏先生再见。”夏先生好像骂我一般愤然地答道：“不晓得能不能再见！”同时又用凝注的眼光，站立在门口目送我。我回头对他发笑。因为夏先生老是善愁，而我总是笑他多忧。岂知这一次正是我们的最后一面，果然这一别“不能再见了”！

后来我扶老携幼，仓皇出奔，辗转长沙、桂林、宜山、遵义、重庆各地。夏先生始终住在上海。初年还常通信。自从夏先生被敌人捉去监禁了一回之后，我就不敢写信给他，免得使他受累。胜利一到，我写了一封长信给他。见他回信的笔迹依旧遒劲挺秀，我很高兴。字是精神的象征，足证夏先生精神依旧。当时以为马上可以再见了，岂知交通与生活日益困难，使我不能早归；终于在胜利后八个半月的今日，在这山城客寓中接到他的噩耗，也可说是“抱恨终天”的事！

夏先生之死，使“文坛少了一位老将”“青年失了一位导师”，这些话一定有许多人说，用不着我再讲。我现在只就我们的师弟情缘上表示哀悼之情。夏先生与李叔同先生（弘一法师），具有同样的才调，同样的胸怀。不过表面上一位做和尚，一位是居士而已。

犹忆三十余年前，我当学生的时候，李先生教我们图画、音乐，夏先生教我们国文。我觉得这三种学科同样的严肃而有兴趣。就为了他们二人同样的深解文艺的真谛，故能引人入胜。夏先生常说：“李先生教图画、音乐，学生对图画、音乐，看得比国文、数学等更重。这是有人格作背景的原故。因为他教图画、音乐，而他所懂得的不仅是图画、音乐。他的诗文比国文先生的更好，他的书法比习字先生的更好，他的英文比英文先生的更好……这好比一尊佛像，有灵光，故能令人敬仰。”这话也可说是“夫子自道”。夏先生初任舍监，后来教国文。但他也是博学多能，只除不弄音乐以外，其他诗文、绘画（鉴赏）、金石、书法、理学、佛典，以至外国文、科学等，他都懂得。因此能和李先生交游，因此能使学生的心悦诚服。

他当舍监的时候，学生们私下给他起个诨名，叫夏木瓜。但这并非恶意，却是好心。因为他对学生如对子女，率直开导，不用敷衍、欺蒙、压迫等手段。学生们最初觉得忠言逆耳，看见他的头大而圆，就给他起这个诨名。但后来大家都知道夏先生是真爱我们，这绰号就变成了爱称而沿用下去。凡学生有所请愿，大家都说：“同夏木瓜讲，这才成功。”他听到请愿，也许暗呜叱咤地骂你一顿，但如果你的请愿合乎情理，他就当作自己的请愿，而替你设法了。

他教国文的时候，正是“五四”将近。我们做惯了“太王留别父老书”“黄花主人致无肠公子书”之类的文题之后，他突然叫我们做一篇“自述”。而且说：“不准讲空话，要老实写。”有一位同学，写他父亲客死他乡，他“星夜匍伏奔丧”。夏先生苦笑着问他：“你那天晚上真个是在地上爬去的？”引得大家发笑，那位同学脸孔绯红。又有一位同学发牢骚，赞隐遁，说要“乐琴书以消忧，抚孤松而盘桓”。夏先生厉声问他：“你为什么来考师范学校？”弄得那人无言可对。这样的教法，最初被顽固守旧的青年所反对。他们以为文章不用古典，不发牢骚，就不高雅。竟有人说：“他自己不会做古文（其实做得很好），所以不许学生做。”但这样的人，毕竟是少数。多数学生，对夏先生这种从来未有的、大胆的革命主张，觉得惊奇与折服，好似长梦猛醒，恍悟今是昨非。这正是五四运动的初步。

李先生做教师，以身作则，不多讲话，使学生衷心感动，自然诚服。譬如上课，他一定先到教室，黑板上应写的，都先写好（用另一黑板遮住，用到的时候推开来）。然后端坐在讲台上等学生到齐。譬如学生还琴时弹错了，他举目对你一看，但说：“下次再还。”有时他没有说，学生吃了他一眼，自己请求下次再还了。他话很少，说时总是和颜悦色的。但学生非常怕他，敬爱他。夏先生则不然，毫无矜持，有话直说。学生便嘻皮笑脸，同他亲近。偶然走过校庭，看见年纪小的学生弄狗，他也要管：“为啥同狗为难！”放假日子，学生出门，夏先生看见了便喊：“早些回来，勿可吃酒啊！”学生笑着连说：“不吃，不吃！”赶快走路。走得远了，夏先生还要大喊：“铜钿少用些！”学生一方面笑他，一方面实在感激他，敬爱他。

夏先生与李先生对学生的态度，完全不同。而学生对他们的敬爱，则完全相同。这两位导师，如同父母一样。李先生的是“爸爸的教育”，夏先生的是“妈妈的教育”。夏先生后来翻译的“爱的教育”，风行国内，深入人心，甚至被取作国文教材。这不是偶然的事。

我师范毕业后，就赴日本。从日本回来就同夏先生共事，当教师，当编辑。我遭母丧后辞职闲居，直至逃难。但其间与书店关系仍多，常到上海与夏先生相晤。故自我离开夏先生的绛帐，直到抗战前数日的诀别，二十年间，常与夏先生接近，不断地受他的教诲。其时李先生已经做了和尚，芒鞋破钵，云游四方，和夏先生仿佛是两个世界的人。但在我觉得仍是以前的两位导师，不过所导的范围由学校扩大为人世罢了。李先生不是“走投无路，遁入空门”的，是为了人生根本问题而做和尚的。他是真正做和尚，他是痛感于众生疾苦而“行大丈夫事”的。夏先生虽然没有做和尚，但也是完全理解李先生的胸怀的，他是赞赏李先生的行大丈夫事的。只因种种尘缘的牵阻，使夏先生没有勇气行大丈夫事。夏先生一生的忧愁苦闷，由此发生。凡熟识夏先生的人，没有一个不晓得夏先生是个多忧善愁的人。他看见世间的一切不快、不安、不真、不善、不美的状态，都要皱眉、叹气。他不但忧自家，又忧友、忧校、忧店、忧国、忧世。朋友中有人生病了，夏先生就皱着眉头替他担忧；有人失业了，夏先生又皱着眉头替他着急；有人吵架了，有人吃醉了，甚至朋友的太太要生产了，小孩子跌跤了……夏先生都要皱着眉头替他们忧愁。学校的问题，公司的问题，别人都当作例行公事处理的，夏先生却当作自家的问题，真心地担忧。国家的事，世界的事，别人当作历史小说看的，在夏先生都是切身问题，真心地忧愁、皱眉、叹气。

故我和他共事的时候，对夏先生凡事都要讲得乐观些，有时竟瞒过他，免得使他增忧。

他和李先生一样的痛感众生的疾苦。但他不能和李先生一样行大丈夫事；他只能忧伤终老。

在“人世”这个大学校里，这二位导师所施的仍是“爸爸的教育”与“妈妈的教育”。

朋友的太太生产，小孩子跌跤等事，都要夏先生担忧。那么，八年来水深火热的上海生活，不知为夏先生增添了几十万斛的忧愁！忧能伤人，夏先生之死，是供给忧愁材料的社会所致使，日本侵略者所促成的！

以往我每逢写一篇文章，写完之后总要想：“不知这篇东西夏先生看了怎么说。”因为我的写文，是在夏先生的指导鼓励之下学起来的。今天写完了这篇文章，我又本能地想：“不知这篇东西夏先生看了怎么说。”两行热泪，一齐沉重地落在这原稿纸上。